U0635341

静静的上塘河

彭丽芬 著

国际文化出版公司

·北京·

图书在版编目（CIP）数据

静静的上塘河／彭丽芬著. —北京：国际文化出
版公司，2023.6
ISBN 978-7-5125-1507-9

I. ①静… II. ①彭… III. ①散文集－中国－当代
IV. ① I267

中国国家版本馆 CIP 数据核字（2023）第 002828 号

静静的上塘河

作　者	彭丽芬	
责任编辑	侯娟雅	
出版发行	国际文化出版公司	
经　销	全国新华书店	
印　刷	天津中印联印务有限公司	
开　本	880 毫米 ×1230 毫米	32 开
	9 印张	200 千字
版　次	2023 年 6 月第 1 版	
	2023 年 6 月第 1 次印刷	
书　号	ISBN 978-7-5125-1507-9	
定　价	68.00 元	

国际文化出版公司
北京朝阳区东土城路乙 9 号　　　　邮编：100013
总编室：（010）64270995　　　　传真：（010）64270995
销售热线：（010）64271187
传真：（010）64271187-800
E-mail：icpc@95777.sina.net

序

如果我的记忆没有出错，我认识彭丽芬是在为她的一组散文写了些评论推介文字之后，是未见其人先识其文。如今，翻看当时那组散文前的作者简介，才注意到她是我杭州师范大学中文系的校友。此前，我一直因为她在医院工作，以为她是学医的。

十多年来，经常可以看到她的文字。

最近几年，因为同为杭州市临平区作家协会理事的关系，我们见面交流的机会多了起来。每次见面，她都很客气。笑脸，是她的标配。很多次见面，她都会提及当年我写的那些文字，表示感激。我说，当时是受责任编辑之托，举手之劳，不足挂齿。她总是笑着说，当时真的很激动，也很受鼓舞。我说："你的文字，给我的印象很好，我很喜欢，希望看到你更多的作品。"

有一天，在会议上见面。她说想请我给她的新书写个序言。

我很是惶恐。我自己可是个没有出过书的人啊。

她把一个沉甸甸的文件袋交到我手里。就这样，我有幸读到了她的《静静的上塘河》书稿。

说实话，近些年，已经很少有在一个单位时间里读完整本书的经历了。但是，这本书稿我在一天内就通读了一遍。

她熟悉的上塘河，我很熟悉，也很牵挂。

她笔下的老家星桥，我也经常去走走看看。

她说写作的动因是想用文字温暖生活，我很认同。

在我看来，散文作为"美文"，是人类精神与心灵秘密最自由的显现方式。它的物质外壳是日常、人性且质朴的，而它的内在核心则饱含丰富的感情、思索以及对现实的尖锐触及。彭丽芬的散文以显见的女性意识抒真情、写实感，成为她灵魂走向自由之境的一条林荫大道。审美追求的无止境推动着她的内心生活缓缓地向幸福的彼岸靠近。

很显然，上塘河是她的母亲河。在她心里，这是她一个人的。

上塘河，其实是古运河，是杭州历史上第一条人工运河。当下的上塘河的确有点静静的。临平的这一段，已经没有船桨欸乃，也没有了渔歌唱晚。两岸车来人往，驻足的行人或者游客也不是很多。但是，生活在两岸的人们还是很记得这条母亲河。

上塘河对彭丽芬而言，也许就像火车之于铁凝笔下的香雪。

小时候的嬉闹，终点通常就是上塘河上的某一座古老的石拱桥。

少女时期的情怀，落点也常常是在缓缓流动的上塘河水面，心的涟漪和水的涟漪从来都是难解难分。

彭丽芬思绪的起点，总是在上塘河这一位饱经沧桑的老人经久的目光下。历史和当下，土地和人们，欢乐和忧伤，情怀和现实，变迁和湮没，都是她落笔的惊喜。无论工作有多疲劳，无论心情有多烦躁，只要她还走在上塘河的身边，她的心便是安稳的。有了心的安稳，笔下流淌的文字便有了对故乡山水的温馨和温暖。生活粗茶淡饭，家长里短，在她笔下就永远是那样的活色生香。

"故乡是每个人生命的源头，也是精神的摇篮。有人说，故乡的意义远大于故乡，因为每个人的精神世界中，故乡都是一个不可替代的坐标系。故乡是每个人打量这个世界的出发原点。故乡与游子之间，永远有着一种说不清道不明，剪不断理还乱的暧昧情愫。故乡不在地图上，也不在路的那一头。故乡只会在梦里，在心中，在字里行间。"

"一个显见的事实是，彭丽芬的文字里到处都是'精神还乡'的一路展痕。尽管距离和时间对她来说还不是什么特别的问题。但是她每到一处，都带上了这两块试金石。在他乡，或者又去别的他乡，她总是一路捡拾着记忆中家乡的风景。"

以上两段文字，出自我 2010 年给她的一组散文写的评论《故乡是吾乡》，现在看来，也很吻合我眼下读到的《静静的上塘河》。或许，这已经是彭丽芬的独特风格了。

她爱家乡。家乡有河，上塘河；家乡有山，黄鹤山、桐扣山、佛日山，当然还有超山、临平山；家乡有茶，有花，有果，有清香，有美食。家乡是一个原点，彭丽芬一直在这里寻觅她的精神世界，于是有了灵动深情的文字。

不记得我是什么时间、什么场合加了她的微信，但是一直在关注她的微信朋友圈里的文字。她记录生活点滴，陪孩子读书写作，给文友点赞。她一如既往的友善和热情，一如她文字里的满满的热爱和希望在传播。

记得几个月前，我因为要探望我的高中班主任去了她所在的医院。她陪着我上了电梯，一直走到病房门口。她热情地帮我完成了看望老师的心愿。尽管很遗憾的是我的老师几天后就离世了。也记得，不久前，我们几个文友应邀去她的老家采风。她很高兴地担当了半个东道主的角色。她的喜悦之情溢于言表，她对家乡风物的熟稔越发引起了我们的采风兴趣。日常生活里的彭丽芬总是处于蹦蹦跳跳的少女般的状态，这种对生活的热爱和激情，应该是写作带给她的。

有人说，故乡是一个硕大无比的容器，也可以看作一个小世界。她容纳了我们的出生和成长，我们在其中嬉戏、疯玩甚至恶作剧。当我们告别儿童和少年，当我们或主动或被迫开始远行，羽翼渐丰的我们在故乡这个原点的任何方向都会感受到一种凝然的向心力。于是在我们行走、停留、再行走的旅程中，唯有故乡可以成为我们永久的牵挂，也只有故乡可以成为我们最好的且一律免费的倾诉对象。这样看来，有故"乡"的人真的比只有故"城"的人或者拥有其他"故"什么的人幸福很多。故乡，并非只有看上去很美。在彭丽芬的笔下，故乡丰满鲜活。古老的上塘河，永远都在承载着人们美好的期许，孕育着两岸人民的精神和心灵。

因为工作的关系，经常会有人问，我们为什么要写作？其实，文学的作用很难细说清楚。但是文学能净化、美化人的心灵，让人诗意地栖居，诗意地守候精神家园，这是毋庸置疑的；与文学为友，就是与高尚为友，与风雅为友，这也是众所周知的。我以为写作是在培植爱与思念、思考人生、想象生活的能力，她可以使你在喧嚣红尘中找到一处温馨浪漫的"世外桃源"，修复疲惫的身心；她默默地为你串起记忆的珍珠，留住时光的脚步，使你倾听心灵飞翔的声音，寻找自己前行的目标；她能使我们静下心来，克服浮躁，脱离低俗，冲出藩篱，完善自我。

　　彭丽芬有一份稳定的工作，有美满的家庭，有可爱的孩子。很显然，她的写作是非功利的。心中有爱，应该是她写作的最大原动力；手中有笔，应该是她此生幸福生活的最为重要的加分项。她的理想很丰满，她的生活也因为写作不会骨感。

　　汪曾祺先生写过一首诗，其中一句是"写作颇勤快，人间送小温"。我所认识的彭丽芬也是一位写作颇为勤奋的职业女性。她的文字也是一份温暖的人间礼物。我深信，她可以温暖到家人、朋友、同事和老乡，也可以温暖很多喜爱文字，想要写作的人。

　　心中有爱，笔底有光。愿彭丽芬的文学之路温暖芬芳！

陈根法

2022 年 11 月

　　陈根法，浙江省文学学会会员，杭州市作家协会会员，余杭高级中学（临平中学）语文高级教师。

序

目录

壹 乡音婉转

时光的深处，

驻着我的故乡。

那一缕升起的炊烟，

那一声夏蝉的鸣叫，

那一串泥泞的脚印，

那一条流淌的小河，

……

忘不了的乡音，

抹不去的乡愁，

最终暖在了文字里。

静静的上塘河

如果说杭州是一位大户人家的大家闺秀，成熟包容，那么她东边的副城临平就是一位小家碧玉的江南少女，温婉多情。

临平的美，那是浸润在水中的美。这里有世界上最长的人工运河京杭大运河，这里有杭州历史上第一条人工河上塘河，这里有见证沧海桑田的钱塘江古海塘，构成了她特有的水乡网络。

临平的美，那是群山连绵的秀，这里有平旷逶迤、丘壑妍美的临平山，这里有十里梅花香雪海的超山，这里有元代山水画名家王蒙曾隐居的黄鹤山，诗画中寄放着无限的乡愁。

山水形胜，故乡还是那个故乡。

1

上塘河，在村子的南面，她以柔软的线条静静地伏在小镇的怀抱中，是这个城市的人们找回旧时梦里水乡的捷径。

这条河是杭州历史上第一条人工河，又名上塘运河，相传最早由秦始皇开凿，时称陵水道，俗称秦河，是一条千年古河。悠悠上塘河南起大运河，北从海宁入海，全长48.3公里。古时的上塘河，作为陵水道主要用来运送军粮和食盐，曾是杭州往来海宁和入京的水陆要道。

"侬勿是姆妈的宝贝儿，是'江北佬'船上抱来的，吾要把侬送回到江北船上去……"阿欢不听话，母亲说得最多的便是这句话。

阿欢使劲儿地摇着头，两只扎着红绳的小辫子甩得像拨浪鼓似的。她瘦小的身子如风一般，穿过水稻田，穿过桑树地，穿过甘蔗林。最后她停留在了一座桥上，倚着栏杆大口大口地喘着粗气，眼泪如断了线的珠子"吧嗒吧嗒"地滚落了下来，跳跃在了洒满夕阳的上塘河面上。

这座桥是阿欢生命里最重要的一座桥，它就像一位饱经沧桑的老人，佝偻着背，低头俯视着静静的上塘河水。阿欢上小学和初中必经此桥：父亲骑着一辆破旧的自行车，行驶在那条尘土飞扬的黄泥路上，路两旁是高大的水杉树，夏日里荫翳蔽日、蝉声如潮。父亲穿着一身干净的蓝色中山装，车龙头上挂一个老旧的黑色公文包，费力地蹬着车，头发被汗水打湿，一绺绺贴在宽阔的额头上。阿欢靠在父亲温厚的背上，颠簸着就睡着了，涎水打湿了父亲的背；然而只要父亲一骑到桥的位置，阿欢就突然醒了过来，好像冥冥之中有一种声音在呼唤她；阿欢快速跳下车，帮父亲推车，到了桥顶，父女俩就会停下来。桥下清澈的河水缓缓地流着，偶有一条小鱼蹦出水面，划过一道细细的白光，快速落入水中，留下一圈圈细小的涟漪。

"三山伴星桥，十里皆名山"，一句话让这座桥变得如星光般熠熠生辉。桥上刻着"五云"二字。据清史料记载："五云星桥在临平安隐寺西五里，俗呼新桥。桥刻'五云'字。此跨上塘河大桥。"清末姚寿慈《杭县志稿》也有考证："其建当在顺治，桥刻五云星桥。"人们称桥为星桥，小镇也因桥而名，因此桥成为小镇集市的兴盛之所。其实古时候，很多桥兼具"市集"功能，

　　　　壹　乡音婉转

《清明上河图》中就描绘了桥面上摆有售货摊档的生动画面。相传，在晋朝，星桥一带为临平湖，与杭州西湖同为海迹湖，桥的西北侧有一座桐扣山，则为临平湖的湖岸。宋时即有集，清初为星桥市。在阿欢的童年和少年时期，星桥集市是繁盛之地，也是村里人常说的"星桥街廊"。

"到桥头去！"那便是村民赶去集市常说的一句话。桥边的老街上店铺济济，打铁铺、竹器铺、弹花店、麻站、馒头店、剃头店、照相馆、杂货铺……充满了人间烟火气。

桥下泊着几只破旧的船，船里偶尔传来几声硬邦邦的江北调。"江北佬"是20世纪上半叶从苏北一带逃难到江南生计的船民，他们在岸边没有自己的房子，只有一艘破船是他们的家，吃喝拉撒都在船上。阿欢心想：我才不要住在这样的破船上哩！

其实，阿欢除了自己不想住在这艘破船上，对住在这艘船上的人们倒还是挺喜欢的。江北船的船主在河边摆了一个小地摊，整天笑眯眯的，地摊里售卖许多阿欢喜欢的东西，花花绿绿的贴纸、弹珠、游戏棒、鸡毛毽子、牛皮筋、铁皮青蛙、旋风卡……可谓应有尽有。每次一放学，小地摊上就人头攒动，密密麻麻挤满了放学的孩子，一个个都挪不开脚步。船主有个漂亮的女儿，是阿欢的同学，阿欢第一次跟着她来到小地摊前，看到她家拥有这么多小玩意儿，真是羡慕得不得了，只有在那一刻，她会蹦出自己要是就是船主的女儿多好的念头，这样她就能坐拥这一摊子的宝贝了。

阿欢常常跟着船主的女儿来到小地摊。有一次，船主的女儿从她父亲的小地摊里扯出一张像裹在糖果外的软软的糯米纸，轻轻地撕下一个小角，塞进了阿欢的手中。阿欢定睛一看，呀，是一朵漂亮的红玫瑰！阿欢快速从书包里拿出一本抄歌词的小本子，轻轻将那张柔软的纸颜色较鲜艳的一面贴到《羞答答的玫瑰静悄悄地开》这首歌的歌词边，再用大拇指用力地按压几下，最后小心翼翼地揭开那张纸，一朵漂亮的玫瑰花神奇地开在了小本子里头。

　　船主的女儿凑过身子，咬着阿欢的耳朵说："明儿你那语文作业再借我抄一下，我把印花纸上的百合花也撕给你！"阿欢开心得直点头，笑成一朵明媚的百合花。久而久之，阿欢那本手抄的歌词本上贴满了各种漂亮的印花纸图案。

　　阿欢小学快毕业的时候，船主竟然有实力在岸上建了平房。多年后，阿欢再遇船主的女儿，她俨然是一家化妆品店的老板娘，而他们居住多年的平房也拆迁了，住进了高层安置房，成了真正的"街廊宁"。①

2

　　阿欢自小语文功底扎实，写的作文经常被老师拿来当范文朗读。一次，老师布置作文，让大家写写自己的家乡，阿欢就写了一座桥，"上塘河上架着一座古老的桥，桥的倒影是宁静、沉稳和含蓄的，就像小镇的人们，一代又一代，这么安然地存在和生活着……"老师非常喜欢这样优美的文字，说阿欢以后一定能成为一名作家。

　　春天的午后，阿欢要跟随母亲翻过桥，到田野沟边挑马兰头、

----

① 方言，即街上人，指居住在城镇的人。

择水芹菜，以做时鲜菜肴。阿欢瘦小的身子，费力地踩着那辆心爱的"安琪儿"自行车上桥，母亲在后面推着阿欢的车前行。抵达桥顶，阿欢将自行车斜靠在栏杆上，垂柳依依，暖暖的春光洒满河面，气喘吁吁的阿欢向西远眺，皋亭山风光无限，"古运河畔，皋亭山下，星桥小学就是我们的家……"河那头的校园里飘出了动听的歌声，阿欢跟着哼唱了起来，歌声顺着河水悠悠飘向山的那头，回响在皋亭山谷。直到很多年以后，这首校歌依然印在阿欢的脑海里，依然会不由自主地从她口中缓缓流淌而出。

　　阿欢的学校建在上塘河畔。每日清晨她都要翻过桥，拐进一条弯弯的羊肠小道去学校。校门口两扇生了锈的大铁门敞开着温暖的怀抱，整个校园很安静，传达室的大爷喝着搪瓷杯里的浓茶，和着收音机里断断续续的音乐，哼唱着小曲儿，眼睛眯成一条缝。阿欢快速地停好自行车，与几位值日同学飞奔至上塘河边。她们将前一日放学时晾在河边石栏杆处的拖把搬回教室。让人欢喜的是有不少小毛蟹爬上了岸，"驻扎"在了拖把之上，轻轻一抖，它们挥舞着爪子跌向滩涂。阿欢探出脑袋一瞧，滩涂边竟也爬满了小毛蟹，有同学早已翻过栏杆去捉它们，一只又一只，越抓越多，于是索性将它们都扔进洗拖把的红色塑料水桶里，不一会儿就把水桶底给填充满了。这种小毛蟹一般没人要吃，当地人叫"毛度哈"，据说这种蟹每只脚上都长满了毛，吃起来味道是苦的。直到早自习的铃声响起了，抓蟹的同学只好慌慌张张地将水桶翻过身来，把所有的小毛蟹全部放生。看着那些四处逃窜的小毛蟹，他们得意地笑了起来，直到班长来喊他们若再不回教室就要罚站，他们才恋恋不舍地爬上岸去。

　　老旧的校园给阿欢留下了许多美好的回忆。沿上塘河南岸有一排教师宿舍，不少外地老师住在里面。阿欢的班主任兼英语老师密斯Xu也住在里面，密斯Xu是上海人，平时说着一口糯软正宗的上海话，穿着朴实，讲课极其认真，做事更是雷厉风行，班上许多同学都怕她。她有句口头禅"say again"，于是学生赐其外号"阿盖鱼"（当地方言"鱼"的发音为"嗯"）。但是阿欢从来不跟着别人一起叫，因为她是英语课代表，深得密斯Xu的欢心，因此她常常能享受别的同学没有的待遇，比如被密斯Xu叫去宿舍一起吃饭。

密斯Xu的宿舍楼在最西边，宿舍非常简陋，有一间小小的客厅，从客厅窗口向外望去，上塘河水波光粼粼，红红的构树果挂满了枝头，看上去一副酸酸甜甜的样子。阿欢总是把这种果子误认为杨梅，其实这种果子的果肉可以吃，味道香甜，吃起来有点儿银耳羹的味道。阿欢喜欢摘构树叶，因为构叶的背后有许多绒毛，摘一片拍在衣服上就会与衣物完美黏合，成为一枚漂亮的徽章，而离开树枝的叶柄，会有白色的汁液流出来，黏黏的，所以阿欢还把它叫作"牛奶树"。密斯Xu总是对阿欢说："英语比汉语学起来要容易得多，一定要好好学，以后可以去上海这样的国际大城市闯闯。"阿欢记在心里，并不断地为之努力着。

教师宿舍的南面便是学生宿舍，宿舍门前高大的水杉和梧桐树直指苍穹，树下搭着几张水泥浇筑的乒乓球桌。秋天各班在各自的包干区里拔草、清扫叶子，梧桐树上会结果实，有顽皮的男生便会爬上树去摘，说是果实，其实就是圆状乒乓球大小的满身是刺的东西。勤快的女生挥起笤帚，将叶子扫得满天飞扬，"哗啦哗啦"的叶子声和同学们的欢笑声交织成最美的秋日场景。

宿舍的正前方是学校的食堂，也是学校聚会的大礼堂，一些小型的活动经常被安排在这里。阿欢是个小吃货，和食堂阿姨关系搞得非常密切，她的小嘴就像抹了蜜似的，每次去食堂打饭菜时都会甜甜喊食堂阿姨，夸前一天的饭菜做得如何可口，食堂阿姨们一开心，手中的勺子就像长了眼睛似的，最好的一块鱼、最精的那块肉就"扑通"跳进了阿欢的碗里。

宿舍的西南面有几株老棕树，棕树开的花是男生们的最爱，那一坨挂在叶下，颜色黄黄像极鱼子的东西就是棕花。花盛时，男生们爱用木棒将它们从树上打下来，用来玩打仗游戏，比谁的花先被打"秃"了，那么谁就输。棕树用途很大，树皮深受人们的欢迎，将它剥下来就是棕丝，在农村里用处可不小，可以用来织蓑衣、制棕床、纺绳索、扎扫把、做扇子……

说起蓑衣，我们都读过"青箬笠，绿蓑衣，斜风细雨不须归"，然而，我们现实生活中的蓑衣颜色是棕褐色，是棕树皮做的，并非绿色。在很多民俗博物馆中就可以见到有蓑衣的展示，它既笨重又硬实，却能为农民遮风挡雨。说起棕床，那是一个时代的印记，农村里叫"棕绷"。比起普通的硬板床，棕床富有弹性，是那个年代比较高档的卧具。以前穿棕绷就是一门职业，在星桥老街就有穿棕绷的手艺人，这是一门需要用心经营的手艺活，更蕴含着一种工匠精神。阿欢的小叔是木匠，奶奶的棕绷用得久了，中间就会塌陷下来，手巧的小叔就自己动手将棕绳换新，这就叫"穿棕绷"，用的棕绳就是棕树上的棕丝纺成的。

棕树的叶子还可以做成扇子，阿欢的奶奶几乎是扇不离手的。阿欢的小叔会拿弯刀为奶奶砍几条棕叶，奶奶将棕叶的柄削光滑，叶子阴干压实，再修剪边角用藤条或针线缝边，便做成一把扇子，轻轻摇动扇子就会散发淡淡的棕叶香。不识字的奶奶叫来阿欢，让她在扇子上写下"扇子扇凉风，日日在手中，有人问我借，要过八月中，过了八月中，借你扇过冬"，并写下自己的名字，省得奶奶拿去念佛堂里跟人家换错。奶奶用的每一把扇子阿欢几乎都会给她写上这样一首诗和名字。奶奶向来节俭，一把扇子会补了又补缝了又缝，一直用上好几年。阿欢清楚地记得，奶奶的每一把棕叶扇即使快要烂了时，也不会轻易将其丢弃，她还要放在柴房里，用作发煤炉时给炉子扇风。在阿欢的印象里，棕叶还可以剪成小小的苍蝇拍，比起现在市面上卖的塑料拍，棕叶拍好用多了。奶奶会把砍回来的棕叶剪去长长的叶尾，撕成细条晾干后，一个简易古朴的苍蝇拍就做成了。

夏天苍蝇特别多，阿欢总爱挥舞着苍蝇拍子满院子追打苍蝇。院子里的小鸡小鸭们摇摇摆摆地跟在阿欢身后，只要苍蝇一落地，立刻拥上前去争食。每天放学回家，阿欢俨然一位领兵出征的大将军，她走到哪儿，这群鸡鸭就跟到哪儿。

3

"来，阿欢！馄饨买来了，赶紧趁热吃了！"阿欢还在睡梦中，凌晨上完深夜班归来的母亲给她带来了一份鲜肉小馄饨。说是鲜肉小馄饨，用母亲的话说，其实就是筷子蘸一下肉，再蘸一下馄饨皮，然后包起来而已。母亲取出包裹在毛巾里的大号搪瓷杯，掀开盖子，馄饨冒着热气，母亲哈着热气把阿欢叫醒。阿欢听到母亲的召唤，馄饨诱人的香味钻进她鼻孔，便一下子从床上蹦了起来，睡意顿时消失得一干二净。三下五除二，阿欢狼吞虎咽地就把小馄饨给干完了。

阿欢的母亲是绸厂的织布工人，常年三班倒。有时倒完深夜班，半夜里拖着疲惫的身体回家，她会从杭州水泥厂集市带回一碗烧好的小馄饨，这种美味让阿欢刻骨铭心。然而，让阿欢更念念不忘的早餐是上塘河边星桥老街上的烧饼油条。

烧饼店在阿欢懂事时就有了，很早的时候还是一个小小的摊子。每天清晨，当数这个摊位出摊最早，一对年轻的夫妻满脸微笑地招呼着过往的人群。那时候，阿欢都是父亲送去上学的，她坐在父亲的那辆破旧的老式自行车后，只要一过上塘河，就开始闹腾着要吃烧饼油条。虽然父女俩在家早已吃过咸菜泡饭，虽然一套烧饼油条只不过几毛钱而已，但是父亲依然舍不得买，他说必须省下钱来给家里盖个小楼房。父亲生怕阿欢看到小摊上那筐子里金灿灿的油条和台板上冒着热气刚出炉的烧饼忍不住会哭，但凡路过烧饼摊就使劲儿地快速踏自行车。尽管如此，那该死的饼香还是钻进了阿欢和父亲的鼻孔。阿欢忍住眼泪深呼吸几下，悄悄地擦去嘴边的口水，心里暗暗发誓，终有一日要实现烧饼油条自由。

就这样，自行车来来往往了三四年，家里的小楼终于盖好了，阿欢的父亲也把破自行车换成了小摩托车。小摩托车载着阿欢轰鸣着翻过星桥，这时，烧饼摊也已经变成了烧饼店，年轻的夫妻也有了一个可爱的孩子，他们依然笑眯眯地招呼着来来往往的顾客。店面没有精心装饰的门头和店名，看似非常朴素，炸油条的锅和烤烧饼的铁皮炉摆在一起，连着面案，店门口排起了长长的队伍。

阿欢和父亲一直叫它老街烧饼，父亲停好摩托车，拉着阿欢踱进店里，店并不太大，估摸着二十平米也不到。父亲花了一块钱给阿欢买了一套烧饼油条。阿欢宝贝似的拿着，呼呼地吹着热气，父亲说，赶紧趁热咬一口吧。烧饼酥脆温厚的外衣裹挟着油条的轻脆，让人产生了一种无以言状的美妙感觉。那一刻，味蕾的记忆比任何感官都要来得深刻，一口烧饼包油条直击阿欢心底最深处的记忆。

后来，阿欢的老家被征迁了，一家人全都搬到城里去住了。一日，阿欢的父亲突然很想吃老街烧饼油条，阿欢就开着汽车载父亲一路沿着上塘河来到了星桥老街。桥上铺着许多钢板，偶有车开过，钢板与桥面发出撞击声，惊动了桥下的沉寂。老街的很多店都关门了，庆幸的是桥南那间烧饼油条店还开着门。阿欢叫了两副烧饼油条和两碗咸豆浆，一边询问价格，一边拿出手机对着支付宝收款码准备扫码付款。

没想到，烧饼店的夫妻俩认出了阿欢的父亲，顿时面露喜色，他们像是遇到了自己的亲人一般，硬是推托着不肯收钱。他们对阿欢说："你父亲是咱们的恩人，我们都是外乡人，孩子没法在当地念书，幸亏你父亲帮忙联系了适合的学校，孩子才念上了书。"从聊天中得知，原来这对夫妻20世纪80年代初就来到上塘河边，这家烧饼店铺也几经波折搬迁了四次，但是一直都开在上塘河边上，他们似乎对这条河情有独钟。然而很遗憾的是老街要拆迁了，他们一直在关店和另觅他处两者之间艰难地徘徊着。

"谢谢你们还记得我们的烧饼油条！"老板憨厚地笑着，一边娴熟地做着油条，他先将面团切成长条的面剂子，再把两个面剂子叠在一起，用一根筷子从中间压出一道印痕；再两只手轻轻将面一拎，一拉一转放入油锅里，直至炸到酥脆金黄，迅速夹起，竖在一边的铁篮子里沥油。油条做好后做烧饼，他将揉好的面团擀成一片，抹上葱碎和肉合拢；再揪成一个小小的团子，擀成巴掌大小的圆形，蘸上芝麻；轻轻地弯下腰把一块块的烧饼坯子贴在炉壁上烘，中间是熊熊燃烧的白炭，将老板的脸映衬得又黑又红；烤至两面燠黄时，用钳子迅速夹出。老板娘用近乎接近的本地话一边招呼客人，一边冲泡放在炭炉洞口装有豆浆的老式烧水壶，一碗碗醇香可口的咸豆浆很快就端上桌来。

阿欢和父亲美滋滋地咀嚼着，烧饼微微的焦香和淡淡葱花的清香缓缓沁入心田，仿佛那过去的岁月，纵然简淡，也心生欢喜。阿欢起身付款，却拗不过夫妻俩，只好用手机拍下了价目表。道别之际，夫妻俩又从车窗里塞了一套烧饼油条进来。在车上，阿欢偷偷地将算好的钱转到了店家的支付宝里。在车窗的反光镜中，她看到了朴实的夫妻俩那一束感恩的目光聚了过来，一如上塘河上明媚的波光，漾在了心尖。突然间，阿欢心里有种说不出的滋味，这份老味道不知还能坚守到几时？

老街一直在封闭施工。又一日清晨，父亲从老家兴致勃勃地打包了两副烧饼油条，阿欢拆开包装，一阵香味扑鼻而来，是那么熟悉的味道。阿欢纳闷儿地看着父亲，父亲咧着嘴笑道："不用怀疑，就是老街烧饼！他们在一个安置房小区租到了合适的店面，生意还是那么红火！"阿欢莞尔一笑，大口大口地吃着烧饼。

4

阿欢生长在典型的江南水乡，那里田舍井然、河网密布。老家就在上塘河以北，东侧有上塘河支流打铁港，西侧桐扣山脚下有西河港。村庄有个很好听的名字，叫汤家堰，屋后有条很古老的小路叫佛日路，通往佛日坞。

坞，在《现代汉语词典》中的解释为"地势周围高而中央凹的地方"。山多，山坳之中便成了坞，杭州带"坞"的地名有很多，如鼎鼎有名的青芝坞、花坞、龙坞等，阿欢家边上还有印花坞、杜牧坞。这就让人不由得想起诗人王维的《辛夷坞》来："木末芙蓉花，山中发红萼。涧户寂无人，纷纷开且落。"想象一大片辛夷花开放在山深人寂的山坳之中，形成美丽的花坞，是多么地令人怦然心动。

为何称其为佛日坞呢？因为村庄西边有一座不高的山，称作佛日山，山的东北角有一座寺庙，叫佛日寺，又名佛日山净慧寺，该寺早于灵隐寺，与灵隐寺并称东西天竺，曾经被人们称作东天竺，后来新建后的名字改为佛日隆昌寺。据史料记载，寺院建于后晋天福七年（942年），由吴越王钱弘佐建造，初名佛日院。宋大中祥符元年（1008年）改名佛日净慧寺，当时有殿堂九百九十九间，颇具规模，后又渐渐形成寺院群，鼎盛时期僧众达八百多人。

苏轼写下《游佛日寺》："佛日知何处？皋亭有路通，钟闻四十里，门对两三峰。"一直以来，皋亭山是杭州城北第一高峰，也是军事要地，皋亭南麓一带的赤埠河岸，至今留存着南宋的"班荆馆"遗址。南宋时班荆馆是接待外国使臣、官员、商人的国家驿站，马可波罗曾由此进入杭州，发现了"世界上最美丽华贵之城"。秦观《游杭州佛日山净慧寺》诗曰："五里乔松径，千年古道场。泉声与岚影，收拾入僧房。"其中"五里乔松径"指的就是由赤岸通往佛日寺的古山道。南宋楼钥的《佛日山》诗曰："晓出都夸暮入山，杖藜萧散易开颜。松风五里未行尽，隐隐疏钟紫翠间。"其中"松风五里"与"五里乔松径"不谋而合，那么，曾经入寺的古道究竟在何处呢？

一个秋日的午后，阿欢陪母亲去佛日寺进香，她想要去找找这条古道。穿过一片西式建筑，沿天都城欢乐四季公园的天鹅湖畔蜿蜒上山，左侧是一座小山，一条只能容纳一个人攀登的石阶直通山顶。阿欢想要上去探个究竟，母亲不放心她一个人上山，劝说一阵后无果，只能目送她上山。阿欢一鼓作气爬到了山顶，山间有被人敲下的野栗子壳，有山马兰头紫色的小花，还有又黑又大的山蚂蚁在枯叶上快速地爬来爬去。只是，走到路的尽头，竟是一间破旧不堪的小屋子，阿欢有点儿好奇，但又不敢上前去看，此刻母亲呼唤的声音在山谷间回荡。阿欢突然想起许多年前在桐扣山迷路的那段糗事，当时真的把母亲给吓哭了，于是她赶紧悻悻而返。看得阿欢下山来，母亲紧紧牵着她的手拐向右边的小路，路两侧长满了野菊花、蒲公英、苍耳和芦花。阿欢想起念书时常常用苍耳来捉弄人，挂在同学的身上和头发上，他们却浑然不知，猛一发现时却怎么都扯不下来，有一个男生还因此剪掉了一撮头发，她竟然扑哧地笑出了声来。

佛日寺的大门紧闭着，挖掘机的声音轰鸣着，阿欢显得有些兴奋，母亲竟也有些兴奋。"难道寺院要扩建？"母女俩异口同声地说着，想到曾经传说中九百九十九间的寺院群，她们显得有些期待。正好有人路过，她们便上前询问，工人们摇摇头告诉她们，他们正在建设一个房地产的楼盘，不过边上的寺院也在修缮中。果然精明不过房地产开发商，看中了这方风水宝地。母女俩显得有些失落，她们沿着寺院门前的小路继续向前走，一大片参天的古树映入眼帘，树下绿草丛生，犹如穿越在一片原始森林之中。继续向右前方拐，眼前豁然开朗，不远处藏着一座较新的大殿，刻有"圆通宝殿"四个大字，殿前一丛丛白色的芦花在秋风中摇曳，殿内供奉着千手千眼观世音、毗卢观音、汉白玉镶金玉观音三尊圣像。

　　再往前走，竟然无路了，但是阿欢依然不甘心。又一个春日，阿欢与好友相约去千桃园赏桃花，意兴阑珊之余一起去爬山。她们从皋亭山脚下的皋城村出发，一块块茶园里，几个采茶姑娘正在忙碌着采茶叶。阿欢竟然在山口发现了一段古老的砖墙，墙中有一个很窄的门台，上方刻有"吴越松径"四个字。真是"踏破铁鞋无觅处，得来全不费功夫"，阿欢一阵欢喜，心心念念的这条古道终于水落石出了。这条平整的石子古道现存只有两百米左右的长度，采用了非常古老的独脊碎石筑路法铺筑而成，是弥足珍贵的历史文化古迹。据说，该古道原本越岭可达佛日寺，因为吴越国忠献王钱弘佐初建佛日寺的同年还在赤岸建了众善院，依此推测古道是吴越王往返佛日寺与众善院的道路，故名"吴越松径"。

　　那些散落的古迹，也只能留在记忆的风烟里。但是，阿欢的心里多了一个念想，也许，用不了多久，会不会有一条新的松径便可通往佛日寺？是不是可以进得寺院去燃上一枝心香？

5

　　上塘河北岸有一座桐扣山，阿欢儿时最好的同学阿红家就在桐扣山脚下，当地人叫作"洞扣"，她常常去阿红家玩耍，和伙伴们漫山遍野地奔跑，与这座山结下了浓厚的感情。

马时雍主编《杭州的山》一书记载："从黄鹤山东南一条山径下，在山腰有黄鹤仙洞。离开仙姑洞，继续下山，在山麓东南又见桐扣山"。

在坊间"石鼓桐鱼"的故事一直广为流传，据《水经注·异苑》记载，相传在桐扣山前上塘河的宽广处有一个石鼓湖，西晋武帝时，突然崩出一面硕大的石鼓，捶之无声。武帝司马炎觉得稀奇，便问张华怎么回事。博学多才的张华说，只要取得西蜀的桐材，把它刻成鱼形的鼓槌，就能敲响这面石鼓。依照他的办法制成槌后，敲响石鼓，声音竟然响彻数里。从此以后，"桐扣石鼓"便传为千古灵奇之谈。当然这个传说也有人不信，"石鼓出临平，桐材长在西蜀，风马牛不相及也，何以击之则鸣？是非司空博物不能知也"。然而，到了晋代又有诗为证："事有远而合，蜀桐鸣吴石。"唐代骆宾王也曾写下了："质殊而声合者，鱼形出则吴石鸣"，印证了桐扣石鼓的历史。到了明朝，有僧人在石鼓边搭了个亭子，叫作石鼓亭，将山、湖和亭融合为胜景，沈谦曾漫步石鼓亭作《石鼓亭晚步》："桐鱼焉可问，博物愧张华。"据说亭子在清朝时尚存。现如今人们重新修建了石鼓亭，亭内放一面石鼓，亭上写有"石鼓传灵奇，桐扣遗逸响"的楹联，重现历史面貌，更借千年传说用来警喻做事、学习要找对方法，也希冀能像桐木一般被发掘，以声传天下。

阿欢的朋友阿健写过《桐扣桐扣》的散文，他的外婆家在桐扣的石马岭上。他从上塘河西头的桐扣到东头的临平，曾无数次穿行，他笔下描绘的父亲工作所在的水泥厂区也曾是阿欢童年的美好回忆。他说过，很久以前，东边的临平山脚到西边的桐扣山脚那一片汪洋就是临平湖。带着同样的故乡情感，阿欢常常读这些文字，也勾起了她用笔去记录下那些过往的念头。人总要为自己留下些什么，除了文字，她似乎别无选择。

旧时桐扣那片山林的快乐，像老电影般一帧帧划过脑海，简直要溢出阿欢的回忆。春天的山野是充满乐趣和自由的，采茶、折映山红、拗野笋、拔毛针、摘野草莓……野草莓又叫覆盆子，开白色的花朵，清新可爱，它的茎上长满了小刺，每次摘总免不了要被扎伤，但每次又记吃不记扎，因为那种来自山野的甜，愉悦得让人根本无法拒绝。长在地上矮矮的那些，土话叫作葛公，果实是红彤彤的，如宝石一样好看。还有一种是长在一株小小的树上，果实是橙黄色的，土话叫糯米公公，味道则更鲜美些。想起鲁迅先生在《从百草园到三味书屋》中写道："如果不怕刺，还可以摘到覆盆子，像小珊瑚珠攒成的小球，又酸又甜，色味都比桑椹要好得远。"阿欢的母亲每次去山上割羊草，总会用青草串一大串，就像红宝石项链，带回家给阿欢吃。这红亮的鲜果不仅赏心悦目，更是一剂上品的药材，《本草纲目》云"益肾固精，补肝明目，缩尿"，如今为"新浙八味"之一。

一到秋天，阿欢的父亲会到山上去砍柴，阿欢总是央求父亲帮她采几个"旋陀螺"来。其实那是一种叫野橡栗的小果子，每次父亲把柴挑回家的第一件事，就是从他那件蓝旧的确良厚布衫口袋里摸出几粒来，然后从柴堆里折一小截苦竹最细的枝，把橡栗顶端的小帽子揭掉，将竹枝从橡栗的中间直插进去，放到阿欢的小手心里。阿欢捏住顶部的竹枝，把橡栗放在地上轻轻一旋，便可以看到它欢乐地在地面上跳起了芭蕾舞。

再后来，因为天都城项目的开发，阿欢的那座乐园消失了。一日，阿欢和父亲一起去寻找儿时的记忆，他们从天都城欢乐四

　　　　壹　乡音婉转

季公园东门进入，左边是潺潺流淌的上塘河，右边还有一些低矮的小山丘，桐扣山去向何往？他们行至天鹅湖西侧，父亲又感慨道："我们再向左拐进去就是曾经的石马岭，要是石马岭没有被破坏，我们这里就是真正的风景名胜区了！"阿欢小时候常听村里人讲起石马岭，阿欢的那本老旧的相册里还有一张在临平公园拍的照片，那时她一脸稚嫩，站在石象边与其合影，父亲说照片上的石象便是从石马岭拉过去的。

星桥因为山多，故矿业发达。20世纪70年代，当地农民正想把石马岭的文物打碎充当石料，浙江著名收藏家王玉得知后，立即买下并雇了一辆拖拉机，千辛万苦将石人石马从星桥佛日坞废渣中抢运到当地文管会，后来又移到了临平山上。

阿欢父女俩连走了几条路，都没有走通去往石马岭的路，心有不甘。于是，他们来到山脚下俞苗振大伯家，想了解一下是否有新的发现。这位在桐扣山脚下长大的俞大伯对这一带了如指掌，他告诉阿欢父女，石马岭在山坳里，原先有石人、石马、石羊、石猫、石龟、石柱，还有牌坊和龙门，俞大伯口中的石人其实就是"石翁仲"，而"石像生"，指古代帝王或大臣墓前的石人及石动物像，因此可以推断，当时这位官员级别比较高。俞大伯对石龟印象特别深刻，他说石龟有一米多高，小时候割羊草的时候还经常在它背上爬来爬去。但是后来被推掉了，幸亏有些被拉到临平山上去了，不然真的无从考究了。

老人娓娓讲述着那些过往，阿欢抬眼向西望去，夕阳渐渐隐入连绵的山脉，那个桐扣、那座石马岭也如夕阳一般，在老人黯淡的眼神中隐了下去。阿欢伸手想去抓住它们，却不见踪影。东边的弯月缓缓升上树梢，它像一位饱经沧桑的智者静静地审视着一切，默默地守望着临平这座城。

6

阿欢现在的新家在上塘河的东端。

有河必有桥，河似画，桥似虹。古桥是城市记忆的灵气，也是乡愁文化的灵魂。从老家一路行来，途经一座又一座桥，有保障桥、西洋桥、解放桥、桂芳桥、龙兴桥……

端庄秀丽当属桂芳桥，名字美，桥也美，在大多数老临平人口中，称其为"东茆桥"。在临平，有两座桥被列入全国重点文物保护单位，除了大运河上的广济桥，就是桂芳桥了。阿欢茶余饭后散步时会经常带孩子走这座古桥，有一日，她问孩子："你猜，这座桥为什么叫它桂芳桥呢？""这还不简单，你看，桥边不是种着一棵老桂花树么！"孩子指着桥南的那棵大桂花树。在孩子眼中，这是最直白的解释。

其实，这座桥有着更深厚的蕴意。在大桂花树下立有一块石碑，石碑复制的是清道光十九年（1839 年）临平人孙元培所撰并书的《临平重建桂芳桥碑记》。碑文记载了桂芳桥桥名的由来："旧名茆桥，创建年月无考。至南宋时，因里人徐宣与弟寅、垓同太学生数十人伏阙上书攻贾似道，贾败后，兄弟同登进士，垓居榜首。乡人荣之，号曰一门三秀，更其居旁之桥曰桂芳，此今名所自始也。"讲的是，南宋时临平人徐宣、徐寅和徐垓三兄弟，同登进士榜，同乡称他们为"一门三秀"，古代科举秋闱常在阴历八月，所以将科举应试得中者称为"蟾宫折桂"，为纪念这件给乡里争光的大喜事，改集资重修的镇中的东茆桥为桂芳桥。

桂芳桥不仅历史悠久，且桥的构造特殊，其北岸原有东西走向的一座桥，桥下有闸可以启闭，用于将上塘河的水向镇北泄出，是一座水利设施。宋时为了方便人们往来，又建了南北走向的桥。水闸淤塞后桥墩则直接建造在东西向的桥上，故有"桥里桥"之称。老底子^①的时候，靠近桥的家家户户在河边浣衣、淘米，夏天泡在河里洗澡、游泳，有船穿桥洞而过，有水鸟在头上盘旋远走。

阿欢很小的时候难得去一趟临平街上，但在她模糊的记忆中桂芳桥应该是没有桥亭的，只是一座普通的石桥。后来阿欢来到临平工作安家，发现石拱桥上起了一个古朴的桥亭。直至2019年因桥亭过重导致桥的拱券变形，桥体出现裂缝，出于安全等因素，桥亭被拆除，并进行了桥身保护修缮。如今，随着杭州亚运会提升改造项目的建设，桂芳桥边又发生了巨大的变化。

阿欢每日上下班必经桂芳桥，在桥的两岸，一边是繁华的商业街东大街，人群熙攘、车水马龙、灯火通明；一边是居民小区河南埭路，人们或三五成群闲谈，或健身歌舞，生活安逸。阿欢喜欢沿着桥坡阶梯拾级而上，从一块块被人磨得光滑的青石板桥面上感受桥的温度，桥上四只石狮子傲然与阿欢对视，有时让阿欢觉得它们有点儿凶，有时又觉得它们有些可爱。站在桥顶，两岸高大的柳树伸开怀抱，想要拥住河水，一阵风轻轻吹来，柳条亲吻着河水。到了夜晚，岸上大树星星点点的光芒和荷花灯幽幽的灯火倒映在河水中，仿佛一下子穿越到了古代。

桥边，这座城市的记忆越来越清晰，地上的绿道铺满了诗意，

---

① 方言，过去，从前。

"临平山下泛归船，何必荷花五月天。记取五更霜显白，桂芳桥买小鱼鲜"（出自宋代方回《过临平二首》），站在一句古诗之上，低头诵读，抬头品味"记忆上塘河"的胶卷、邮局的雕塑、牛拖船的雕塑……一路行来，让阿欢深深地感受到了临平厚重的文化底蕴、古朴的民风、幸福的生活。

桂芳桥以东是隆兴桥，又叫龙兴桥，说到此桥，阿欢有点儿陌生，只知道那是临平境内跨上塘河最东面的一座古石拱桥，被称作"东来第一桥"。然而，真正让她熟悉这座古桥要从一幅国画说起。也不记得是哪一年，阿欢和孩子一起参观上海博物馆，观展的过程中，被一幅名为《迎銮图》的国画吸引，因讲解员有说到阿欢的家乡临平，她就多看了两眼。这幅作品所表现的是南宋抗金战争中的一件重要历史事件——韦后南归，刻画了绍兴十二年（1142年），宋高宗为迎接母亲韦太后，步行从西湖边凤凰山的皇宫出发，一路来到临平迎回母亲和父亲的灵柩，声势浩大、耗资靡费，成为老百姓口口相传的盛典。当时，韦太后的车驾到临平，驻跸在镇东上塘河北岸妙华庵。后来，太后住过的妙华庵、太后走过的石拱桥，宋高宗取宋王朝中兴之意，改名为龙兴寺和龙兴桥。

据《仁和县志》记载："龙兴桥重修于北宋天禧年间（1017—1021年）。清乾隆二十七年（1762年）重建。"南宋时期，临平是仁和县大镇、杭州的东大门，也是江南运河离杭州的第一站。宋高宗赵构一生九次到过临平，在古桥的东侧有一座行车的平桥，桥两侧的栏杆上对九次来临平作了详细的介绍。

如今，桥的边上是新天地文创园，阿欢经常送孩子来此上培训班，孩子送到后她会一个人四处走走。她喜欢这座古桥的静美，就如桥上的莲花柱头般温婉洁净、与世无争。桥两边斜倚着生命力超强的构树，树上高低垂挂着深红的果子，红色的果浆落在了长满野草的武康石台阶上，阿欢弯腰想去捡果子，突然耳畔响起了外婆的那句话来："不要吃不要吃，吃了变哑巴……"

阿欢站起身子，依稀看到一副桥联："夕阳帆影频呼泊，子夜锺声呒涉印"，忽然闻得火车呼啸而过。哦，它一路向东，是奔向何处？阿欢忽然想起了参加工作的第一年，绿皮火车沿着这条河将她载到了大上海……

春日的午后，阿欢和孩子坐在上塘河边的石椅上，孩子手中的画笔与素描本轻轻摩挲着，素净的白纸上，静静的上塘河上漂浮着一只小船，船上可爱的亚运会的吉祥物琮琮、莲莲、宸宸结伴同行，孩子靠在阿欢的怀里说："妈妈，这是我画的家乡，美吗？我们给这幅画取个名字吧！"

"静静的上塘河！"阿欢说。

"上善若水。"漫长的几千年里，上塘河似乎就是为了讲述这座城市的故事而来，她就这样兀自流淌着，心无旁骛，坚定向远。她的安静并非无声，过去、今天、未来，她美妙的水流声此起彼伏，动听悦耳，只要走在她身边，你的心便安稳了。

那山那茶

1

谷雨节气,友人赠了一罐绿茶予我,谓之"旗枪"。

记不起已有多少年未见"旗枪"了,再见时竟已淡忘。对茶叶颇为挑剔的我,这几年来喝惯了清冽的径山绿茶和甘醇的安吉白茶,便很少喝其他茶。那一片"旗枪"叶在杯中百转千回,水的灵性孕育着它的觉醒,就像我梦中远去的故乡,忽而一阵春风吹过,茶的清香氤氲出山间的那片茶树林,那么近,又那么远。

友人说,一片绿叶为旗,一棵嫩芽为枪,一芽一叶则为"旗枪"。我从小生长于群山环绕之间,又怎么可能不知道"旗枪"呢?"旗枪"其实指的是江南春季出产的优质绿茶一个品类的名称。江南的味道,首先要从一杯龙井茶说起,而西湖的龙井每年春天要分四次采摘青叶。清明前三天采摘的为"明前茶",此时茶叶嫩芽初生形如莲心,叫"莲心茶",为西湖龙井之珍品;清明后到谷雨前采摘的为"雨前茶",此时茶叶叶如旗,芽似枪,称"旗枪";立夏时采摘的茶叶嫩芽形似鸟雀的舌头,称"雀舌";约莫再过一个月采摘的茶,或大或小,或四叶或五叶,或老的叶片连同茎一起采摘下来就称作"梗片"。犹记得小时候奶奶为我穿耳洞,就会在"梗片"里找寻细细硬硬的那种茶叶梗,奶奶说用这个梗不仅可以让耳洞长实还能消炎止痛。

翻开历代文史，我们都能触摸到一些关于"旗枪"的记忆。据北宋政治家王得臣所著的《麈史》记载："由带顶芽的小叶制成，茶芽刚刚舒展成叶称旗，尚未舒展称枪，至二旗则老。"宋代熊蕃在《宣和北苑贡茶录》也提到了："一芽带一叶者，号一枪一旗。"由此可见，早在宋时，"旗枪"喻之为茶，已成为贡茶、优质茶叶的代名词。明嘉靖年间的《浙江匾志》记载："杭郡诸茶，总不及龙井之产，而雨前细芽，取其一旗一枪，尤为珍品，所产不多，宜其矜贵也。"归隐孤山的北宋诗人林和靖在《尝茶次寄越僧灵皎》中就写下了谷雨节气名句："白云峰下两枪新，腻绿长鲜谷雨春。"南宋著名爱国诗人陆游的《效蜀人煎茶戏作长句》中也曾写道："午枕初回梦蝶床，红丝小磑破旗枪。"

到了当代，尤其是汪曾祺在《寻常茶话》中对西湖龙井的那段描述："我在杭州喝过一杯好茶……真正的狮峰龙井雨前新芽，每蕾皆一旗一枪，泡在玻璃杯里，茶叶皆直立不倒，载浮载沉，茶色颇淡，但入口香浓，直透脏腑，真是好茶！"汪老先生这一句，突然让人无比向往"旗枪"的那份鲜醇、浓烈与甘甜。

2

父亲常说家乡星桥是块风水宝地，自西向东绵延着一大片的山脉，有黄鹤山、皋亭山、桐扣山、佛日山等，在当地老百姓口中还有鸡笼山、马驾山、元宝山、青龙山、白虎山、燕子山、枉山等诸多小山峰，与东面的临平山、东北的超山相对应，山的南麓蜿蜒东西的是古老的上塘河。我的家乡汤家堰就在这山水灵秀之地，生长在这片山脚下，我对周边山上的一草一木都有着特殊的感情，尤其是对山上的茶树林更是有一种一往情深的眷念。

去年春天，我陪父母回老家一起逛天都城公园，我在几株老茶树面前驻足，似曾相识的感觉让我固执地认为这就是小时候那片茶山上的茶树。我脑海中突然冒出一种想法，对父亲说我想要详细了解一下关于汤家茶厂的前世今生。

据父亲回忆，我们汤家有两个林场，分别为南场和北场，茶叶种植主要在南场，当时整个星桥的茶叶基本产自此处。父亲小时候上午上半天学，下午就去汤家中学的学农基地即林场的南场干农活。那时候男生大多干重体力活，如垦地、挑粪、施肥等，女生则帮忙采摘茶叶。父亲见我如此执着于此事，便带我去寻访了当时住在桐扣山脚下的老村民俞苗振大伯。俞大伯对汤家茶厂的历史了如指掌，初见他时，红润的脸庞上一双深邃明亮的眼睛闪烁着智慧，饱经风霜的脸上积蓄了岁月的痕迹，说起话来就如他一贯的做事风格，清脆利落。

青龙山与白虎山之间有座鸡笼山，并与桐扣山相依，地形分布犹如青龙和白虎抢珠。因鸡笼山山势浑圆，形似鸡笼，故当地百姓称其为鸡笼山，自我有记忆起，那片山上就遍植茶树。俞大伯笑称自己年轻时带大了两个"孩子"，一个叫"石矿"，一个叫"茶厂"，他与汤家茶厂有着无比深厚的感情。20世纪60年代，年轻气盛的俞大伯动员全大队的村民对整座鸡笼山及白虎山的南侧进行了开垦，村民们都参与到热火朝天的义务劳动中，山中的石头拣干净，两三百亩茶地也被开垦出来了，并种植了一垄垄的茶树，成了之后的茶树林。当时，南场的茶叶采摘后基本都是手工制作，村民们自产自销妨碍了规模经营的发展。俞大伯心里早就有了盘算：这片山水滋养了这么好的茶，为什么不能让它们走出大山？靠山吃山，在集体经济时代茶叶成为生产队的主要经济支柱。为了推动茶林的茶叶产业化发展，让村民走脱贫致富之路，他开始筹建汤家茶厂。买砖的钱没有，他就带领村民去附近的山上将一些无主坟的砖和石板拆除并抬下山，还请来东阳的师傅砌好茶厂的墙头；茶叶生产的设备没有，他就四处筹措了四千多块钱的现金，从上塘河拉纤出发到皋亭坝，再沿大运河一路摇船到老余杭古镇，历经千辛万苦才运回所购的制茶设备；没有制茶技术，他就带领年轻骨干赴绍兴学习龙井茶的炒制技能……万事俱备，茶厂就红红火火地开了起来，至此繁重的人工炒制茶叶劳动逐步为机械化制茶所代替，茶厂也拥有了自己的品牌。

茶叶的采摘期都比较漫长，要从每年的清明一直采摘到国庆节前后。俞大伯说，春天采摘第一批新茶的嫩芽就用来制作龙井的"旗枪"，依靠龙井的知名度及茶林特有的天然优势，汤家茶场的首批新茶热销其他地方。之后气温升高，茶叶慢慢大起来了，将茶青磨小后就用来制作绿茶和红茶，当地村民们双抢干农活时，就是用这些叶子泡水喝，微苦，却有着清热、解渴、消暑的功效。

"茶厂刚开起来的那一年，年产值破两万元，这真是件了不起的事。"俞大伯啜了口杯中的绿茶，继而又沉浸在幸福的回忆里。他指了指杯中茶，一朵朵芽尖儿像极了盛开的小花，碧绿细嫩，竖立在透明的玻璃杯中，显得格外水灵可爱，"这就是我爱喝的'旗枪'茶，现在每天都能喝上一杯，小时候哪舍得自己喝呀！"

3

俞大伯对茶厂的回忆，也勾起了我对茶树林的无限思念。

那时，每年清明节前后，是采摘茶叶最忙碌的时候，每家每户的女人们都去茶树林采摘茶叶，不同的茶叶茶厂会按照不同的标准回收。"旗枪"茶是最贵的，按炒好两块钱一斤的标准回收；茶青好像只有几角一斤。不过一天干下来，最多的也是可以挣到四五块钱。对于20世纪八九十年代的人来说，四五块钱可是一笔比较可观的收入，毕竟那时肉也只要一块多钱一斤。

小时候，我也经常跟着母亲上山去采茶。我们娘儿俩每天基本黑天出门天黑回家，带着竹篓、麻袋、一大壶水和干粮。母亲说，那些刚离开树被摘下来的茶叶最怕太阳晒，其蕴含的茶膏会消耗，水分也会随之失去，茶叶的芽叶就变得不鲜嫩，所以采下的鲜茶叶要及时放入竹篓内，随采随放，竹篓里的鲜叶更不能按压，采满后要及时倒入麻袋里，到傍晚收工的时候去茶厂过秤换钱。

每次采摘"旗枪"的时候我的耐心明显就不够，采"旗枪"叶的时候要看准叶形以一芽一叶为主，鲜叶的嫩度和色度也要基本一致。母亲的手法非常娴熟，她用食指和拇指夹住采摘部位上下齐捋，就像鸡啄米一样，灵巧的双手在茶树顶端轻盈地上下飞舞，竹篓里的嫩芽就越堆越高。奈何我人矮手小，这叶子又得一个芽一个芽地摘，稍稍摘一阵子，我的小手便摸进竹篓子，可是摘的茶叶依然只铺了一个篓底。于是，我去母亲的竹篓子里抓一把放进自己的竹篓里，常常逗得母亲哈哈大笑。

有时候茶叶摘得累了，我就躲在树荫下坐会儿，嚼几片茶的鲜叶。那时候，我总感觉天黑得这么慢，一天的时光怎么过得这么久。当我再长大一些的时候，因为跟母亲采茶的次数多了，我也成了采茶的熟练工了，自然而然采茶的速度快起来了。有时候，我和母亲一天合作下来也能采个五六块钱的，母亲很疼爱我，就会给我几角钱，让我去村北的杭州水泥厂买一支八分钱的白糖棒冰吃，那时虽然很累，但能吃到甜甜的冰棍，心中还是喜滋滋的。

鸡笼山里还藏着我许许多多的回忆，在遍植茶树的山林间有一个山坳，建有一座水库，那是我学生时代最向往的地方。每年春秋两季学校都会组织学生去茶山的水库边野炊。

春天，漫山遍野的茶树苏醒了，大家一起烧野米饭，组长负责带上铁锅，其他组员都会带一些自家种的糯米、蚕豆、豌豆、腌肉等。到达目的地，大家分工合作，有的捡石头垒灶，有的找枯树枝，有的去山间抈野笋，有的洗米和豆子……一切准备就绪，大家你一把我一把地添柴火，众人拾柴火焰旺，山谷间顿时升起了袅袅炊烟，野米饭和茶叶的香味交织在一起，蓬勃着童年特有的朝气。约莫半小时饭煮好了，掀开锅盖，圆滚滚的糯米饭吸饱了汁液，晶莹透亮，与翠绿的豆子、野笋黏合在一起，又软又糯，大家一下就吃了个锅底朝天。吃完饭后，大家在茶山上捉迷藏、打仗、采野果、讲故事，玩得不亦乐乎。印象最深的便是"寻宝"游戏，老师们在茶树林中藏有各种各样的纸条，大家则分头去寻"宝"，找到纸条就可以兑换奖品，同学们一个个争先恐后地冲向了茶树林，染得一身茶叶的清香，欢笑声、嬉戏声回荡在整个山谷间。

秋天，山间铺满了落叶，山上的番薯成熟了，田间的芋艿也成熟了，大家三五成群地在水库边烤芋艿和番薯。山间的野菊花开放了，女孩子们采撷一大束回家，或养在汽水瓶里装饰屋子，或晒干做成野菊花茶。水库边上的茶树经过夏季的酷暑炙烤，正处于极好的生长时期，此时，它们并不像春茶那样鲜嫩甘爽，但却有点独特的甘甜与香醇。茂密的茶树里经常会有一些小动物掠过，野兔、黄鼠狼、四脚蛇等，我们偶尔也会被这些突如其来的小东西吓一跳，但是那时年少轻狂，我们会乐此不疲地循着它们的踪迹追赶。

4

前几日，偶然翻到元末明初著名画家王蒙的《煮茶图》，画中群山环绕，山重水复之间，一名童子临流汲水准备煮茗，三位高士围坐在一间茅亭论道，一副悠然自乐的意境。尤其是山腰间那一道山泉，经多重曲折，绕过村落、山坳，在山脚下的茅亭前汇成小溪，流出画外。对这幅画我有种说不出的亲切，画家笔下的这片山水，竟让我找回了远去的故乡的那份平和与安宁。

作为"元四家"之一的王蒙，曾历经仕途险恶，于战乱之中弃官循迹归隐黄鹤山，因号黄鹤山樵，另署黄鹤山人、黄鹤山中樵者，正是这座灵秀的黄鹤山孕育了他超然的画风。他终日里行走于这片山水之间，"卧白云而看青山"，集自然之钟灵毓秀，以别具一格的"山石皴法"开创了一个生动繁茂的江南山水意境。

黄鹤山与皋亭山相连，海拔三百多米，据南朝梁吴均《续齐谐记》载，仙人子安驾鹤经此，鹤唳声震长空，群峰回响，久不绝于耳，因而谓为黄鹤山。在家乡境内还有以其命名的黄鹤山社区、黄鹤山居楼盘，如今杭州地铁3号线便设有黄鹤山站。其实早在唐代，黄鹤山即为杭州的名山之一，自天目山蜿蜒而来，为其余脉，古人谓之"虽不甚深，而古树苍莽，幽涧石径，自隔风尘"。

古代文人雅士、达官贵人归隐后都把饮茶当作享受闲居生活的重要生活方式，而且对煮茶之水又极为讲究的，按《茶经》上说："山水上，江水中，井水下。"所以在许多书画作品中都能窥见茶童煮茶，雅士们围坐在一起边饮茶边谈古论今，赏景听泉，尽情地享受品茶与山水带来的愉悦。

细读王蒙的《煮茶图》，其用"渴墨"以牛毛皴、解索皴画出，再用浓墨"苔点"，山体阴阳向背、元气磅礴、纵横离奇。整幅画没有明确作画年月，自题款曰："黄鹤山中人王蒙为惟允画"，其间宇文公谅题跋："霁色如银莹碧纱，梅蓓影里月痕斜。家僮乞火焚枯叶，漫汲流泉煮嫩茶。顿使山人清逸思，俄惊蜡炬发新花。幽情不减卢仝兴，两腋风生渴思赊。"郡中题跋："嫩叶雨前摘，山斋和月烹。泉声云外响，蟹眼鼎中生。已得卢仝兴，复饶陆羽情。幽香逐兰畹，清气霭轩楹。"黄岳题跋："清泉细细流山肋，新茗丛丛绿芸色。良霄汲涧煮砂铛，不觉梅梢月痕直。喜看老鹤修雪翎，漫爇沉檀检道经。步虚声彻茶初熟，两袖清风散杳冥。"杨慎题跋："扁舟阳羡归，摘得雨前肥。漫汲画泉水，松枝皆用微。香从几上绕，烟向树头围。浑似松涛激，疑还绿绮挥。蜂鸣声彷佛，涧水响依稀。"从"嫩茶""雨前摘""新茗""雨前肥"皆可看出画中人饮的是雨前茶，春山春树春茶，谷雨前的大好春光连同春天的滋味均在画作中一同展现，同时，也将黄鹤山樵隐居的快乐，与惟允①深厚的友谊，全都倾注在了这幅《煮茶图》中。

翻阅史料可以得知，"煮茶"的典故来源于唐代"茶圣"陆羽，他闭门著书，不愿为官，以嗜茶闻名，最终写出《茶经》。早些年读《茶经》，还记得开篇中陆羽便对茶之源定义为"南方之嘉木"，"嘉"字是对茶性的赞许。而这个"茶"字，他将原先的"荼"字去掉了一横，从字的组合上蕴含着大智慧，寓意"人在草木间"。如若能坐拥山间草木，赏流云飞泉，煮一壶雨前的"旗枪"，说不定能喝出几分陆羽的仙味儿来呢！

---

① 陈汝言。

那歌那花

"桃之夭夭，灼灼其华""陟彼南山，言采其薇""有女同车，颜如舜华"……有多少花在《诗经》里诵了千年；"人间四月芳菲尽，山寺桃花始盛开""疏影横斜水清浅，暗香浮动月黄昏""沾衣欲湿杏花雨，吹面不寒杨柳风""试问卷帘人，却道海棠依旧"……又有多少花盛开在了唐诗宋词里。

古人喜欢用花草来寄托自己的情感，从《诗经》《楚辞》《汉赋》到唐诗、宋词、元曲，在中华五千年浩瀚的历史中，古诗文如一颗璀璨的明珠在中国文学的星空熠熠生辉。它们从各种音乐的变化中形成各种文学体裁的转变，在国外甚至还有人写歌词写到拿诺贝尔文学奖。音乐、诗歌与那些花花草草，音乐是诗歌的灵魂，花草是诗人的归宿，诗人在欣赏花草时不由自主地将自己的感情转移在了花花草草中，看花时突然吟了首诗、唱了首歌。

若干年后，当你看一朵花时，便想起一首歌；当你听一首歌时，便想念一个人。

1 蒲公英

"我是个小小的蒲公英，出发要到远方旅行；我是个小小的蒲公英，天空才是我熟悉的地方……"我喜欢听奶茶刘若英的每一首歌，一句句唯美的低吟浅唱，无论温暖还是忧伤，就像一个个故事般娓娓道来。记得她说过一句经典的话："想象自己是竹蜻蜓，只要张开双翅勇敢地迎着风去，便可以飞起来，自由地飞起来。"就像她唱的《蒲公英》一样，小小的蒲公英伞一片片飞出了自己的梦想，用自己的力量，赋予这世界暖暖的爱。

蒲公英的花语是"无法停留的爱"，它的爱太多太多，只需轻轻一吹便可撒播四野，扎根于大地，繁衍出更多的生命，角角落落里皆是它们的爱。在蒲公英智慧的花语下，还蕴含了更大的力量，它对人类的健康有着不可磨灭的贡献。你随便去翻阅中国古代的医科药典，蒲公英的影子无处不在，甚至医家有言，若学会蒲公英所有的用法，就是半个老中医了。

蒲公英的原名叫蒲公草，始载于《唐本草》，谓："蒲公草，叶似苦苣，花黄，断有白汁，人皆啖之。"孙思邈《千金方》作凫公英，苏颂《图经本草》作仆公罂，《本草纲目》载蒲公英于菜部，谓："地丁，江之南北颇多，他处亦有之，岭南绝无。小科布地，四散而生。茎、叶、花、絮并似苦苣，但小耳，嫩苗可食。"《本草新编》又言："蒲公英，至贱而有大功，惜世人不知用之。"可见蒲公英是一味极易得而具有奇效、应用广泛的中药。

在家乡这是一株普通得不能再普通的植物，它是属于孩子们的，是一种经常出现于童话故事里的植物，而这个童话故事几乎每个孩子都会讲：我是一朵小小的蒲公英，从小在妈妈的身边长大，有一天妈妈对我说："孩子，你长大了应该自己去闯世界，安家落户了。"风姐姐就把我捧在手里，带我去闯世界了……于是，它们身上就发生了各种各样的故事。

前几日，我带着女儿完成学校布置的"寻秋听秋"的项目化作业，我们在一条小路上发现了蒲公英的身影。女儿看到一朵花蹲下身子说:"妈妈,你看角落里竟然藏着一朵小黄花,多漂亮呀!"

我凑近那嫩绿的叶子,仔细看像一把把小小的锯齿,叶子底部粉白相间的根深扎在泥土里,整个身体俯贴于大地上,就像依偎在母亲怀抱中的孩子一样,那么纯朴,那么天真。我告诉她:"这是蒲公英的花,你瞧!边上还有白色的绒毛黏在它的叶子上。"

女儿在叶子上捡起了几片细小的绒毛,对着天空呼呼地吹着,口中念念有词:"蒲公英,蒲公英,飞呀飞呀,去找那些被风姐姐吹走的伙伴吧,去追赶天空的那只可爱的小鸟吧……"

我的内心无比震撼,多美的画面啊!一下子将我拉回到了童年。也是一个初秋的夕阳下,一个扎着两个羊角辫、光着脚丫的小女孩,走在田埂上,摘下一朵可爱的小绒球,朝着晚霞的方向努力地吹啊,吹啊,那一朵朵小伞在夕阳下跳跃着、飞舞着,仿佛把那纯洁的梦吹向了远方,女孩响亮的笑声,在天空中飘散的小伞里回荡……

"妈妈,快看,这朵蒲公英完整无缺,就像一个小绒球!"女儿又在一棵树下发现了一朵完整的蒲公英,开心地说,"我们把它摘回家做标本吧!"

女儿轻轻摘下花枝,打算装在她随身携带的玻璃小瓶子里。尽管她的动作很轻,可惜还是飞走了几把小伞。她有些小失望,只好把秆子上还剩的几片绒毛捂在手心,细心呵护它们回家。到家后她打开手心,发现蒲公英被她的汗水渗透了,她不停地吹啊吹,试图吹干它。

女儿就这样一直为这些小绒毛们忙碌着。过了一会儿,她竟然走到窗口，将那些吹干的绒毛一个个放飞了。她回头告诉我："妈妈，它们肯定是不愿意待在瓶子里的，我觉得泥土才是它们的家。"

我看着飘向远方的蒲公英，耳畔仿佛响起了刘若英的歌声："我是个小小的蒲公英，出发要到远方旅行，风一直吹个不停，我也随着它四处飘散……"确实，每个人都有自己生长的土壤，这样方能用力生长，孕育生命的精彩。

2 喇叭花

"小小牵牛花呀，开满竹篱笆呀，一朵连一朵呀，吹起小喇叭……"看到这朵花，我总会忍不住哼起这首儿时常常挂在嘴边的童谣，无可自拔地陷入故乡深深的回忆里。

关于牵牛花的名字，民间流传着各种传说。有人说，在花朵打开之时，清晨的天空中星星依稀，东边正好可以望见银河中织女星与牵牛星相对，故而得名。也有人说，古代人们用花的藤蔓编绞成绳索用来牵牛，所以称其为牵牛花或牵牛藤。

但我更喜欢叫它喇叭花，因为它的形状像极了一只只小喇叭，如同孩子的小名，开在了童年的歌声里。它有雅称呼作朝颜花，还有一个俗名叫勤娘子。在郭沫若《行路难》中就有写道："寺旁有座小小的别墅风的人家，四周的篱栅上盘络着无数的朝颜。"这里的朝颜便是喇叭花，可以想象，它们踩着露水迎着朝霞，在晨曦里缓缓打开的姿态，就像女子纯净的脸庞。它就像一个勤劳的女子，呼唤着人们早起，颇让人敬佩。

距离老家拆迁十多年了，一个秋日的黄昏，我和母亲走进了佛日路这条我熟得不能再熟的路。尽管老屋早已被推倒了，新的房子就建在老屋不远处，但是屋后那一排排挺拔的水杉树依旧，那一条潺潺的小溪依旧。苍老的水杉上缠绕着喇叭花的藤蔓，藤上有闭合的花朵，我知道这些闭合的花儿过不了多久便会结出一个个绿色的小球。其实边上已经有一些小球变成淡褐色了，顶上一个个小尖儿，小球里边是弯月般黑色的小种子，有些已经裂开了。再过段日子干透以后便会炸开，把种子弹出去，只留下分成几瓣的干壳。

我有些固执地认为，也许这些藤蔓就是十多年前老屋后面繁衍生息的那片喇叭花，我蹲下身子突然很想去拥抱它们，希望能一直留住它们。我从藤蔓上摘下了几颗成熟的小球，地上也掉落下来许多月牙儿似的黑黑的籽，我捡起一些，紧揣在兜里。我想要把它们带回家，带回到上塘河的另一端，也许待到花朵开出来的那一刻，我便能看到故乡的模样。

来年春天，我撒了些种子在新居住小区的卫星河边，这真是一株生命力超级顽强的植物，但凡有泥土的地方，都能看到它的身影。它能穿过乱石缝隙，长在墙角边；能钻过狗尾巴草丛，攀缘在树上；能挤过一片鲜花，跃上电线杆……仿佛那柔弱的茎蔓中蕴蓄着无尽的力量，一朵、两朵，无数朵在清晨露出笑颜；一片、两片，一大片铺展成季节的风景。我爱去河边散步，如饥似渴地汲取着这片从故乡带来的一丁点儿回忆的温馨。

在我们有限的生命里，总会有一些被忽视的小确幸。今年，我移植了一盆吊兰，不知何时吊兰的边上居然长出一根纤细的绿藤，儿子以为是一根杂草准备将其拔除，女儿看着这碧绿的小叶片却万般不舍，她在窗子边上挂了一根细毛线，时不时地为它添点水。却不料它缠绕着毛线，一直向上长着，竟在夏末的时候开出了一朵喇叭花来。三天两头它都会给我们制造惊喜，开出一朵又一朵的花来，女儿用她的小本子记录着一共开了几朵。这是一株与我们不期而遇的喇叭花，心形的叶片，蓝色的花朵，柔软的藤蔓，点缀了秋天的阳台。清晨开窗时，我的目光便与它宛若丝绒的花瓣欣然相逢。夜深人静之际，我在月光下凝视蜷缩成一团的小花伞，哪怕只有这一天的生命，它也美得如此动人心魄。我伸手去摸它纤薄的花瓣，清凉且润泽，我的手轻轻一颤，似有什么划过我的心尖。

哦，我想起来了，原来种吊兰的泥土我是从卫星河边的树下挖来的，我的眼眶涌出了惊喜的泪水。突然间我想起了叶圣陶先生在《牵头花》开篇时就写道"手种牵牛花，接连有三四年了"。叶老先生种了一年又一年的牵牛花，那是对一株植物的守候。如今，我深刻地明白了，其实草木真的有情，每一种草木都隐喻着一种人生，它们不言不语，默默地陪伴着你，在不经意间勾起你那段隐约可见的过往岁月。

"嘀嘀嘀嗒，嘀嘀嘀嗒……"歌声在我心中反复回响，我犹如一粒从故乡飘来的喇叭花的种子，在阡陌的小路边生根发芽，努力攀缘向上，盛开一片绚丽而又温馨的秋景，恰似多年以前故乡盛开的那一片又一片的喇叭花。

3　夜饭花

"那南风吹来清凉，那夜莺啼声齐唱，月下的花儿都入梦，只有那夜来香吐露着芬芳……"当《夜来香》悠扬曼妙的歌声响起，我总会想起老家院子里的那一丛丛夜饭花，浓郁的香气在我周身乃至整个屋子氤氲。

夜来香，又名紫茉莉，胭脂粉。花儿在傍晚时分开放，夜间更甚，香气四溢，故称夜来香。在农村老家，我们更喜欢叫它"夜饭花"，它在人们吃晚饭的时候开得最为娇艳，家乡方言"晚饭"呼作"夜饭"，故作此名。夜饭花有紫红、黄、白等色，最为多见的是紫红色。花朵未开时像一根根火柴棒，当夜色慢慢织入花丛中，一眨眼，一朵、两朵、三四朵，像一把把紫红的小伞撑开了，花朵细碎、浓密，一层层覆盖在茎丛上，是季节里最自然、素朴的花儿。

夜饭花的花期长，花儿从夏天一直开到深秋，小时候奶奶还给我讲过一个美丽的传说：很久以前，百花仙子召集所有的花朵开了个百花大会，让所有的花朵选择自己喜欢的时间绽放。大多数的花朵挑选了白天有温暖的阳光时开放，而夜饭花却不为所动，月亮婆婆便好奇地问它，夜饭花难过地说："别的花朵都去陪太阳公公了，却没有人来陪伴你，那不是太孤单了吗？"月亮婆婆感动地说："如果你想陪伴我，那你就只能在太阳下山时才能开花了，这样天黑的时候人们就见不到你的美丽了。"夜饭花斩钉截铁地说："只要月亮婆婆你来的时候来看看我就好了，我愿意一直陪伴着你。"夜饭花的话打动了太阳公公与月亮婆婆，百花仙子的心也为它的善良所深深打动，于是他们决定让夜饭花原本短短的花期一直延长到深秋。

小时候，几乎每家每户的院子里都会栽上几株夜饭花，那时人们并不是为了观赏才种植的，而更多的是为了驱蚊。当时人们的生活艰苦，物资匮乏，用不起花露水，更别说蚊香了。盛夏光景，劳作了一天的人们从地里归来，便会将堂屋的四仙桌搬到院子里头，男人从老井里提上几桶凉水围着桌子浇上一圈，去去地面的暑气，女人将碗筷、饭菜端上桌来，一家人围桌而坐其乐融融地吃着晚饭。此时，蚊子们都"上市"了，而枝繁叶茂的夜饭花恍若听到了蚊子嗡嗡的叫声，一下子全开了，香味一阵阵扑鼻而至，蚊子们怕被这味道迷晕了，自然就避而远之。凉爽的晚风中，没有蚊子的打扰，大人们喝着杨梅酒，快活地扯着家常。而孩子们则一个个吃好晚饭溜下桌来，开始惦记起了这片花来。

夜饭花是许多孩子童年最爱的玩物之一，记录着儿时许多快乐的时光。爱美的女孩们会摘一大把花，抽去细长的花蕊丝，将花秆一个接一个地套在小喇叭口上，圆成一个圈，戴在手腕上便是一条清新的手链，戴在头顶则是一个美丽的花冠；有的还会将花和花萼扯开，让花挂在花蕊上，花萼塞进耳朵，就成了一副别致的耳环；还有的则将花瓣儿揉烂后涂抹指甲，淡淡的紫红印染在指甲上非常好看，还能闻到淡淡的香气，带着这样一身芬芳，足以让人美上一个夜晚。而男孩们也不停歇，他们将夜饭花的花蕊去掉，吹响花冠，和着虫鸣声，那是寂静的乡村里最美妙的声音；也有把紫红的花瓣撕一片下来，贴在萤火虫屁股上的小灯笼处，一瞬间花瓣在一闪一闪的亮光里变得通透明亮，泛着梦幻柔和的紫光，花瓣内部的纹理都看得清清楚楚。

汪曾祺在小说集《晚饭花集》的自序中说："我对晚饭花这种花并不怎么欣赏。我没有从它身上发现过'香远益清''出淤泥而不染'之类的品德……这是一种很低贱的花，比牵牛花、凤仙花以及北京人叫作'死不了'的草花还要低贱……我的眼睛里每天都有晚饭花。看到晚饭花，我就觉得一天的酷暑过去了，凉意暗暗地从草丛里生了出来，身上的痱子也不痒了，很舒服……"汪老所描述的晚饭花便是夜饭花。确实，这是一朵陪伴乡村里的人们难得闲暇时光的花儿，它不与谁争艳，与谁争都不屑，兀自开着，那么低调地开着。

有一年霜降时节，陪孩子去省城学国画，竟然发现画画老师工作室的院子里也种着两株夜饭花，高楼林立中遇见这两株久违的花让我特别惊喜。与老师交流，方知他种这些花是为了自己写生用，他也想用自己的画笔找回失去的童年，就如我一样，固执地想用文字找回失去的故乡。他的那一片夜饭花差不多已经开尽了，细长的花秆自然脱落在泥土里，五角星形状的花托慢慢变大，里面却有一粒又黑又亮的种子，表面上有横七竖八的纹路，摸上去硬邦邦的，像极了一枚小小的地雷。我摘了几粒回家，准备来年春天种在露台上，告诉孩子们这朵花所能带来的欢乐。

春天，我把采撷来的种子撒在露台的花盆里，约莫十天的样子就萌出了嫩芽，上面顶着一个黑色的种子壳。随着天气越来越暖和，细细的茎上对生的叶子越长越多、越长越高，茎变得粗壮，慢慢分枝，然后开花结籽。记得小时候，一到秋天，我们一群孩子便会争相采摘这些黑籽，比谁收集到的种子更多更大，然后装进瓶子里交给奶奶。奶奶喜欢收集它们的种子，她将种子黑黑的外壳去掉后，将里面的白色研成粉末，取粉搽脸，她说可以变漂亮。所以奶奶喜欢叫夜饭花为胭脂花，她讲过一个故事给我听：相传在很久以前，嫦娥在奔月时不小心打翻了胭脂盒，胭脂掉落到了人间，第二天清晨掉落的地方漫山遍野长满了胭脂花。

胭脂花的这种用途恐怕是女孩们的最爱了，它很早便入了美人妆中。在《红楼梦》第四十四回中，平儿被凤姐训斥，到了宝玉处，宝玉劝慰平儿，让她擦些脂粉，用的便是夜饭花的粉，"紫茉莉花种，研碎了兑上香料制的"，"果见轻白红香，四样具美，摊在面上也容易匀净，且能润泽肌肤，不似别的粉青重涩滞"。《广群芳谱·草花谱》记载："紫茉莉草本，春间下子，早开午收，一名胭脂。花可以点唇，子有白粉可傅面，然皆不如白色者香。"在明崇祯时期，宫中收胭脂花，将果实研细蒸熟，名"珍珠粉"，用以扑面，至清初此风仍然盛行。

"夜来香，我为你歌唱，夜来香，我为你思量，啊！我为你歌唱，我为你思量……"空灵的歌缥缈在如水的夜色中，邓丽君的笑容似在夜饭花里绽放，一盒粉底，铁质饼状的古朴盒子，有一种似曾相识的感觉，宛如旧时那满院子花儿在低语互诉那些美好的记忆，时光深处，我闻到了那熟悉的气息，还听到了童年的欢笑声……

4 映山红

"夜半三更哟盼天明，寒冬腊月哟盼春风，若要盼得哟红军来，岭上开遍哟映山红……"寒冬里，听到这样的一首曲子，一簇红艳艳的映山红涌上了心头，如一团熊熊燃烧的火焰，蔓延到了家乡那座开满映山红的皋亭山脚边。

立春过后，走在渐暖的阳光里，思绪里慢慢萦出一种望春的情愫来，一棵棵绿莹莹的小草芽，一丝丝翠茸茸的嫩柳叶，一树树姹紫嫣红的春暖花开，都会不经意地给人带来意想不到的惊喜。在历经冬的寒，面对逐渐清晰的暖色，等待春的情致会在心灵深处悄然升腾。

春茶时节，满山红艳艳的映山红在一夜之间被柔和的春风吹开了，千朵万朵纵情开放，排山倒海，那般恣意，那般凝艳无双，阳光、天气、淡香、记忆的姿容便在天地间明朗了起来。窗外布谷声声，杜鹃南飞，一头扎进大山的怀抱，漫山遍野的映山红蓦地一下子拥到了面前，挨挨挤挤的花团锦簇，给人一种热闹喜气的幸福感，一枝又一枝的花儿或含苞待放，或傲然怒放，或朱唇微张，或皓齿轻启，每一朵娟秀的小脸上绽放着久违的快乐，袅娜着，脉脉传递着春的绵绵。

摘下一片花瓣，轻轻放到嘴边，只一片花瓣，便可滋润干涩的嗓子，轻轻一哼，便流淌出童年的歌谣……忆起儿时跟着奶奶在深山里第一次遇见的这些野花，它在石头的缝隙间一丛一簇地蓬勃着，那么顽强，那么无拘无束，于是便一眼爱上了它，折一满怀回家，插在喝完的汽水瓶里，让它们每晚伴着自己入梦，多余的花儿便做成花环戴在头上，仿佛那时自己便成了最美丽的新娘。奶奶一直没有告诉我这些花儿的名字，直到后来每年清明节去山上看奶奶的时候，看到这漫山遍野的红，才深深地记住了这些花儿的名字——映山红。呵！把群山映得红红的，如此形象。那时，我才意识到有过的风景已经沉淀在记忆的最深处，这些明艳的花儿，似当年的青春模样，而我也如花朵一样从一粒微小的种子到青涩的幼苗，再到无法阻挡的青春年华，直到一朵花的开放。

挥不去心香一缕，紧紧萦绕在生命的链上，猛然间想起一句诗来："开花的春天，无影翳的早晨，好像天国传来的承诺，允许新生，新的意志，新的感觉，新的心灵，形成新的生命……"花开了，这一片片灵性的映山红，将大山渲染得祥瑞，一朵有一朵的奇异，一瓣有一瓣的清香，一切那么和谐，向自然中走去，并不单纯是玩，它包含一种人生的态度。

多年前的一个清明节，和奶奶一起走过的那座山上却再见不着那大片大片的映山红了。于是我从花市买了一盆含苞欲放的杜鹃，墨绿的叶片，红色的小花苞包裹着浅黄的绒外衣，一簇挨着一簇，我将它带到山上，放在奶奶的坟前，让她知道温暖绚丽的春天来了。

"闲折两枝持在手，细看不是人间有。花中此物是西施，芙蓉芍药皆嫫母。"当春天从诗歌中经过，孕育一冬的音符就格外优美动听，捕捉春天，捕捉春天最美的音符，飞向春的最深处，记忆中的那片映山花又红了。

香樟树的幸福

记忆，就像一棵大树，在岁月的传承里用年轮描摹时光，一圈又一圈，它越长高，你的记忆便越来越多……对于一棵树来说，再久的岁月也不过是春夏秋冬的轮回；而对于一个人来说，走过的时光就像老樟树旁斑驳的墙，印记清晰且温暖。

夕阳洒进上塘河里，大地悠闲地躺在绿茵茵的草地上打着盹儿，而我，留恋地路过这片风景，熟悉的清香一阵又一阵地浸润着我的心灵，呵！是香樟树！她知道，我来了；我知道，她有一个讲不完的故事。

一次又一次的邂逅，我对于香樟树以及自己旅过的日子，就像樟树黑亮的种子，打着滚儿，隐匿在过往人群脚底"噼啪"作响的碎裂声里，一如一曲欢快而明亮的调子。多少年来，我从捧在手臂的初生婴儿，到无忧无虑的纯真童年，再到奔跑在阳光下的少年，继而奋斗在无怨无悔的青春里，最后撞进了不惑之年的行列，经过岁月的洗礼，内心逐渐变得豁达，渐次明白了生命的真正含义。那些刻在年龄上的时光，每一年都发生着翻天覆地的变化，沿着岁月的痕迹，你可以捡起一地幸福的故事。

1

江南水乡，香樟树处处可见。我的老家在村尾，三间矮小的平房，是爷爷建于20世纪60年代末，父亲、大伯和小叔各分得一间，我家分得的是中间那间。虽说是一间房，但是很深，有三进，从院子的晒谷场，到堂前，再到天井，最后是卧室。堂前西侧是被烟熏得黑乎乎的厨房和昏暗的谷仓，堂屋摆着四四方方的八仙桌和四张条凳。院子里有一棵大大的香樟树，树干圆润，树身修长，树冠如一把撑开的大伞，擎向苍穹。据父亲回忆，这棵树是多年前爷爷为姑妈种下的。老底里村里的大户人家若诞下女婴，就会在自家的院子里栽一棵香樟树，伴随着女儿渐渐成长到了适嫁年龄，樟树的枝叶也已攀出了墙外，年轻小伙若在院外看到此树，闻得树香，便知该家有待嫁姑娘，便可上门提亲。而女儿出嫁之时，家人就会砍下香樟树的枝干做成嫁妆。

这树是爷爷对姑妈浓浓的爱，这树后来也成了我们的游乐场，家里兄弟姐妹们的童年就是在这棵树下度过的。男孩们喜欢在树旁的泥地里挖个小洞打弹珠，女孩们则在树下跳皮筋、踢毽子、玩过家家。大人们从田里干完农活回家，一定会搬个长凳在树底下先凉快一会儿。到了夜晚更不用说，树上的虫子和池塘里的青蛙开起了演唱会，最开心的莫过于把小叔家的那台长着两根天线的方形黑白电视机搬到樟树下。其实电视机我家也有一台，但只长着一根天线，图像播出来没有小叔家那台清晰。小叔把选频道的旋钮拧得"噼啪"作响，我们一群孩子伸长着脖子急不可耐，当那首《万里长城永不倒》的熟悉旋律飘出来时，我们身体里的热血就不约而同地沸腾了起来，男孩还会学着电视里"哼哈"

声音，对着老樟树舞些花拳绣腿，樟树叶簌簌滑落的声音和着电视里雄壮激烈的音乐声，飘扬在夏日的微风中。这时，父亲把浸在井里的西瓜捞上来分给我们吃，这种透心凉的惬意至今都难以忘怀。

2

到了 20 世纪 90 年代初，过上了温饱生活的农村人，家家掀起了盖楼热。父亲三兄弟都在老基地上建房显然不太现实，于是父亲另觅了一块基地，那块地在村的最西边，后边紧挨着一条小溪，东南西均是池塘，奶奶连夸这块基地好，缘由是我家老祖宗曾经的茅草屋也在这块基地上，她还坚持要把大樟树也挪过来。因为在老人眼中，香樟树就是吉祥树、长寿树，象征着好运，她希望家里的好运能在老祖宗这个源头上一直守护延续下去。

当时父亲从已是万元户姨父那儿借了一笔"巨款"，每天起早贪黑、节衣缩食、苦干巧干，盖了一幢落地三间的两层半的小楼房，我们家终于也住上了宽敞明亮的新楼房。盖好楼房，父亲请人帮忙将大樟树挪到了新房子的院子里。俗语说，"人挪活，树挪死"，要伤根动枝，锯掉树冠，这对大树来说无疑是一次重创。说来奇怪，这棵香樟树仿佛是有灵性的，当它找到适合的土壤后，萌芽力极强，新抽的枝条和古老的树干、庞大的根系在一年多就与大地融为一体，相得益彰。

父亲将奶奶的房间安置在了一楼西边，大大的香樟树为奶奶挡住了西边强烈的日照。夏日的傍晚，父亲把一桶桶井水泼在树下，待水汽蒸发后，将饭桌搬到树下，我们一起吃饭，一起聊天。

奶奶总是坐在我们旁边，一边摇着蒲扇，一边给我们讲述这棵香樟树的神奇，她说这树就是我们家的神树，心里有什么愿望，只要对着树祭拜一下就能实现心愿。每个人都有表达心愿的方式，我知道，这其实是奶奶内心深处的一种美好的寄托而已。

新房子建好后，父亲一边还债，一边慢慢地给家里置办了吊扇、彩色电视机、电冰箱、洗衣机等家电。第二年春天，燕子在堂前的屋檐下筑巢，樟树也俨然成了它们的乐园。那年正逢我十岁生日，父亲为我买了一辆红色的"安琪儿"自行车，那是我人生中的第一辆车，那辆车伴随着我碾过了整整九年天真烂漫的童年和少年时光，一如香樟树的根，深深地扎在了我的心底。

3

"我们的家乡，在希望的田野上……"这首歌在我耳畔流淌，我情不自禁地忆起往事。这是一首特殊的歌，记得新房子刚造好的那会儿，父亲给家里安了"广播"，小广播装在奶奶的房前，掩藏在樟树的绿叶丛里。每每歌声响起，樟树的叶子似乎都在跳舞，我就去河边淘米准备做饭。这一支曲子，一唱就唱了十多年。

香樟树仍在一边长着新叶，一边孕育着花苞，还一边飘下片片红叶。让我惊叹的是，生命蓬勃的生发和迅捷枯寂的毁灭在一棵树身上竟是如此和谐与精彩。

21世纪初，新农村建设之风席卷而来，我们都无法阻止社会的发展，在尘土飞扬、机器轰鸣中，道路被拓宽了，房屋被推倒了，沟渠被填平了。所幸的是，大樟树被吊机挪到了另一个新建的小区里。政府行动大刀阔斧，雷厉风行，也许一两年后，就会旧貌换新颜。

一间房子承载着一个家庭的烟火与回忆。母亲在农村待了大半辈子，舍不得她那一砖一瓦搭建起的房子，舍不得屋前那一年四季常青的菜园子，舍不得几十年相依相扶的老邻居们，舍不得院子里枝繁叶茂的大樟树……有一种爱是不得不失去，哪怕你再不舍再眷念。

土地征用和房屋拆迁后，我们用补偿款给母亲补缴了养老和医疗保险，当了一辈子农民的母亲每月都能按时领到"工资"，这是件多么不可思议的事儿啊！循着记忆，我们找到了那棵种在新小区的老樟树，秀美而刚强的树干依然那么熟悉，望着母亲留恋的眼神，我毅然在这个小区里买下了一套商品房。母亲欢喜得在树下看孩子们围着大树捉迷藏，与邻居们闲话家常……这株老树，一次次抖落枝叶老去，又一次次焕发青春枝叶招摇，它带给了我们数不尽的安宁和幸福。

2018 年，老家的安置房终于回迁了。新房子建在老屋的老基地上，一幢幢高楼拔地而起，小区里道路修整平坦，两侧杂花生树，露天广场边种下了一排排小小的樟树。我凭着记忆找到了老家种植那棵大香樟树的原址。我惊讶地发现，那里竟然有一棵小樟树已经站成了挺拔的姿态，它将在这个家园里执着守望岁月时空的流转，再次创造一个生生不息、生命常青的家园。我掐下一片叶子来，凑近鼻尖，呵！还是这样香味，是清幽，是淡雅，是怀念，是渺远。深深的喜欢，浅浅的喜欢，淡淡的喜欢，握住一片乡愁。

一棵树见证了家乡的变化，几代人见证了祖国翻天覆地的变化。"我和我的祖国，一刻也不能分割……"女儿在耳边哼唱起了熟悉的旋律，恍惚间，我仿佛看到了多年前那个在樟树下唱歌的小女孩，我想，等到祖国 80 岁、90 岁、100 岁生日……我依然会歌唱、祝福，以香樟树的名义为您歌唱，歌唱您在整个世界播撒永恒的幸福。

临平的树与花

在许多名家的眼中，植物的力量很神奇，一树一花皆能参透生活的智慧。鲁迅笔下有枣树、巴金笔下有大榕树、茅盾笔下有白杨树、冰心笔下有樱花、舒婷笔下有橡树……临平知名作家袁明华著有《植物先生》，他则把植物当作前世今生的家人，植物在作家们眼中变得生动且富有灵魂。

家乡临平，依偎在上塘河畔，是一座典型的江南城市，早在东汉时就已载于史册，晋朝时成为具有规模的集市。这座城市的树如母亲的发丝一样，又多又密；这座城市的花，如母亲的笑靥一般，又暖又甜。一棵树、一朵花深深扎根泥土，美成了城市一道又一道靓丽的风景线，使城市的生命更加蓬勃，使城市的历史有了年轮记载，使城市更富有温情与诗意。

"风蒲猎猎弄轻柔，欲立蜻蜓不自由。五月临平山下路，藕花无数满汀洲。"北宋诗僧释道潜所写《临平道中》鲜活地勾勒出临平优美的自然环境以及江南水乡独有的清丽景象。遥想当年临平山下，香蒲摇曳、鲜荷盛放，那该是怎样一种静美与闲适。

每日行走于城市，我最喜欢做的事便是抬头看天，看树与蓝天融为一体，如诗似画，令人沉醉。于是我暗自为临平的植物们寻找属于它们的坐标，例如望梅路的梅花，政法街的玉兰，荷禹路的樱花、梅堰港的桃红与柳绿、临平山的杜鹃和绣球、南兴路的合欢、东湖路的香樟、北大街的梧桐、人民广场的桂花、雪海路的银杏，玩月街的栾树……一年四季，街街有景。

望梅路，顾名思义与梅花有着不解之缘。临平西北面有座山——超山，若去超山探梅必经此路，可以看到两侧栽满梅树，故曰"望梅路"。超山的梅有千余年历史，百余亩之广，近万株之多，以"唐梅宋梅之古、十里梅海之广、六瓣梅花之奇"闻名于世，素有"超山天下梅"的美誉。2 月万物静穆之际，唯望梅路暗香浮动，若隐若现，似有天外飞仙香雪海之感，带着古朴的韵味，传送着冬去春来的气息。

临平的政法街是玉兰数量最多、最为集中、长势最好的一条道路。玉兰不畏春寒，代表着美丽、高洁、芬芳、纯洁等美好品格，与"政法"颇为契合，颇具深意。这一朵望春花从 1 月便开始含苞等待，在 3 月里便化作柔软的春衫，朵朵向上，如仙子一般跃然枝头，晶莹夺目，在太阳底下散发着圣洁的光芒。

荷禹路是我走得最少的一条路，因住在临平山南。然而每年樱花绽放之时，我的心便按捺不住飞到了临平山北，去邂逅一场浪漫的樱花雨。早春时节，驱车自南向北穿过邱山隧道，梦幻的"樱花大道"便呈现在你眼前，"哇！太美了！"你会发出声声惊叹，樱花缀满枝头，初开时像一团野火，怒放时逐渐转白，像一条银色绸带绵延在山北，春风拂过，犹如下了一场樱花雨，绘就了山北最浪漫的春色。

梅堰港的春天该是最具江南韵味的。烟雨蒙蒙，流水潺潺，杨柳依依，桃花艳艳，犹如一幅浓淡相宜的水彩画，一不小心你就成了画中人。柔软的春风里，桃花格外明丽动人，老柳树吐出新芽荡漾着春天最美的旋律，一红一绿为城市注满生命的色彩和芬芳。4 月满城飘荡着轻柔的柳絮，像极一团团小小的棉花，飘飘洒洒，甚是可爱。

临平山，与临平齐名，平旷逶迤、丘壑妍美、四季葱茏。"何须名苑看春风，一路山花不负侬"，一到四月，山上杜鹃竞相绽放，或红、或紫、或白、或黄……群花烂漫。每每爬至半山腰，在"松涛流绪"杜鹃园里感受那扑面而来的山野气息，仿佛穿越回怀揣一大捧映山红的童年时光。随着杜鹃谢幕，山上绣球花上演绝伦的争艳，硕大的花朵簇拥成团，沉甸甸地挂在枝干上，层层叠叠，仿如花浪，粉的梦幻唯美，蓝的素净大方，紫的高贵神秘，白的纯洁雅致……犹如精灵一般在初夏时节荡漾出一番迷人的景致。

南兴路是离家最近且我最喜欢走的一条路，我爱它，只因那一树又一树的合欢。虽是百花盛开的春日，一抬头竟看到合欢树上还挂着去冬残留下的枯果，莫名地想起史铁生笔下的合欢树，温情的母亲树。它是一种非常低调的树，叶子晨展暮合，花朵如小粉扇，盛开于炎夏三伏天，花开时灿如朝霞，便一下子惊艳了时光。

东湖路两侧植满了香樟树，关于樟树有辟邪之说，有风水之说，有爱情之传说，所以我认为立于江南的樟树，它一定是厚重的，可以被神化的，就像它遒劲的枝丫和蓬蓬的树冠，将临平的南北贯通了起来。初春，它黑亮的果实"啪答啪答"落下，铺满马路，嫩叶顶着油亮的老叶，老叶落尽后，树冠便现出了新绿。初夏，它开黄绿色的花，芳香馥郁，陶醉其中。

北大街在临平人心中具有不可撼动的地位，被誉为临平的"延安路"。自我有记忆起，这里便栽满了法国梧桐树，同时也延伸到了朝阳路，树的年轮上蕴藏着无数人的记忆和城市的秘密。挺拔的法国梧桐像端庄的王者俯瞰车水马龙，让城市变得有点儿古镇的味道。单位在附近，我喜欢午后去树下走走，3月它绽出嫩绿的新叶，4月金色的桐絮钻出果实漫天飞舞，一夜之间，城市打起了喷嚏，树也一下子绿了，在阳光的照耀下，稠密的叶片绿得晃眼。夏季，这片梧桐树就像一个树洞，浓荫遮阳，钻进里面如梦如幻，刹那间仿佛听见多年前的风声、蝉鸣以及自行车清脆的打铃声。深秋，北风寒雨将它们刮落，路上铺满了金色的巴掌。

人民广场就在家门口，四季皆美，我独爱它秋天的模样。初秋的临平，随处可见的是桂花，我喜欢这淡淡的清香将我周身包裹。桂树是杭州的市花，临平因桂花命名的小区较多，有桂花城、桂花星城、紫桂公寓等，这些小区也种植了较多的桂树。广场的桂树树形较大，花盛时满地金黄，一朵朵玲珑的小花聚尽幽香，弥漫在摇晃的秋风里，身体的每个细胞与广场的舞者一起跳动了起来。你愿意的话，便可收集一些回家，做成桂花糕、桂花茶、桂花蜜，舌尖回味的尽是江南的味道。

雪海路，乍一听以为会种植梅树，却是临平网红的银杏路。我对银杏的喜爱是刻进骨子里的，去岁"落叶不扫"，银杏将城市的秋天渲染到了极致，这是人类对自然最大的赞美。高大的银杏树，夏似翡翠，秋若黄金。孩子在附近学书法，每次送好她我就喜欢安静地坐在车里等她下课，一阵北风，坐在车里看一场持续很久的银杏黄金雨，路上、车上、屋顶……黄叶纷飞，一地金黄。

玩月街，富有童趣的名字，是临平的网红栾树大道，在这美妙的春光里，旁树不是芳菲满天，就是绿意盎然，而栾树的枝头依然悬着去岁的枯果，打着赤膊。白露时节风起，栾树报秋，洒落一地金黄，人们称其为摇钱树。随后便开始结果荚，为蒴果，果实由绿变红，三片薄膜包裹着几颗黑色的小种子，高高悬于树冠，就像一个个可爱的小灯笼。记得一日带孩子去捡果子，她说："黄金树上下黄金了，金花红果真美！"确实，秋了，一定要带孩子去走一走这条栾树大道。

汪曾祺说："一定要爱着点什么，恰似草木对光阴的钟情。"是的，爱这个城市，你就用双眼去发现她，此时此刻有那么多美妙精彩的生命正在悄然绽放，你有什么理由不爱她呢？我们的临平时代已经来临，树与花的力量在泥土里蓬发，相信这个城市一定会越来越好。

花落春仍在

天气暖和起来的时候，我喜欢去史家埭的街心花园闲逛，因为公园的"三春亭"边上种植着不少望春玉兰，只要它们一开花，临平老城区的春天就立马喧闹了起来。

望春花，又叫辛夷，花蕾似毛笔头，万物初苏之际，它们钻出毛茸茸的花骨朵，开出满枝丫素净硕大的花儿，温暖着料峭的初春。街心花园的望春玉兰树型高大挺拔，花盛时一树洁白，年复一年，洁白芬芳的花开了谢谢了开，总让人感觉到这里藏着一个美好的春天。

从北大街拐进花园，穿过拱柱廊，沿着通幽的石径向西缓步行去，右手边的绿树丛中隐隐约约立着一尊雕像，远看这尊雕像，一位穿着长衫的老人正温和地与你对视，目光中散发着浓浓的书卷气息。走近雕像，轻轻拨开下方绿草丛中的山茶花叶子，露出"俞樾"二字。再绕到雕像背面，刻有碑文："俞樾（一八二一——一九〇七）字荫甫，号曲园，道光进士，官翰林院编修，河南学政……"十列娟秀的字迹精确概括了俞樾辉煌的一生，碑文中还注明了雕像立于 1997 年 11 月，此处即为俞樾史家埭故居旧址。

温暖的春风轻轻拂过，公园异常安静，只闻得望春玉兰的花瓣跌落到地面的簌簌声，花瓣落尽后，这些光秃秃的枝丫上开始慢慢长出嫩嫩的绿叶，这落与长之间，春一直都在。俞樾先生隐匿在北大街的喧嚣处，手执一卷书，一直静静地在那里，或看着人们在旁边闲坐聊天，或听着人们轻念史堠春灯的诗文，就像这座低调的城市一样。

翻开历史泛黄的书卷，俞樾的成就跃然纸间，让人惊叹。作为晚清的大学问家，他一生著述宏富，长期在杭州、苏州等地讲学，一时"门秀三千士，名高四百州"，章太炎、吴昌硕，日本的井上陈政均是他的学生，影响遍及海内外。但是很多人却不知道俞樾与临平的渊源。俞樾出生于浙江德清，自称"居临平垂三十年"，临平是他的第二故乡。四岁因父亲在京授馆教读，在老家无处读书，他便跟随母亲到临平求学，一家人移居临平史家埭依赖外婆家生活，六岁至九岁由母亲姚太夫人教完"四书"，后在此结婚成家、中举人、成进士，其母亲和妻子都是临平姚家的人。

细数俞樾的诗文字画，呈现了较多的临平元素。他将临平古镇文化遗存"临平十景"之首的"史堠春灯"的盛景详细记录了下来："余年甫四龄，即从德清旧庐迁居临平之史家埭，所居有楼三楹，其下临街。每岁元夕张灯，辄于楼上观之……余所谓史堠春灯者，或亦可为临平一故实乎？"他还有一首诗写道："年年史堠度元宵，笑倚楼头兴最饶。青白两龙才过去，滚球灯又到潘桥。"不由得让人向往起两百年前的那个上元节，史家埭的屋前檐下悬满一排排春灯，大家一起赏灯猜谜欢声笑语的热闹情景。他为临平留下了许多珍贵的文化遗产，著有《临平杂诗》，并编纂《临平记补遗》，还曾在光绪年间为其弟子王同的《唐栖志》作序："唐栖者，仁和一大镇也。名虽镇实与小邑等。其北属德清，则余与有桑梓之谊，以镇之旧家有姚氏者，余与有连。余苏杭往返经由其地，往往越宿而去。"说到王同，大家可能不太熟悉，但是他的儿子王福庵可是"西泠印社"的创始人之一，但凡到过"西泠印社"柏堂，必定会看到厅中正壁上悬挂的那块匾额"柏堂"，就是俞樾所书，其下的国画"西泠先贤图"，包括四位创始人王福庵、丁辅之、叶铭、吴隐和前五任社长吴昌硕、马衡、张宗祥、沙孟海、赵朴初。昌硕先生自不必说，他与超山梅花和超山结下了生死之缘是众所周知，但俞樾众多弟子很多都与临平有缘，真可谓是磁场之强大。

俞樾 29 岁那年进京赶考，正是其风华正茂的入仕年代。当时的主考官是大名鼎鼎的曾国藩，他出了一道试题，要求考生写一首以"澹烟疏雨落花天"为题的诗，俞樾看过后就写了一首《春日》之诗，开篇第一句："花落春仍在，天时尚艳阳。"曾国藩读后心中大喜，觉得该诗句可圈可点，因为当时的大清王朝经历了鸦片战争，正值风雨飘摇之际，洪秀全又在南方举起了太平天国的大旗，在曾国藩看来"花落春仍在"这句话的意义非常积极，正符合其对时局的愿望，于是将俞樾擢升为部试第一名，并中了进士，皇上钦点其为翰林院的庶吉士，主要负责起草诏书，讲解经籍。

清同治十三年（1874 年），俞樾在苏州买下一块形状如同曲尺的土地，他亲手规划，凿池叠石，栽花种竹，并取老子"曲则全"之意，建成"曲园"，从而结束他多年来赁屋而居的生活。曾国藩为园中一处堂名题为"春在堂"，李鸿章题匾"德清俞太史著书之庐"，因此，俞樾所写下的五百余卷皇皇巨著则命名为《春在堂全书》。晚年时，俞樾命人在杭州南高峰凿石壁，他用洋铁箱密封埋藏了近五百卷《春在堂全书》，"藏之名山，以待其人"。曾国藩曾经评价："拼命作官者李少荃（鸿章）也，拼命著书者俞荫甫也"。俞樾的成就不仅在此，他同时还兼浙江书局总办，主持精刻二十二种子书，又联络江宁、苏州、武昌、杭州四大书局历时数年会刻二十四史，为战乱时的典籍保存与传播起到了积极的作用。2021 年 12 月 25 日，正值俞樾两百年诞辰之际，临平区和复旦大学特地同步举行了"俞樾诞辰 200 周年纪念研讨会暨《俞樾全集》新书发布会，这套书正是对俞樾学术思想、文字作品的系统呈现。

　　一个秋日的午后，我沿上塘河行至北大街，一块褐色的古朴导向牌"缸甏弄公园"吸引了我。我从一条狭小的弄堂里拐进去，眼前一间古建筑呈现在我眼前，石墙上红漆标注着"缸甏弄 3 号"几个大字，木门上用白纸贴着封条，边上一块长方形的标牌标注着该建筑已被列入杭州市人民政府历史建筑的保护名录。屋后挖掘机正在有序施工，我偷偷爬上旁边一幢居民楼，从楼梯的窗户望出去，竟被惊讶到了，原来这里还藏着这样一座宝贝房子。这座古建筑坐东朝西，远看小青瓦屋面，两坡硬山屋顶，木结构建筑，合院式布局，平面呈"凹"字形，由正屋、南北两侧厢房和天井构成。外墙由砖砌，内墙由板筑；还有不少兽面铜质、牛腿、挂落等雕刻，想必一定很精美。我脑海中冒出了想要进去一探究竟的念头，碰巧有位老人从我身边经过，老人见我这么有兴趣，便兴奋地告诉我，这幢民居始建于清代，原先一间为杂货店，另一间是米店，现在政府要建设俞樾纪念馆。

　　我的心一动，太好了，临平终于要有一家名人纪念馆了，而且还是一代大儒的纪念馆。我开始想象望春花开满枝头、花香飘进故居的场景。"去年今岁两度过，钓游旧地总情多""马家长巷巷中央，旧有吾家薜荔墙"，俞樾先生对临平"总情多"的深意，终可回归这座纪念馆了。

其实，俞樾诗中的薜荔又称木莲，是江南多见的常绿藤本植物，这个"木莲"的"莲"，是莲房莲蓬的莲，其果实可做凉粉。《本草纲目》记载："固精消肿，散毒止血，下乳，治久痢肠痔，心痛阴癫。"薜荔的果实类似无花果，花极小，隐于花托内，果实形如馒头，成熟前也是绿色，挂在绿叶间不容易被发现。鲁迅先生也曾在《从百草园到三味书屋》中写到过薜荔："何首乌藤和木莲藤缠络着，木莲有莲房一般的果实，何首乌有臃肿的根。"记得有一年去绍兴，我还在鲁迅先生的百草园里买了一碗木莲冻，晶莹剔透，吃起来滑溜溜的，透着一丝凉爽，至今记忆尤深。1955年，俞樾的曾孙、《红楼梦》研究大师俞平伯回家乡时，曾寻访马家弄俞家旧迹，后作诗以念之："马家狭弄一条长，徒咏先芬薜荔墙。咫尺雪泥何处问，眼前尘世几沧桑。"据了解，20世纪50年代末，临平镇上也有不少人家以"木莲豆腐"做盛夏清凉饮料佳品。

也许，很多文人是喜欢这种植物的。我想，要是这座纪念馆建成了，如果能再种上些薜荔，像爬山虎一样爬满这面老墙，那一定是俞樾先生喜欢的，也是俞平伯先生喜欢的，更会是临平一道美丽的文艺风景。那么，我们不妨期待一下，一边吃着木莲冻，一边逛俞樾纪念馆，在上塘河边等待一朵望春花开。

河南埭印象

5月的阳光让人顿生温暖，年轻的城市荷尔蒙般爆发了铺天盖地的绿，翠绿、碧绿、青绿、蓝绿、浅绿、草绿……还有那一丛丛、一簇簇的蔷薇、绣球、夹竹桃、石榴，它们像打翻了的颜料盘缀入这无尽绿里，顿让人觉得诗意无限。

一条河自东向西蜿蜒流淌，那是上塘河，临平的母亲河。河两岸，绿树成荫，步步皆景。柳条儿探入水中，温柔地抚摸清澈的河面，大香樟树倒映水中，波光里树影绰绰。树上的鸟儿扑腾着翅膀，从这一株树飞闪到另一株树上，亮出了婉转的歌喉，回落在河面上，树仿佛更绿了，河水更抒情了。

这十几年来，我几乎每天都要从这条河的身边经过。晴天，我喜欢骑上小电驴，穿过东湖立交桥的涵洞，火车的轰鸣声碾过耳膜，我慢悠悠地沿着上塘河去上班；雨天，我喜欢撑着伞走走停停，立交桥下有修车老人的聊天声，有周边农民卖菜的吆喝声，有退休阿姨跳舞的欢笑声……再穿过桂芳桥，走过北大街，抵达单位。

人们总喜欢以河和路作为界线来划分社区。临平老城区上塘河以南、沪杭铁路以北区域被称为河南埭社区，这是临平城区最早的居民区之一。"河"即上塘河，"埭"查《现代汉语词典》意思为坝（多用于地名），因此，我对这个词的理解为"上塘河南的堤坝"。

在我眼中，河南埭社区有一条最美的路，那是一条以社区名字命名的，称作河南埭路，西端从西阳桥迎宾路起，到东端的东湖立交桥转盘向南延伸至藕花洲大街止。我极喜欢这条路，哪怕走它千遍也不会厌倦。那一天，接到阿汤老师的电话，说组织大家去河南埭社区采风，我立马一口答应了下来。因为我实在太喜欢社区门口那片树洞了，每次路过它们，我都要抬头看看它们，停下来拍拍照，捡几片叶子回家。还记得第一次遇见它们，正是深秋，那日我如往常一样回家，走在立交桥下的人行道上，安静的黄叶子一片一片地往下掉，正好有一片落在了我的肩膀上，缓缓滑到了脚边，蹲下身子端详，干净透亮的叶子像极了一件清朝皇帝御赐的"黄马褂"。这究竟是怎样一棵树呢，为什么我以前都没见过呢？我抬头看，一棵挺拔的树擎向天空，繁茂的枝干向路中央伸展，夕阳从树叶间隙透过，金光闪闪的，一瞬间连头发都染上了金黄。秋风徐来，树叶簌簌作响，金色的叶片犹如蝴蝶般翩然而落。

我像发现新大陆一样，原来沿着河南埭路向西，它们沿街一直到种植到了逸仙路口。查阅了资料后，我发现这排树有个很好听的名字叫鹅掌楸，又叫马褂木，因叶子形似马褂而名。这是一棵与恐龙、银杏、珙桐、红豆杉同时代的孑遗植物，孑遗植物也被作为活化石植物，年代久远，在新生代第三纪在地球上有广泛的分布。而这些种植在河南埭路上的远古时期所存留下来的鹅掌楸，为许多来往的人们所忽视，就像河南埭一带所蕴藏着的古老的人文底蕴。从这以后，我开始默默地关注它们，从春到冬，从嫩芽长出的那一刻到最后一件"黄马褂"的凋落。春天，鹅掌楸长出嫩芽，微卷的叶子缓缓展开。暖洋洋的春光里，春风就像一位心灵手巧的裁缝精心裁剪出一件件惟妙惟肖油绿色的马褂。到了5月，在树的高处、茂密的绿叶间还会开出一朵朵黄色的、形似酒杯的小花朵，六片花瓣一瓣接着一瓣，紧紧地向内包拢，因为长得像郁金香的花朵，故它还被称作"中国的郁金香树"。

　　前几日，我受邀去河南埭社区参观，二楼大厅的东边，一枝宽大油绿的树枝正欲伸进窗来。从未如此近距离地亲近它们，我显然有些激动，迫不及待地走到窗边，绵绵的雨声里，一片片鹅掌状的叶片挨挨挤挤地探进窗来，就像一群可爱的孩子在听着社区里的人们讲述上塘河边古老的故事，叶子们拍着手掌"沙沙"地欢笑着。再仔细听，仿佛又听到了河边女子的浣衣声，桂芳桥上人们行走的脚步声，桥下河水流淌的潺潺声……那是一种无法言说的美妙。再仔细端详，在一丛宽大的绿叶间，竟长出一个个酷似秋葵的绿色长条状的东西。其实，这便是鹅掌楸的果实，等它成熟后绿色的外衣就会变成浅褐色，并慢慢打开，一旦有风经过，这一个个轻盈的小翅果便会御风飞翔，就像小小的蒲公英般飞离母体，飞向更远的远方。

　　河南埭路上塘河的沿岸一侧，花树繁多。东段柳树和香樟、西段银杏和桂树，"手牵着手"形成了一条"绿色长廊"，与河对岸的法国梧桐形成了上塘河两岸独有的风景。上塘河是杭城第一条人工运河，曾载着秦始皇巡视东南及康熙、乾隆数下江南。随着亚运会的举办，周边环境提升工程接近尾声，河边的风景变得越来越美，岸边立着不少古朴的陶罐，种上了绣球、牡丹、常青藤、月季……三五成群，与河岸的古樟垂柳、城市绿道以及横跨河面上的石拱桥相映成趣，赋予了古老的上塘河更多江南水乡的婉约。

沿东湖立交桥转盘向东，那一定是爬山虎的记忆。爬山虎喜欢攀爬在老旧房子的外墙上，上塘河边曾经坐落着临平丝绸厂，是临平近现代丝绸工业的一大发源地。早些年，因时代变迁临平丝绸厂退出了历史舞台，一幢幢废弃的楼房被密密麻麻的爬山虎装扮得碧绿一片，满目舒心，让人仿佛置身"绿野仙踪"，爬山虎郁郁葱葱的时候，人们三三两两相约了去老绸厂拍美美的文艺照片。再后来，这片老厂房变身为集文化、艺术、美食于一体的新天地文化创意园，并以此留住它血液里流淌着的艺术气息。

前几日午后，我沿着东大街，拐进绸厂路，站在平桥上，我望见新天地临河的建筑上爬山虎顽强地爬满外墙，这真是一株极富生命力的植物。我注视着它们，突然间脑海中闪现出叶圣陶的那句话来："那些叶子绿得那么新鲜，看着非常舒服。叶尖一顺儿朝下，在墙上铺得那么均匀，没有重叠起来的，也不留一点儿空隙。一阵风拂过，一墙的叶子就漾起波纹，好看得很。"这个城市里，这样爬满墙面的爬山虎真的已经不多见了，而上塘河新天地边上的每一座桥，似乎都有爬山虎的影子。最令我惊叹的是那座水塔烟囱，站在藕花洲大街远远望去，它俨然是一座绿色城堡，披着绿色的长发，俯瞰这座城市的沧桑和历史，形成了一道独一无二的绿色景观。

美丽的新天地里还有那一架蔷薇更是让我心心念念的，记得有一年摄影师带女儿去那一堵墙拍照，我就将它们印在了脑海里。之后每年蔷薇花开的时候，我喜欢和蜜蜂们一起在花朵跟前流连。偶有火车轰鸣而过，耳边似乎传来了多年前丝绸厂绸机运作的声音，那一朵朵美丽的蔷薇在阳光下摇曳，犹如绸机织出的那一片片绚烂霞彩。

一树、一花、一河、一桥、一路，皆是一个城市、一个社区的灵魂。三毛说，"如果有来生，要做一棵树"，也许是上塘河边的那棵老柳树，也许是逸仙路上的那棵法国梧桐，也许是桂芳桥边的那棵桂树，又也许是新天地边上的那棵枫杨……我想，所有这些能体现地域气质的植物是城市的幸福，更是生活在这个城市的人们的幸福。夏天的风吹来，点燃了每个人和这个城市的梦想，所以，一起爱这座城的过去、现在和未来吧！

江南，江南

　　江南之胜在于水，水塑造了江南，水是江南文化的灵魂、血液和细胞，正是因为水，江南才会变得生动且富有灵性。"我打从江南来"，我是属于江南的，一定是属于江南的。

　　不知何时起，手捧诗卷，一遍又一遍地读"试问闲愁都几许？一川烟草，满城风絮，梅子黄时雨！"这该是如何地打动人心；最爱读《雨巷》，那个走在逼仄幽深的古巷小弄的撑伞女子便在梦里挥之不去；"东南形胜，三吴都会，钱塘自古繁华"，风雅的江南韵味流泻着城市独特的气质，那是一首永存心尖的《望海潮》；"烟雨桃花夹岸栽，低低浑欲傍船来"，踱步上塘河边，一句江南的诗便呼之欲出……

　　"江南"，她既是一个笼统的地域概念，也是一种独特的文化意味。她从江河湖海、山川风物、历史传承，再到人们的情感认同，"江南"是中华民族最具诗意和美感的文化符号。唐时，天下分为十道，其中有一道称之为"江南道"，这就是历史上最早以江南为地名的行政区，在长江中下游以南，岭南以北。翻开《现代汉语词典》，"江南"的解释：一是长江下游以南的地区，就是江苏、安徽两省的南部和浙江省的北部；二是泛指长江以南。"江南"一词的两种含义可分别叫作"小江南"和"大江南"。"江"字本指长江，因此无论大江南、小江南，都在长江以南。"上有天堂，下有苏杭"，是人们耳熟能详的民谚，在大多数人眼中，"苏杭"大概是最江南的城市了。有幸生长于最江南之地，并得其山水丰润涵养，那是怎样一种幸福呢？

1　博物馆

去到每个城市，我总喜欢去看看这座城市的博物馆，一座博物馆就是一座城市的文脉。而我的城市，有一座很江南的博物馆，叫作江南水乡文化博物馆，她位于临平人民广场，是一座以良渚文化为切入点、重点展示临平历史、江南水乡文化和民俗风情的博物馆。西馆已开放多年，外形设计以玉琮造型为原型，主要展示地方历史。东馆是以江南民居为主题元素，改造历时整整三年，改造期间我总喜欢带爱看书的孩子去边上的晓风书屋，捧回几本心爱的书。每每要回家，我们总喜欢在博物馆前驻足流连，一面水镜、一条长廊、一座小桥、一株造型奇特的树……它们将粉墙黛瓦的博物馆包围了起来，显得幽雅且恬适。

2022 年 5 月 18 日，适逢国际博物馆日，江南水乡文化博物馆东馆开馆。5 月 20 日，一个特别有爱的日子，江南的暖风拨弄着时光的清弦，邀上诗人铁女一起走进了这座新建的博物馆，则更具有诗意了。微雨之中，眼前的博物馆像极了一卷铺展于天地间的水墨画，散发着唐诗宋词的清香。我们踩着湿漉漉的鞋款款走进馆内，一场"春风又绿"江南水乡文化展与我们欣然相逢，小桥边圆形幕布一帧帧划过那春日的柳，夏日的荷，秋日的桂，冬日的梅，忽而不由自主地流淌出余光中的那首诗来："江南，小杜的江南，苏小小的江南。遂想起多莲的湖，多菱的湖，多螃蟹的湖，多湖的江南……"新馆通过突破传统模式的展览设计和最新的科技手段，从地域、经济、生活、文化与变革五个方面展示江南的水乡文化，为我们还原一个生动、立体的"江南印象"。

"若到江南赶上春，千万和春住。"释江南、望江南、忆江南，这座水乡博物馆便是临平的文脉。"舟行山水间"是江南的标志，而东馆的镇馆之宝当属一艘五千多年前的独木舟，这是国内考古发掘出土中最长、最完整的史前独木舟。一叶轻舟，两岸稻香，遥想这艘七米多长的独木舟泊于茅山岸边，将丰收的稻谷运输至良渚古城。特别是考古发掘过程中，"牛脚印、红烧土田埂"等良渚文化遗存，正好验证了我们的先民们在这片水域纵横的土地上日出而作日落而息，辛勤耕种的生活场景。

"小桥流水"是江南的核心特征，前街后河，因水而兴，尘世和喧哗本是繁华的根本。惊异于在博物馆里能遇见一条幽深的巷子，巷内石板铺路，青瓦白墙，黄酥的雕花木门窗透出泛黄的灯光，小河荡着涟漪。门道里摆放着各式古老的家具，布店、伞店、扇子店、米店、茶馆、杂货铺……沉浸式的体验感受我们所期待的江南古朴民风。

纹以饰物，藏礼于器。更让我们意外的是，竟然在家门口的博物馆欣赏到了一场名为"繁简之间——宝鸡出土青铜器纹饰艺术展"，展出国家一级文物 33 件。这些看起来散发着神秘气息的器物，其实就是古人用来吃饭、喝酒、洗手、听音乐……重要的是它们承载了上古的政治、礼仪、文化和信仰。展出的每一件青铜器饰纹有动物作为主题，有牛、羊、鸟、鱼、蛇、蝉等普通动物，也有鹿、虎、象、貘等野生动物，更有龙、凤、饕餮等充满魔幻色彩的动物，栩栩如生的刻画无不反映了当时人们对自然界的崇拜与敬畏。最让我印象深刻的是"何尊"，以前只有在书本上才能见识到，后来因为在《国家宝藏》展演，更是气冠全国。这次却能亲眼看见其芳容，虽是复制品，却也让人颇为激动。

　　过了几日，我决定带女儿去看展，女儿显得很兴奋，她一直喜欢看《大中华寻宝记》系列漫画书籍，因此对博物馆里的每一件宝贝都非常感兴趣。特别是看到了这件"何尊"，我向她解读了这件文物背后的历史密码和文化基因，我自豪地对她说："这件文物是宝鸡青铜器博物院的镇馆之宝，铸造于西周时期，内底铸有 122 字铭文，记述了周成王五年（1038 年）迁宅（都）成周的重大史实，其中有'余其宅兹中国（或），自兹乂民'。铭文中的'中国'是目前所知'中国'一词最早的记载，也是对'何以中国'这一时代命题最好的诠释，每一个中国人都应该认识这件宝贵的文物，去看懂这件宝贝。"女儿的目光一直停留在这件文物上，她突然说："妈妈，其实每一件文物就像古人的'记事本'，我们慢慢读，就可以学到许多历史。"没想到，她小小年纪就有这样的理解，倒让我刮目相看了。

　　确实，在博物馆里，我们就像是在看一部老电影，在这里，一切都如此空灵，恍如隔世。是的，我匆匆而过，足迹留在了青石板上，却丰盈了一个江南的记忆。

2　艺尚小镇

　　对于一个久居江南者而言，对过往的回忆、对故乡的思念和对小镇的怀想，一直深藏于心底。每个人都有属于自己的"小镇情怀"，那是一种能走进内心深处刻骨铭心的情愫，让人在川流不息的人群中找到踏过青石板的痕迹，在高楼林立间望见黑瓦房上滴落的水帘，在阡陌纵横中沾染了泥土的气息……

那一年，阴差阳错去了湖州念书，我的内心是极其不乐意的，因为我最初的梦想是想要到北方有雪的城市。不料想在湖州这个城市居住了四年，竟带给了我太多的惊喜，低调、怀旧、悠闲、古韵，那是独属于湖州这个城市的情怀。寄居四年里，我用脚步走遍了南浔、新市、双林、菱湖等运河边的古镇集群，那些都是小桥流水人家的江南典范。

四年后，我再回家乡，身边的一切突然变得陌生而熟悉，光阴往复，我总是怀揣一个地名念念不忘。那里有藕花、有丝绸、有衣裳……孰知如今这个小镇被赋予艺术与时尚的代名词。

一片东湖，泽水连绵，开启了"五月临平山下路，藕花无数满汀洲"的灵秀；一匹绸缎，光洁绚丽，承载了"千里迢迢来杭州，半为西湖半为绸"的历史情怀；一件衣裳，美不胜收，装点一段段美丽从容的故事。恍惚间，我宛如乘一叶扁舟划过藕塘，手边有游鱼、莲花还有浣水的白纱，短笛横吹，濯足戏水，临水照影，翩翩的美衣将酣睡的鹭鸟惊得飞起来，江南女子水般灵动，如风般清淡，阳光般灿烂，带来无限青春、时尚和精彩。

遥想七百年前马可·波罗踏上东方这片神秘土地的刹那，怎么也想不到这条连接东西方文化和商业的"丝绸之路"在几百年后被赋予新的意义。杭州的丝绸承载了江南人的许多记忆，杭州的丝绸文化对全世界的时尚发展产生了巨大的影响。随着杭派女装知名度日趋渐长，那个小镇以百分之八十杭派女装产自临平的坚实基础为出发点，用一条丝绸打造时尚与艺术的康庄大道。2015 年，在这片藕花洲上诞生了一个响亮的名字——艺尚小镇。从一片农田变迁成全国首批特色小镇，被《人民日报》多次点赞，这片约三万平方公里的土地拥有着完备的城市配套，洋溢着大都市的生活气息，却又不乏江南水乡的韵味，润物细无声，以产业、文化、旅游、生活等无限种方式回馈着孕育它的这片土地。

小镇在空间规划上以文化艺术中心、东湖为中心，串联形成时尚艺术街区、文化街区和历史街区，徜徉其间，体验时光的沉淀，品味着不同文化沉积中散发出来的悠远芬芳，仿佛走入了岁月深处。

小镇的故事像所有故事一样，离不开人。是他们赋予小镇生命与成长的养分。在这里，"居民们"将现代的时尚与古典的艺术相互交融，掀起时尚界的风起云涌。走进每个院落，随处可见国内外顶级大师的作品，众多设计师在此集居落户，带动传统服装产业的转型升级，他们运用互联网、电商助推时尚产业，引入一批新业态领域的平台型企业，为传统服装产业带来新思路。中国服装协会、中国服装设计师等国家级行业协会也纷至沓来，小镇成为"中国服装杭州峰会""亚洲时尚联合会中国大会"的永久会址、亚洲时尚设计师中国创业基地，在家门口你就可以看一场顶尖的时装秀。

我喜欢这个四季有花海的小镇，油菜花、向日葵、马鞭草、波斯菊、万寿菊、粉黛乱子草……一场又一场花事轮番上场，各色花海似云雾般梦幻，就像进驻了童话故事里。走进花海里，花丛里有几个姑娘在做直播，她们一会儿唱一会儿跳一会儿扭，欢快活泼地挥洒各种柔美的身姿，动听的声音缭绕在花海之上，花朵们似乎也听得沉醉了，点着头开心地应和着。

临平大剧院亭亭于水边，只要愿意可以随时去听一场音乐会或看一场舞台剧。湖边葡萄畈上的千年禅境文化菩昙禅寺，也将展露新颜。徜徉其间，像是到了一个远离尘世的桃花源，时光融进了艺术所散发出来的悠远芬芳，突然间变得无比宁静，无比温暖。

艺尚小镇，一个美好的名字，这是一片对艺术与时尚充满渴望的江南热土，我独喜欢她长在水边水灵灵的模样。

3　文化艺术长廊

文化是一座城市的名片，是一座城市最美的底色，更是赋予这座城市发展的魅力，以文化"共同富裕"建立精神"共同富裕"，构成了人们对美好生活的不懈追求。

父亲是一名退休语文老师，儒雅中带着那么丝文化气息。记得小时候，我最喜欢的事情便是跟着他去省城博物馆看文物、去展览馆看画展，去少儿公园坐旋转木马……那时，我们挤上拥挤的21路公交车，来回颠簸几小时，身体虽疲惫，精神却满足。

去年春天，趁周末阳光正好，我和父亲、女儿一起爬临平山，行在风景如画、花香弥漫的山间，杜鹃、绣球在闹腾。下山后，父亲为眼前一条"长廊"所吸引，他说："这完全不是老底子那条景山路和为民弄了，印象中原来这里道路逼仄、房屋破旧，现在完全变模样了啊！"确实，呈现在我们面前的是一条美丽的文化艺术长廊，它如同一条"玉带"将临平山和上塘河连接了起来，建筑时尚、繁花满树、人文丰富，已然华丽变身为城市一道靓丽的风景线。

由北向南而行，一座散发着江南诗意和现代气质的建筑在曲水流觞间让人眼睛一亮，蓝天白云贴在墙面的落地玻璃上，深棕色木饰古朴而不失典雅，让人忍不住想要进去一探究竟。我们径直往里走，正好这里在展出"杭州故事——池沙鸿中国画作品展"，一幅幅绘画作品呈现在我们眼前，那旧时杭州的风景、建筑、孩童、趣事……将父亲和我瞬间拉回到了童年的记忆里，一个个故事历久而弥新。"真没想到，如今竟然在家门口就能看名家的画展！"父亲禁不住发出感慨。

这座馆叫临平文化艺术交流中心，也是临平的美术馆，已承办许多书画家、书法、摄影家等各界名家及当地艺术家的展览。因单位离得近，这里便是我常来歇脚之处，就在前几日，趁单位午休我便观看了一场"管领春风——纪念金农诞辰335周年全国书画印砚名家邀请展"，数百件书、画、印、砚作品犹如文化盛宴任你尽情享用，浓厚的艺术气息将临平的梅文化表现得淋漓尽致，也为临平孕育了浓厚的城市文化氛围，更让充满艺术感的美好生活"飞入寻常百姓家"。

走出美术馆，再往南走便是临平智慧图书馆，爱看书的女儿雀跃着要进去。这里曾是区图书馆老馆所在地，承载着我们这一代人的记忆。在一片水景的衬托下，人们鱼贯而入，里面智能机器人、智能借阅柜、指挥借书大厅、VR智慧体验区、耳机森林、书林悦读……各种人工智能自动化的东西一应俱全。最让人喜欢的是阳光阶梯的设计，人们坐在阶梯上或安静读书，或细声交流，天光洒下，在知识的海洋中遨游，哪怕坐上一天也是极好的。

穿过天桥，恍如进入一个植物园，我细心观察过这里的一草一木，春有结香、樱花、雪柳，夏有紫薇、绣球、栀子，秋有银杏、桂花、乌桕，冬有梅花、山茶、南天竹等。只要一得空我或俯下身子，或抬起头看它们，用手机拍下它们最美的瞬间。

清晨，老人们迎着朝阳在木质大平台上打太极。渐渐地路上喧闹了起来，大人们牵着孩子的手穿过长廊去临平学堂。暖暖的阳光铺满长廊的每个角落，小百花越剧团里的歌声此起彼伏，老人们坐在一边的木椅上扯着家常。傍晚华灯初上，人们在长廊的羽毛球场地打球，孩子们嬉戏玩耍，年轻人跳起了欢快的舞……平静却生动的风景里，无不诠释着人们诗意栖居的理想，让人真真切切地感受到共同富裕看得见、摸得着、享受得到的美好图景。

4　十里梅海

"江南无所有，聊赠一枝春。"书桌的陶罐里还插着一小段梅枝，那是友人几年前从超山梅花节捎来的，花枝干枯，花虽凋零，但仍能感受到幽幽的花香与心灵的宁静。于是，只要逢着下雪，便会约上三两好友去雪地寻梅。

喜欢踩着厚厚的雪，在琼枝中寻觅花骨朵。若是初雪，花开甚少，偶有几株黄色的蜡梅在枝头星星点点地开放了，红梅却还在枝头蓄势待发，一个个红红的米粒儿恰似一串串精美的串珠，已开的梅花和花骨朵被雪包裹着，就像是它们白色的被子，看得人心生温暖。好不容易觅得一株白梅，梅树挂着雪，一抹雪白婉约着开成娇羞的花儿，伴着花香，清雅脱俗，淡雅地舒展着，让人忍不住想伸手去折一枝。此刻，忍不住想起了崔道融的一首诗："数萼初含雪，孤标画本难。香中别有韵，清极不知寒……"

超山年年都有梅花节，每一年，我都会赶在梅花盛开的季节，去梅海寻香，触摸早春的气息。记得去岁，我又一次去到江南赏梅胜地之一"十里梅海"超山，再一次盼来了梅的身影。江南的春仿佛来得越来越迟了，立春过后竟然纷纷扬扬地下了场大雪，恰似冬回大地，这无疑是赏梅最佳的时机，往年南方的梅少了"雪"这一角色，自是逊色不少。踏雪步入梅海，一树一树的梅花，在风雪中开得沸沸扬扬；一阵一阵的清香，浅浅而来，却入了心，入了魂。宋代诗人卢梅坡有一寓意深刻的诗作《雪梅》："梅雪争春未肯降，骚人搁笔费评章。梅须逊雪三分白，雪却输梅一段香。"诗人认为梅花虽白，终归逊雪三分；雪花虽白，却缺少梅花的一种冰清玉洁的香。梅与雪各有千秋，只有将二者结合起来才能珠联璧合，美轮美奂，构成一道至美的风景。

梅海寻香尤以唐梅和宋梅最为名贵。《唐栖志》载："山中多梅花，中无杂树，有南宋古梅，花时游人极盛！"宋梅种植在大明堂外，八百多年来的雨雪风霜，依然枝虬苍劲、风韵洒脱，它高丈许，干老的枝干上疏疏落落地点缀着儿朵白色的重瓣之花。六出为贵，宋梅有着与众不同的珍贵，它有六片花瓣，是一株罕见的六瓣梅。另一株同享盛名的便是唐梅，种植在大明堂正中的石坛内，已有千余年的树龄。"羡他竟有回天力，数点开余大地春"的咏梅名正是说它，唐梅的底部现存两根枝干，一根已枯萎，一根却老枝横斜，梅花数点。在这根茕茕的枝丫上，数点花儿就那样立着，除去花型花色的美，还有一种伶仃的楚楚之状，如同一个内外俱佳的女子，姣好的面容下却掩饰不了历经千年的沧桑和气度。

每次去寻香，必去看吴昌硕先生亲手栽种的蜡梅土，这一树的美丽用淡黄色晕染而成，一片片花瓣黄得不夹一丝混浊，轻得没有质地，只剩片片色影，娇怯而透明。梅瓣在寒风中微微颤动，这种颤动能把整个香雪海摇撼。梅海中还有两株白梅，是全国最高的两棵白梅，名为绿萼，因其萼绿花白而得名，它的花期比别的梅来得晚，当其吐香时，正如一位姗姗来迟的少女，身着洁白纱裙，淡雅、纯洁、娇嫩，不做修饰、不加炫耀，仿佛把人带入了银白色的童话世界。红梅在梅林中最多，也最招人眼，它有着明艳的红色，更有宜人的香气，少女酡红的笑意，暖在初春的酒窝上。它生得落落大方，不轻佻。它就那么随意地立着，恰似月下随意吟就的一首晚唐诗篇，赏一丛这样的梅，你就会感到没有春天的喧闹与媚艳，没有冬天的单调和冷酷，红梅点点，似少女情窦初开的心灵，神圣而腼腆，似智者超然物外的深沉和温煦，似仁者远离红尘的宁静和恬淡。走近这些梅树，发现它们的姿态很优美，它们是一种很有造型的树。细看它们或弯曲或直指，或弓或卧，都表现得顽强和坚毅。摸着它们铁骨铮铮的躯干，叹服它们释放出来的精彩，必定为它们果敢和无所畏惧的精神所折服。梅是何物？这么清简，又这么沉着。梅花开在寒冬，梅子结在暖夏，梅就像一个无眠之人。李时珍说，梅"得木之全气，故其味最酸，所谓曲直作酸也"。

"无意苦争春，一任群芳妒。零落成泥碾作尘，只有香如故。"梅在雪中绽放凋零，雪在梅中化成香水。一地洁白，一树繁花，在生命的尽头相融，吟唱着生命至美的歌，这寂寞深处的零落和平静，更是生命安静的美，于是我也便安静了，忘却红尘，宠辱不惊。记得《人间词话》中有这样一段："有我之境，以我观物，故物皆着我之色彩；无我之境，以物观物，故不知何者为我，何者为物。"

喜欢雪，喜欢梅。喜欢梅花暗香盈袖的安静状态。于是，我微笑着在雪地上镌下了一首《梦里梅影》……

折叠起几多悠然的思绪

轻轻嗅着这份暗香

仿佛置身香雪海

收拢江南的初春

碾成窗台上的冰枝

在湿润的季节里

芬芳成如歌的岁月

诗

从山间走来

还带着晶莹的雪水悄悄滑落

将涟漪泛在我的心上

歌

在花影荡起回声

撒下一粒种

谁的呓语轻舞在我梦里

下一季长成一枚枚青涩的果实

缠绕唇齿

悠悠运河古塘栖

一缕清风，一片悠云，一份随意，细读梦里水乡之古运悠悠；
一杯香茗，一窗碎月，一份闲心，戏说运河文化之神韵幽幽。

1 归

小影寄居北京，四年寒窗苦读，一直以江南人自居，不论岁月如何变迁，温柔的水乡情怀总藏在她那紫丁香的梦里。

古老的中华民族在中国大地上留下了庞大的两个建筑物，一个是万里长城，另一个就是京杭大运河。有人说，它们构成的巨大的"丁"字是中华民族历史的硬结构，读懂了这个巨大的"丁"字，也就读懂了中华民族。

小影的家乡很幸运，成为这个巨大"丁"字的一个终点，古老的运河在这里靠岸、搁浅，也将古老的历史文化延伸到了美丽的古镇——塘栖。

草长莺飞的季节，轻歌软语的梦萧，烟雨蒙蒙的江南，雪霁初晴的梅海……这一切，都在吸引着都市人的亲近。一颗在钢筋水泥丛林中待久了的心，便禁不住这样的诱惑，于多少次的午夜梦回后，小影终在一个初夏的午后，哼上一曲江南小调，泊着运河南下，寻溯千年流转的戏曲梦。

2 寻

沿河而行，迤逦至杭嘉湖平原的塘栖地界，运河变得更加温柔多情了。再回江南，一如久历风霜归来的游子忽然回到情人的怀抱中，眼睛湿润了，心亦湿润了。

塘栖，被美誉为"江南佳丽地"，有一千三百多年的历史，枕着京杭大运河，是江南水乡重镇之一，杭州的北秀主要区块，曾盛极繁华。其特色"河宽、桥密、塘多、漾清"，物产丰饶，吴越文化底蕴深厚，音韵犹存。

橹声悠远，轻轻地抚摸那份水灵灵，这水不是一般的水，而是越时千年的古运河。穿行于水间的古镇，水当是其第一音韵。舟楫往来，桨声欸乃，水动波亦动，琴奏萧亦鸣，总以为自己是桨声灯影里的船客，萦绕着丁香雨的残香，痴情地和着琴弦上流淌的《春江花月夜》……水乐缠绵，乐如水，水如乐，听得人深深地醉了，醉了……正如音乐用不同的耳朵听有不同的感受，水的本质是至清则无色，音乐的精髓是至美则无律。

黄昏，船泊岸边，呈现在小影眼前的是那似曾相识的古桥，曾经，"千年之舟"停泊古运河水道的第一站，也便是这座古桥广济桥了，这座雄踞运河五百多年的七孔石拱桥已是世上举世无双的。当小影虔诚地走上一级级石纹斑驳的台阶，轻轻抚摸那一块块椭圆而苍黑的桥头石、低头俯视桥下那一脉潺潺流淌的运河水时，历史的丰盈和苍凉，倏然入心，而那一语道不尽的古镇风韵，也就一丝丝一缕缕地随着漫无边际的遥想，缓缓漾入了心底。想当年，那个充满诗意的诗人曾在桥上踯躅独行，低吟浅唱那份如兰的娴静和沉着。"丝竹轻奏风始动，羯鼓擂击露华浓"，那才华横溢的名音律家周文煌、张开先也曾在这里抚琴唱曲，谱下了妙音美韵……时间改变不了历史，所以这一切便定格在了这里，成了亘古的永恒。

就这些，塘栖已足够让小影迷醉，而她还有一处"水北运河文化村"，文化村的中心矗立乾隆御碑，两条白色巨龙横盘于5米高的黑色碑体上方，曾经几下江南的乾隆皇帝，亲笔彰扬的"御碑"不计其数，但此碑属"江南最大"，内容也无出其右，它记载了浙江黎民在大灾年月不欠分文如期上缴钱粮的实绩。

人道塘栖弄多，"出门见弄，过街穿弄，弄弄相通"，古镇在历史上素有"七十二爿桥"之称，尤以里弄多出名。家家户户，门前是街，门后是河，河埠头就建在自家的后门口，沿河望去，一个个石砌的河埠头就像一架架古琴，在河的两侧次第排开，弹奏一曲曲如诗的清音。

浓浓的思念牵系着小影拐入一条又一条的小弄，弄内房屋多是明代建筑，流连于宁静的太师第弄，她叩开了一扇半掩的门，主人家是一位年逾花甲的史学工作者。老人家在此弄栖居多年，沧桑的脸庞是岁月犁过的印痕，但明净的眼神中却透出一种深不可测的历史积淀。在与老人侃侃而谈中，小影了解到太师第弄是一座明代古宅的渊源，它竟是明清文化史上卓有成就的塘栖卓姓家族故宅。关于太师第弄古宅，老人在查阅《唐栖志》《唐栖志略》《塘栖卓氏家系暨诗文录》以及大量明清文集等文献的基础上，通过实地调查，访问卓氏后人，最终发现该古宅就是光绪《唐栖志》所载明代嘉靖万历间人卓月波（名卓明卿，号月波）宅。卓氏家族在塘栖的鼎盛期为明代嘉靖至清代乾隆年间，其间诞生了卓明卿、卓尔康、卓人月、卓天寅等文化名人，其中尤以卓人月最有成就。卓人月（1606—1636年），字珂月，明末著名文学理论家、戏曲家、诗人，著有《蕊渊集》十二卷、《蟾台集》四卷、《卓子创调》《千字大人颂》、杂剧《花舫缘》、传奇《新西厢》，辑有《古今词统》，所涉足的诗文曲论等方面，均有独到甚至开创性的成就，时人将其流星般的一生与祢衡、李贺并称。卓人月的成就首先表现在他的悲剧理论上，他从人生观和戏曲功能的角度对中国戏曲团圆结局传统进行了全面批判，在戏曲史上旷古未有地提出了悲剧风世说，其《新西厢序》一文被著名戏剧教育家陈多先生称为"一篇罕见的古典戏曲悲剧论著"。卓人月在《古今词统序》中提出的"我明诗让唐、词让宋、曲又让元，庶几吴歌《挂枝儿》《罗江怨》《打枣竿》《银绞丝》之类，为我明一绝"的观点，更是诸家文学史必提之语。他的《花舫缘》是最早描写唐伯虎点秋香故事的戏曲作品之一，对"三笑姻缘"这一后世广为流传的戏曲题材的形成和发展产生过不可磨灭的影响；卓人月与吴伟业、黄宗羲、孟称舜、徐士俊、袁于令、沈泰等著名文人均有交游，徐士俊名作《春波影》便是在卓人月的直接影响下创作的，从而成为第一部描写冯小青故事的戏剧。由此可见，戏曲、文学的创作已在卓氏表现得淋漓尽致。

　　老人述说的语言或悠扬，或感伤，或钩沉，宏阔的高唱和精微的低吟交响，一条河、一条弄、一座宅、一部作品，如同一个生命，在人们的面前铺展着自己或快乐或忧伤的一生，读之令人扼腕。可以说卓氏的一生，是在这个琐碎散小的情感和思想盛行年代里，在读书人耳边奏响的黄钟大吕之声。

3 忆

"江南好，风景旧曾谙；日出江花红胜火，春来江水绿如蓝。能不忆江南？"春夏秋冬，柔情的水始终在弹奏着一曲运河之歌，如至美的钟磬般悦耳，似至纯的瓷器般清脆。小船在水中荡漾，从北至南，传递着对往昔的怀念之情，真是"涓涓细水流，片片叶舟行，故人若有情，今夕起相思"。

因着运河戏曲文化的深厚，因着前两代人对戏曲的热衷，打小小影就喜欢哼哼小曲儿，吹吹箫、弹弹琴，直到渐渐转为痴迷后，便开始她执着地踏上研究戏曲之路，入北京戏剧学院深造，终是如了几代人的心愿。

塘栖称得上"戏曲之乡"，京剧、越剧、沪剧、锡剧、黄梅戏等剧种在古镇都有发展，其中又以京剧和越剧最具代表性。杭州市塘栖京剧研究社（京剧）、塘栖镇越剧俱乐部（越剧）、镇工会艺术团（越剧）、镇夕阳红艺术团（越剧）、常青园文艺协会（越剧、其他戏曲），一个小镇竟自创了五个专业戏剧协会，戏文在此地受欢迎程度可想而知。

"老镇历来是个商业繁华之地，开店的老板老板娘多，加上四乡八村的富户，闲了无事就是去看戏文；外埠来的客商空下来也要寻了去消遣；屋里来了城里的、乡下的客人……陪着去看本戏文作为招待……"这是蒋豫生《塘栖旧事·看戏文》一文中的一段回忆。

岁月如歌、如水，唯有在岁月的长河里才能体会现在的安宁，经古运河水的滋润，戏曲文化在运河文化中留下浓重的一笔。翻阅《杭州志》里对运河戏曲文化的描述颇具意义：早在宋元间，中国戏曲两大体系的北曲和南曲先后在杭州得到发展，有杂剧、院本、唱赚、诸宫调、傀儡、影戏等，可谓百戏杂陈。专业性演出场所——瓦舍勾栏的大量出现，说明杭州戏剧演出的兴盛。元代，杭州继大都（北京）之后，成为全国杂剧盛行的又一个中心。元代至明初，杭州涌现了一大批杂剧作家和优秀演员。被誉为元曲四大家之一的郑光祖，所作杂剧 18 种，以《倩女离魂》最有影响力。曾任杭州路总管的杨梓，所作《霍光鬼谏》等 3 种均有传本。元曲大家关汉卿一度来杭，与杭州的书会才人广泛接触，进一步推动了南戏的发展。自温州传入的南戏，在杭州盛行二百余年，在我国戏剧史上具有开创性的意义。清末，杭州城市人口增多，小市民阶层崛起，为杭州民族文化艺术的进一步发展创造了条件。当时地方戏曲遍地开花，杭州成为古运河畔戏曲流布、会集的中心。一些文化娱乐活动场所畸形发展，继天仙茶园之后，又修建了荣华、阳春等茶园。这些茶园大多演出京剧，汪桂芳、谭鑫培、周信芳、盖叫天等京剧名伶均曾在此演出。由于各剧种的彼此竞赛，相互交流，使杭州本地剧种也得以博采众长，迅速形成并发展起来。民国十二年（1923 年），杭州的宣卷爱好者组织民乐社，排演西湖民间故事剧，演出后深受群众欢迎，遂定为"武林班"，是为杭剧之雏形。到民国二十二年（1933 年）前后，杭州已有民乐社、同乐社、同民社等 14 个杭剧班社。杭州的滑稽戏，初为说唱"小热昏"，逐渐发展成化妆表演，称为"独脚戏"；后受文明戏影响，形成滑稽戏，进上海后又有很大发展。

在寻访越剧的首演地在杭州的过程中，寻访人的感慨引起深爱戏曲的小影的共鸣。戏曲专家傅谨研究分析，越剧的起源原属余杭的蒋村一带，当时有五个嵊县的唱书班子，拉拉唱唱，不过瘾，便把这五个班子一起请来，给他们分派角色，把唱书改成唱戏，用红纸沾点水画脸，白粉打底，这样，就有了越剧史上的第一台戏。

儿时记忆里，小影的父亲也是个越剧迷，坐在船头常会哼些越剧的调子，而她受其影响也便附和着。直至长大了，才发现，原来这源远流长的文化是竟源自运河南端的家乡。

小影的家乡有许多习俗，端午龙舟会，其龙船实为画舫彩船，画上各种神话故事，船台上，几名村童少女扮演戏剧中人物，如《刘海戏金蟾》《八仙过海》《白蛇传》等，伴有锣鼓细乐、丝竹管弦，徐徐行进于运河之上，画船上旌旗招展，笛箫琴瑟之音悠扬回荡。最有趣的是正月里闹灯节，旧俗十三上灯，十八落灯，"上灯圆子落灯糕"。在这段日子里，每天晚上都有精彩的灯会，沿街大小商铺，或龙灯滚舞，鞭炮齐鸣；或马灯穿梭，歌舞弹唱，唱词有《摇大红船》《四季相思》《十二月花开》《蚕花姑娘》，下至《十八摸》等，还有狮子开口，跳跃争雄。小孩子唱着："龙灯、马灯，狮子骨棱登①，塘栖奶奶②来看灯"，大家一起唱着跳着，煞是好玩……

回忆是美丽的，也是永恒的。在运河的心中，它是一个烙印，诗意地栖居着。

---

① 滚的意思。
② 上声。

4 梦

梦里水乡，折叠起几多古运河的神韵，诗，从指间滑落，化成粒粒晶莹的水珠，吮吸乡情，凝留颗颗金丸；歌，在朴实的小镇荡漾着回声，扣人心弦，泛在那古老的情思上。

回家乡，不吃枇杷实乃憾事。枇杷，多美的名字，古称无忧扇，又名金丸，别名卢橘，因状如民族乐器中的琵琶，故而得名。听此名，仿如从梦中传来了一阵悠扬的枇杷曲。听一曲琵琶，尝一回枇杷，感受其悠扬，感受其清香，抚摩其古典，真是一大乐事。枇杷悠久的历史和独特的形状，使它充满古典的美态。

距镇南5公里，素有"古、广、齐"之谓的超山十里梅花香雪海不可不看。"十里梅花香雪海"，光听名字就是一轴不朽而风骨独特的画卷，一阙天然而香味隽永的诗篇。为这天然诗画添彩的，是数千年前种植的老杆如铁虬枝如镂的唐梅和宋梅，为其增光的，是它的人文景观，一代宗师吴昌硕的纪念馆、纪念碑和墓地，就在此间的大明堂和浮香阁畔。岁首春来，梅似香雪，香雪如梅，交织成此间最迷人的风光。梅雪易消，香魂永驻。后人将这位生于安吉的篆刻大师移冢此极有诗意的安息地，最符合这位印人篆刻家平生钟情香雪寒梅的心迹。

古桥、流水、旧弄、歌声……回乡之行，归来的梦里尽萦歌声、水声，尽现明清遗风。小影常常想，她或许是唐宋时的一株梅，千年前植于浮香阁畔；她或许是元时的一名浪迹天涯的艺人，说唱着小镇的旖旎；她或许是明时的小女子，每日在河边浣衣；她又或许是清时的词人，弹奏不绝如缕的江南丝竹，"筒酒觅稀荷，唱尽塘栖《白苎歌》"！

观灯赏梅过元宵

在岁时节令中，农历正月十五被称为"元宵节"，因为正月为元月，古人称夜为"宵"，一年之中第一个月圆之夜叫"元宵"，所以又叫"上元节""元夕"和"小正月"。翻看虎年月历，西方的情人节在左，中国二十四节气雨水在右，元宵节游园观灯、赏花都是雅事，灯火璀璨、梅香扑鼻，一刹那古人的诗情与画意扑面而来。

诗人余光中曾说，中国的情人节其实就是元宵节。"东风夜放花千树，更吹落，星如雨。宝马雕车香满路。凤箫声动，玉壶光转，一夜鱼龙舞。蛾儿雪柳黄金缕，笑语盈盈暗香去。众里寻他千百度，蓦然回首，那人却在，灯火阑珊处。"颇喜欢南宋词人辛弃疾的《青玉案·元夕》，寥寥数语便道出了元宵佳节临安城灯火与社舞交织的美好光景。人不由得一下子穿越到了宋代那个月色无比皎洁的夜晚，灯火繁盛得如同天上的星辰，赏灯的人们驾着豪华的马车，吹着悦耳的凤箫，摇动着曼妙的身姿……一群群令人眼花缭乱的盛装美女走过后，诗人在人群中寻找心中的"她"，无奈怎么也寻不见，正当惆怅之际，猛一回头发现灯火渐渐黯淡处等待"他"的"她"，那可是怎样一种欣喜啊！

在几千年传统文化的浸润下，东方人的爱情注定是骨子里都透着含蓄的浪漫。旧时礼教森严，未出嫁的女子平日里是不得擅自外出的，只有到了元宵节才可以不受拘束地出门赏花灯、放烟花、猜灯谜，于是这一日便成了青年男女们相识相会的唯一机会。面对流光溢彩的花灯和花好月圆的良辰美景，青年男女们萌生了人生只如初见的悸动，恰似春天的草木含情且明媚。

　　元宵节的花灯一直都是人们记忆里最为深刻的，它在古代蕴意深刻，可为人们驱走黑暗，带来光明，它还代表着相思和团圆。花灯历经汉唐，到了宋代从京师到民间都十分重视元宵节放灯，因此设有专门的"灯市"，宋代元宵的灯市盛况空前，花灯巧夺天工。《东京梦华录》记述，宋代灯市计五天，由十五到十九。苏轼也曾写下"灯火钱塘三五夜，明月如霜，照见人如画"，写出了旧时杭州城元宵节的盛况以及对杭州深切的思念。而在我的回忆里，临平的人民广场几乎年年有花灯，一盏盏均来自各个乡镇街道选送，样式繁多，制作精美。每个元宵节，只要一到夜晚，人们便从四面八方赶了过来，广场上人头攒动，大人小孩都闪烁着兴奋的眼神，彩灯在春寒里摇曳生姿，火树银花倒映在清澈的河水里。逛足灯市，孩童们提着地摊上买的小灯笼欢蹦归家，清脆的笑声回荡在灯影辉煌里。

　　近几年诸多灯展暂停举办，但它们仍然是年味最不可缺少的一部分。我每天上下班必经桂芳桥，发现上塘河畔近日挂起了一盏盏莲花灯，寓意美好，曰好运"莲莲"。据说古时候，一些未出阁的女子会自己亲手制作一盏花灯，并在花灯里写上心上人的名字，到了元宵节晚上，她们会将这盏花灯带到家门口的小溪边，让花灯顺着溪水漂流至远方，又或者是让花灯盘旋飞舞至高空，如此便可以将自己的相思之情带到心上人的身旁。伫立桥头，看着缓缓流淌的上塘河水，我依稀望见了宋时上元灯节的古风，春水起皱，河灯漂流，几千年前的浪漫，放至今日恐也不会过时。

最近喜欢翻看儿子收藏的《最美中国画100幅》一书，有一日讶然发现《踏歌图》上落了几片梅瓣，淡淡的清香钻入鼻尖。原是案头花瓶里的梅花凋落了，巧的是这根前几日从超山捡回的梅枝，竟与书中那幅画的意境颇为契合。

《踏歌图》是北京故宫的镇馆之宝之一，为南宋宫廷画家马远所作，是山水画与风俗画的完美结合，展现了宋人祈祝丰年的喜庆气氛，表达了对太平盛世的深深期盼。画的上段是巍峨高耸、让人生畏的峭峰和楼阁，下段是田埂、麦田，几个老农簪花而行、带有几分醉意的欢乐"踏歌"，中间是一段缥缈的烟云，将这"天上"和"民间"连接在一起。有人考据此画是元宵时节的踏歌场面，有图中的梅柳为据。特别是宋代的图像资料表明，远景露出一角的楼阁便是丽正门，南宋时期，每年元宵节朝廷都要在皇宫丽正门前举行帝民同乐的元宵庆典，乃至万人踏歌的欢庆。

我们都知道，宋人对梅花的喜爱是刻进骨子里的，梅花是一种最能体现宋人文化精神和审美品格的草木。前几日，我所居住的城市临平下了一场大雪，赏梅胜地之一"十里梅海"的超山就已经暗香浮动，到了元宵节，这满园的秀色便再也关不住了。特别是那株种植在大明堂外的宋梅，《中国名胜词典》载："超山梅花已有一千多年栽培史，素有'十里梅花香雪海'之称。品种以果梅为主，观赏梅也久负盛名，其中最古老的梅花有二，一曰唐梅，一曰宋梅，逢春繁花满树。"据考，这株梅花是宋代福王藩苑的遗物，早在清代时期，其花园留存下来的古梅有数株被人移至超山，并种植在报慈寺前的梅花林中。在经历几百年的风霜雨雪，它依然存活着，"花稀有风骨，半开最雅韵"，在江南寒冷的冬日里，这株宋梅虽看上去枝裂干空、摇摇欲倾，但仍开六瓣花朵,将清气留予人间。若能如宋人般在梅林里燃起彩灯,一盏盏挂满梅树枝头,边赏花边赏灯月,岂不美哉?

年复一年的光阴里,每个节日里都有一份念想能唤起人们的共鸣。在江南的春日里,赏梅如同元宵赏灯一样,是一种根植于心的情愫。元宵节到了,梅花都绽放了,不妨和心爱之人一起观灯赏梅。

听，海塘在唱歌

暑假里，孩子们各写一篇读书笔记，儿子的作文题目是《跟着诗画来"浙"里》，女儿的作文是《我是钱塘江里的一尾鱼》。在指导两篇文章时我认真地把他们俩读的书都看了一遍。我被《诗画浙江》里的古诗与国画惊艳到了，更被漫画版的《江南有条钱塘江》给感动了。那一晚和孩子们一起改完作文，我的耳边似有潮涌的声音，又仿佛飘过古海塘美妙的歌声……

杭州境内，山峦叠翠，江河纵横，山与水的相聚，绵延出一幅绝美的山水画。钱塘江、大运河是杭州城的两大命脉，千百年来，杭州"因湖而名"，也"因塘而存"，所谓的塘，即钱塘江海塘。

2021年10月初，各大新闻聚焦临平。钱塘江古海塘临平段考古发现杭州规模最大、结构最完整、价值最高的古海塘，一时之间成了网红地。年底，又在微信朋友圈里看到大元老师①在探访古海塘，被他的执着和对文化的自信而感动着。2022年元旦假期，桐桐妈和大宝妈相邀去她们农村老家玩，坐标都在钱塘社区十五堡，恰好是杭州古海塘的东起点，我欣然前往。

我们一行人在大宝家的菜地里挖了许多鲜嫩的荠菜，打算带回家做春卷。我发现在菜地南面不远处有一座高高的碉堡。村

---

① 作家袁明华。

民告诉我，那是日军修建的碉堡，他们就在钱塘江对岸与中国人民隔江而战。从菜地往北走，我们又遇见了一座不是很高的水泥碉堡，堡壁很厚实，可以从北侧一个门洞进入堡内，发现对着南面有三个射击孔。边上有一块碑上刻着"十五堡碉堡"，并介绍该碉堡为抗日战争期间，国民政府为防御日军所建，钢筋混凝土结构。

"堡"字本义为土筑的小城，也泛指军事上构筑的工事。从字面来看，上面为"保"，下面为"土"，可理解为保护一方水土。杭州地名中被称作"堡"的有很多，从一堡到十五堡，都与钱塘江有关。《杭州市地名志》写道："三里为一堡。"如今，随着历史的变迁，许多地名不用了，但是也有些还在用。在我们临平境内，乔司有十一堡、十二堡和十三堡，南苑有十四堡和十五堡。

临平处钱塘江北岸，沿江百姓深受潮害之苦。为此，人们不得不想办法来治理和解决这一问题，于是就有了海塘。《水经注》记载"东汉初载土石筑钱塘"；唐大中年间，钱塘县令杜子烈因大涛坏人居，乃筑长堤；至吴越五代，以"石囤木桩法"筑捍江堤；元代，沿江海塘方成通途大道；清初，清政府在钱塘江北岸构筑石塘，以抵御江潮；民国初，塘路筑成杭海公路。据载，清时石塘以堡设防，三里为一堡，每堡有镇塘铁牛一只，用生铁浇铸，形似真牛一样大小，重达数吨，威镇江潮。正是这样一条海塘保护着世代沿海居民的生活安全，被誉为"海上长城"。

乘孩子们玩的间隙，在古海塘边长大的大宝妈陪我一起走了一小段古海塘小道，这也是我第一次走。我们从"十五堡土菜馆"位置沿着一条小河出发，河面上跌满了枯黄的柳叶。我们拐进了一条充满古意的小道，路两边一侧是村庄，坐落着 20 世纪 90 年代的旧民居，房子上贴满了各种小广告，另一侧有些开垦好的地上种上了蔬菜，有些未开垦的则杂树杂草丛生。这条小路由一块块约莫 1.5 米长的石条上铺就而成，两块斑驳的石条间有个"蝴蝶结"状的浅坑。大宝妈说："小时候，爷爷辈的经常会讲一些海塘的故事，我们一群小伙伴还经常去海塘边嬉戏玩耍。这些小坑以前有一块铁锭，用来把两块石头夹住。"哦，原来是榫头。"以前穷的时候，有人把这些铁锭挖去了当废铁卖掉，真是太可惜了！"大宝妈妈惋惜地说道。

我们一直走，穿过一片水塘，有人在洒满阳光的河边钓鱼，有人在地里干农活，走过竹林、农田，眼前有一处农家乐。我停了下来，左侧的田野越来越低，小路越来越高，从侧面看，有六七层石块垒起这么高。再往前走，路突然变窄了，右侧杂树杂草铺满了半条路，仅勉强可以通过一个人，我有些恐高，加上天色也渐渐暗了下来，便跟大宝妈妈说："咱们回吧，下回再来过。"我们往回走了一小段，忽然看到一条水杉小道，一眼望去特别幽静，她指向左前方芦苇丛生的地方说："看到那堵高墙了吗？那里就是乔司监狱，下次我骑电动车载你在四处逛逛，你会有更大收获。"回到家后，我不由得感慨，在这个流动人口高度聚集的地方，竟然藏着这么一条宝藏小路。于是我开始翻阅各种资料，向熟悉的人打听海塘的前世今生，我觉得应该再去走一趟。

仲秋过后，我与好友行走于钱塘江边，与"鲲鹏水击三千里，组练长驱十万夫"古诗词相遇，遥想诗人寄情于江水，屦痕处处，我萌生了再去探访那条古海塘的念头。无独有偶，没过几日，我受邀参加了临平区作协承办的"江南诗"新时代大运河创作采风活动。在大元老师的带领下，我有幸与著名诗人孙昌建、沈苇、李郁葱、泉子、江离、陈骥、胡理勇等一行寻访运河二通道，我们从运河街道东新村"古今交汇处"到在建的"新时代运河"，一路行去收获颇丰。

提及运河二通道，当然不得不提古海塘，正是开挖运河二通道，才揭开了一段明清水利史。一路上大元老师对古海塘的历史如数家珍，他带着我们去参观了乔司街道吴家村牛角自然村古海塘遗址，在挖掘机、吊机繁忙工作的现场，我们看到了第一期考古发掘点内的鱼鳞大石塘已被全部拆除并打包，听说要迁移到古海塘文化遗址公园内，我有点儿悻悻，也有点儿期待。据说，当时开挖出来的遗址现场有两个独立并行的海塘，一个是南侧的柴塘，一个是北侧的石塘，整体结构保存完整。石塘长100米、底宽约21米、高约6米，从下到上由18层条石铺砌而成，全部用灰浆抹缝，封住条石之间的缝隙，防止潮水涌入，越到底部灰浆越多，再往下底部桩基中，还新发现了横向的木桩。我们站在高处，俯视海塘，似有海风吹过，又有涌潮的歌声……

大元老师看出了大家的"不过瘾"，便又带我们转道南苑街道钱塘社区，我们从十五堡，也就是我前一次只走了四分之一的那条古朴的小路出发。这一次，有了大元老师的引导，我走得更细致了，在村民的屋后，我仔细读着那块文物保护管理公告牌："杭州海塘，即钱塘江古海塘杭州段，2011年，浙江省人民政府公布其为浙江省省级文物保护单位……钱塘江海塘是我国古代最伟大的水利工程之一，全长300多公里，高6~7米……海塘用整齐的长方形条石砌成，塘身横断面呈梯形，塘面条石之间用糯米浆三合土靠砌，再用铁锔和铁锭扣榫，背面用土壅加厚，因从纵面看形似鱼鳞，故称'鱼鳞石塘'。"

我和铁女陪着昌建老师走得比较慢，每走一段，我们都会停下来小心地站在条石的边缘，看看海塘遗存的侧面垒得有多高。阳光从树丛中漏了下来，洒在了条石上，上面用于固定塘石的铁锭痕迹仍清晰可辨。越往后，路越难走，特别是走到我之前不敢走的"恐高段"，我小心翼翼地拽着右边的树枝，成功穿越过去了。果然精彩总是在后头，一丛狗尾巴草欢快地摇曳着，我扒开狗尾巴草，草丛中露出了一个铁锭，再往前走，又发现了一个铁锭，"一个、两个、三个……"呀，一路都是，密密麻麻，数都数不清了，我们一起惊呼着。真没想到，前面一直寻不着它们的踪迹，竟在后面这段被杂草占据一半的小路上找到了，真是大开眼界。我们纷纷拿出手机，将它们一一拍了下来。更神奇的还在后头，我们一行人穿过田野，行至万常社区新万村，古海塘竟穿过居民的院子。夕阳铺在的路上，铁锭闪着铮铮的亮光，远看就像一串串远行的脚印，"咦，上面好像是个字！"有人发出惊叹，于是大家都围了过来，我们用纸巾擦拭干净，果然出现一个"钦"字。人群中突然有人说了一句，这恐怕就是国家工程的力证。

"条状石，木桩石，鱼鳞石，竹笼里失散的乱石头。"沈苇的诗；"无尽的故事在诸多细节中持续发酵，就如我们面对每一组千字文字号碑，思绪会飘得极其悠远，更像是面对一座座纪念碑，感慨万千，唯有涛声依旧……"大元老师的古海塘畅想曲，那些与过往的对话，苍老的石条上写满了一行行历史的诗行，还有被人遗忘的那些岁月故事。

我蹲下身子，凝视着这块刻有"钦"字的铁锭，我轻轻抚摸石条与铁锭间顽强生长的那株小草，身子柔弱，却扎根很深。海塘老了，然而它并未消亡，它的灵魂留在了这块大地，每一块石条，每一片铁锭，哪怕深埋于大地，谁又能割断它的历史呢？我仿佛听到了歌声响在耳畔，那是留存心底的精气神，正通过古海塘的歌声向我们传唱，那么，一起期待杭州第四个世界遗产吧！

贰 生命有色

草木之美，花朵之艳，
在于天地间物候的更替。
冬去春来，寒来暑往，
伴着节气如期而至。
一花一世界，一树一菩提，
生命中总有一抹美丽的色彩，
让人更显灵动温暖。

遇见绿

前几日，女儿写了篇日记让我看："妈妈喜欢把绿植养在各种瓶子里，牛奶瓶里有绿萝、酒瓶里有吊兰、糖果瓶里有铜钱草，家里的窗台上绿茵茵的一片。我最喜欢她养的那瓶铜钱草，碧绿的叶子又胖又圆，像一把把可爱的小荷伞……"

确实，女儿是懂我的。只不过一棵小小的绿草，却虏获了我们母女的芳心。

第一次遇见铜钱草，是在江南的一个古镇。一间破旧的老屋边摆满了各式各样的石臼，一臼清水里有一丛草蓬勃着，郁郁葱葱，朴实清新，与白墙灰瓦的老屋气质特别相符，我的内心升腾起一种莫名的淡淡的欢喜。从古镇归来，我满脑子都是这一丛小小的绿叶，都是它那纤细挺拔的根茎。我把照片发给花店的朋友，她告诉我它的名字叫铜钱草。呵！很吉祥喜感的名字。

上网搜索方知它有许多名字，我更喜欢它的另一个名字——翠屏草，听着就让人心情舒畅、遐想无比。下班路过花市，我便在姹紫嫣红里一眼看到了角落里心仪的那抹绿。十元一盆，我马上成了这盆铜钱草的主人。回到家，我把这一大盆铜钱草分了几小盆，修剪整齐后放入瓷盆中，根部还带着原来培植的泥土，微微清洗后注入清水，移盆成功。第二天这些有些杂乱的铜钱草，汲取了水的力量傲然挺起身姿。

日复一日，铜钱草默然地朝着阳光生长着，一个个小绿盘挤满了整个瓷盆。我想起前几年在丽水古堰画乡买回的那一堆小瓷瓶尚无用武之地，于是用剪刀分了几枝铜钱草出来，每个瓶插上两三株，亭亭如江南女子一般，婉约中透着古雅，颇有文气。取一瓶放在案头，有时候看书或者写字乏了，抬头看一眼瓷瓶中的铜钱草，一份淡淡的欣慰和浅浅的清凉流淌在心间。待到春夏之交，铜钱草会开出白绿色的小花朵，每朵小花上有五个很小的花瓣，精致玲珑，每一簇上挨挨挤挤地有十几朵，细长的花秆在暮春的阳光里挺直身姿，别有一番韵味。

我喜欢在办公桌上也放上一盆铜钱草，这一盆溢出的葱茏非常招人喜爱，同事看到了忍不住摸摸它纤细的嫩枝，我很大方地送了她一杯。她说自己是"植物杀手"，所有绿植经她手都给养死了，为此非常懊丧，不愿意再养植物了。我告诉她，这盆铜钱草保证养不死。过几日她兴奋地告诉我，果然养成功了。之后每周她都会惊喜地说："看！小陶罐里又有新叶冒出来了。"同事们都喜欢这盆铜钱草，于是分了些给他们，看到大家都将它照顾得生机勃勃，满心欢喜。独乐乐不如众乐乐，将这抹美好的绿与他人一起分享时，快乐就会双倍奉还。

不仅如此，铜钱草还蕴含着更深的含义。它极易相处，很会繁殖，不挑剔环境，随遇而安，只要有水，便能绿成画、绿成诗。寒来暑往，春秋交叠，铜钱草的叶子绿了又黄，在光阴的流转中，它镌刻下了岁月的波澜，也氤氲着生机和希望。记得有一年冬天实在寒冷，桌上的这盆铜钱草的叶子一片一片地黄去，几乎濒临死亡，几片半黄半绿的叶子也仿佛气若游丝，我曾一度认为它要永远枯萎了，心中免不了一阵伤感。可是万万没想到的是，当春天来时，我清理掉枯萎的叶片，添上水，铜钱草的根部竟然冒出许多大大小小的新绿。它复活了，而且绿得透亮，染绿了心，又从身心生出更绿的绿来。

搬了新家后，家里有个小小的露台，捡回一个别人丢弃的破了口子的黄酒坛子，把铜钱草丢进去，几日养下来煞是好看。女儿在露台上养了一只小兔子，每天她都会把小兔子抱出来放会儿风。有一次，她把兔子放出来后忘记将它赶回笼子，不料我那些养在破坛子里的铜钱草叶片竟全军覆没了。女儿说，这些鲜嫩的铜钱草对小兔子来说就是山珍海味。不过被兔子扫荡过的铜钱草，不出几日底下又冒出许多又小又嫩的圆片。是啊！这些植物看似很脆弱，但它们生存的智慧实在不容小觑，即便是这样一株小小的草，也能释放无限的能量。

在美好的春日里写下这些文字时，桌上的铜钱草随暖风摇曳，忽而想起塘栖胡建伟老师在《莲湖》里的那句："又是一个春天，草木芄芄的春天。"想起他那文化促进会院子里满园葳蕤的样子，还有那一缸盛放的铜钱草，这一片绿，便是生命的姿态。

立夏的那抹紫

　　暮春时节，草木葱茏，绿肥红瘦，万物蓬勃而生。街头巷尾蔷薇月季簇簇绽放，立夏款款而至。《月令七十二候集解》曰："立字解见春，夏，假也，物至此时皆假大也。"五彩缤纷的春走了，但春日里播下的植物此时已直立长大了。逢年立夏，最让人期待的是夏日滋味，红的樱桃、黄的枇杷、青的梅子、紫的葡萄……我唯独喜欢那抹紫色，那是桑果子的甜蜜和乌米饭的清香。

1　桑果子的甜蜜

　　学生时代，在课本里读到鲁迅笔下百草园春夏之交的样子，那一句"不必说碧绿的菜畦，光滑的石井栏，高大的皂荚树，紫红的桑葚……"我忍不住口舌生津。也记不得何时，父亲对我说过，每个人的童年里都有一株桑树。那时我并不太明白这句话的深意，直到现在故乡渐渐远去，那株童年的桑树在我的记忆里变得越来越清晰。《诗经·小雅》中有这样一句话："维桑与梓，必恭敬止。"意指见到先人栽种的桑树与梓树，后人必须满怀敬意。于是，"桑梓"便衍生出更深的蕴意，那便是故土家园的情怀。

　　说到桑树，无外乎养蚕和吃桑葚。小时候家家户户都养蚕，家里有一大片的桑树地，甚至池塘边也种满了桑树。春天，乍暖还寒之时，我喜欢挎着竹篮子在桑树下挑美味的马兰头和荠菜，

　　　　　　　　　　　　　　　贰　生命有色

把春天带回家。初夏，桑树枝繁叶茂，碧绿肥嫩，我便跟着奶奶一起采桑叶。奶奶用桑剪将带叶的桑条剪下来，捆成一捆背到家门口的道地上，我搬来小凳，帮着她一起把桑条上的桑叶一张一张地采摘到桑蒉里，装满后大捧大捧地往蚕匾里添绿叶，蚕宝宝们吃桑叶的声音，就像春雨的沙沙声一般，美妙又动听。

除了摘桑叶，我最喜欢的莫过于吃桑葚了。结在桑树枝头上的硕果我们管它叫作桑果子，立夏前后，满树的桑果子由绿变红再变紫，远远望去，一簇簇的紫盈盈，煞是诱人。也有馋嘴儿的小鸟迫不及待地在桑树上啄食，时不时地将熟透的桑果子抖落树下，这下可是便宜了那些蚂蚁。说起来也奇怪，父亲说，只要一到小满节气桑果子就不能再吃了，因为蚂蚁们要成群结队地爬上树去吃，自然界与节气的奥秘实在是太神奇了。采桑果子时，最让我害怕的莫过于遇到那花花绿绿的"洋辣毛"[①]。别看它外表萌萌的，它可以说是很多人的童年阴影之一，若不小心被它蜇上一口，伤口会立马火辣疼痛。相信从农村出来的人，是没有一个没被"洋辣毛"辣过的，如果不小心吃了它爬过的果子，嘴唇还会肿起来。

母亲是非常反对我吃桑果子的，她曾吓唬我，桑果子吃了嘴巴要歪掉的。可是，我实在抵挡不住这美味，背着她偷偷地吃，嘴巴并没有歪掉。记得有一次放学，我跟着同学去采桑果子，一直到太阳下山才回家，双手和嘴唇被桑果子染成了深紫色。我怕被母亲发现偷吃桑果子的事，于是躲在河埠头，用青石板摩挲手指上的紫色，直到手搓得麻木，颜色变得很淡，才敢回家。回家

---

① 褐边绿刺蛾。

后，母亲看到我紫色的嘴唇，便面露怒色。我小心翼翼地从黄书包里拿出用一片大桑叶包裹好的桑果子递到她手中讨好她。我对她说："这个果子真的很好吃，是我从树上精挑细选的，很干净……"没想到，母亲生气地一推，瞬间桑果子紫色的浆液溅落了一地。我委屈地流下了眼泪，心中嗔怪母亲的执拗。父亲叹了口气，弯腰捡起了一地的桑果子。后来外婆告诉我，母亲小时候，同村有个好姐妹因为在池塘边采桑果子不小心掉到河里淹死了。直到如今我成为母亲后，终于明白了母亲那时对我的担忧与爱意。

2　乌米饭的清香

立夏前夜，母亲浸好了乌米，我静静等待着夏天的味道开启。乌米饭是舌尖上的江南风物，吃乌米饭是上塘河畔居民的民俗坚守和文化传承。

乌树又名"南烛"，古称"染菽"，民间又称"白杜鹃"，分布于我国南方。每年农历三月初三至立夏为乌树叶多汁之时，人们便取其泡米蒸饭，称之为"乌树饭"。谷雨过后，南烛叶嫩芽舒展，含着春天的雨露，宛若脱了稚气的少女，轻舞在江南的青山秀水间。印象中的南烛叶，是不超过一人高的灌木，老枝为紫褐色，叶片较薄，呈菱状椭圆形，表面平滑，光泽鲜亮。那些靠近地面少见阳光的嫩叶为红褐色，轻轻地摘一片入口，略带酸味，回味则清香甘甜。

小时候经常跟着父亲上皋亭山采摘南烛叶，皋亭山是我儿时的宝藏地，映山红、野笋、山莓、南烛叶、野百合……可谓应有尽有。父亲和我躲开荆棘，拨开野草，用拇指和食指轻轻一捋，将鲜嫩的南烛叶连茎摘下，放入身后的竹篓。偶遇一片手指粗细的野笋，我会欢呼雀跃，父亲使劲儿掐住细细的笋腰一拗，嫩嫩的小笋就收入囊中。

下山后，母亲将我们采摘来的南烛叶用井水洗净，装入淘米箩，然后接上一脸盆清水，将叶子剪碎后浸入水里，隔着淘米箩用手反复地揉搓，渐渐地叶碎汁溢，清香扑鼻。再用纱布滤出汁液，将糯米置入汁液中浸泡一夜，次日白色米粒变成青黛色，入锅加水烹煮，南烛叶的芬芳渐渐飘散，沁人心脾。待到乌米饭出锅，撒上一些白砂糖，尝一口，香糯细滑，带着草木的清香，简直就是人间美味。李时珍曾在《本草纲目》中记载："摘取南烛树叶捣碎，浸水取汁，蒸煮粳米或糯米，成乌色之饭，久服能轻身明目，黑发驻颜，益气力而延年不衰。"可见乌米饭源远流长的历史和药用功效。

老家拆迁后，举家搬到城市里居住，也不再上山摘南烛叶了。如今南烛树的数量大减，乌米饭显得更为珍贵，但是每一年立夏，母亲都会上菜场买些南烛叶回家做给我吃。她说我是疰夏体质，且特别易招蚊子，吃了乌米饭，一整夏都不会中暑，还可免除蚊虫的叮咬。而且母亲每次都会多煮一些，分给左邻右舍，甚至让我带到单位分给同事，我身边的许多人都吃过我母亲做的乌米饭。这一碗乌米饭，如紫水晶一般剔透，就像母亲纯净善良的心。

中国人讲究天地人合一，任何一种食物的记忆都与感情有关，渗入了感情的味道往往可以勾起人们心底的那份温情，碗中的食物也便融入了故乡那山、那水和那树。一粒桑果子，一碗乌米饭，且让我们在这紫色的回忆里告别春日，迎接盛夏。

金色的南瓜花

"假如我变成了一朵金色花，为了好玩，长在树的高枝上，笑嘻嘻地在空中摇摆，又在新叶上跳舞，妈妈，你会认识我吗？"微风不燥的午后，和女儿一起读泰戈尔的《金色花》，女儿说："妈妈，我也要变成一朵金色花，和你一起捉迷藏！"我将她搂在怀里说："其实妈妈的心底也有一朵金色的花呢！那是一朵像一盏金黄色酒杯的花，盛满了乡村的淳朴与童年的温暖。"

又是一年夏天，温热的风吹开了露台上一朵朵金黄的南瓜花，也吹来了外婆的味道。我小心翼翼地摘下几朵花来，循着记忆做了一盘油炸南瓜花，女儿吃了一朵，连叫好吃。我也夹了一朵尝尝，却怎么也吃不出记忆中外婆做的那样酥脆香甜。外婆离开我越久，我心中就越发思念她，那一段段往事在这朵美味清香里徐徐铺散开来……

老家东边有条河，我一直叫它东河港，现在人们称它打铁桥港。走过这条河，便是外婆家所在的村庄——南星，边上有座山叫横山，听说这座山里曾挖出良渚文化的宝贝，外婆家在村子的最北边。打从我有记忆起，外婆家就有三间平瓦房，屋后是一大片农田，屋前是一个大菜园，西边是一个大池塘，池塘边上种着竹子和橘子树，这些构成了我童年的乐园。那时候，我总是盼望着母亲回娘家，这样便可以跟着去，因为外婆家实在有太多好吃的东西了。

儿时家里不富裕，吃得简朴，但凡去到外婆家必定可以改善下伙食。外婆养了许多猪羊和鸡鸭，种了各种蔬菜，池塘里还有鱼虾，平日里外公会挑一些新鲜的菜到附近杭州水泥厂集市里卖钱，但只要我和母亲来了，就会把最好的留在家里。那时不懂事，觉得外婆家条件很好，所以隔三岔五地往她家跑，殊不知那是客人才有的待遇。

外婆的菜园子是她一生的钟爱。半亩多大的菜园子里四季都有新鲜的时令蔬果。春有菠菜、韭菜、蒜苗、青菜，夏有黄瓜、玉米、茄子、甜瓜，秋有南瓜、冬瓜、甘蔗、橘子，冬有芹菜、白菜、萝卜、花菜。一年四季，菜园里绿意盎然，生机勃勃，但我钟爱的便是南瓜，因为它留给我太多关于外婆温暖的回忆了。

外婆喜欢把南瓜称作饭瓜，那个物资匮乏的年代，南瓜作为主食可以用来充饥。以前在农村，每家每户多少都会栽种一些南瓜，或在墙头，或在地边，或在房前屋后……清明过后，外婆在菜园最南边的那排地边种下南瓜苗，外公用竹枝搭建南瓜架。搭架子前，外公坐在屋檐下的长凳上，屁股下压一条稻草绳，左右手各拿一股稻草，长满老茧的双手娴熟地揉搓着。等稻草绳搓成十余米长时，便用手臂将其盘起，随后他拿着稻草绳将南瓜架子固定好，安好的瓜架犹如一道透明的围墙。不出几日，架子下的南瓜苗在春雨的滋润下顺着竹枝攀缘，待到初夏便蔓延成一道绿色的屏障。

6月，南瓜开始开花，花期一直延续到8、9月。清晨，金色的花朵迎着朝阳盛放，暖黄明丽，犹如五角形的酒杯，盛满了大地的清甜；傍晚，阔大的花瓣闭合收拢起来，像一只可爱的金钟，俨然一副安静低调的姿态。外婆挎着菜篮子来到南瓜架边，将一朵朵南瓜花采摘下来。一开始我觉得不可思议，把花采掉岂不是结不了果了吗？外婆告诉我，这些花和人一样也分男女，雌花开得早，数量少，花冠大，花蕊里有三个橘黄色的小柱头，花柄处会鼓起长圆形的瓜胎，随着花蕊授粉后慢慢长成大南瓜。而雄花数量较多，花蕊为一根细长的花柱，花柄处没有瓜胎，直接开成一朵花。当然，外婆摘的这些都是不结果的雄花，外婆说，这些雄花不摘掉的话要吃肥，影响雌花的生长，还有摘的时候要小心，千万不可以用手去碰雌花，不然这个南瓜就结不牢了。那时觉得外婆说的都对，所以在南瓜成熟前，我绝对不去碰它们，免得到时南瓜结不出来外婆怪罪下来。

至于那些摘下来的南瓜花自有妙处。回到屋子，外婆把花朵用清水洗净，小心翼翼地摘去花蕊，滤干。她从鸡窝里掏一颗母鸡刚下的蛋，将鸡蛋打散，倒入一些面粉，加水、盐，搅拌均匀，调制成鸡蛋面糊，裹住花朵。外公已将炉火生好，蜂窝煤的十五个小孔眼，像一个个小小的太阳，将小铁锅烧得通红，外婆将菜籽油倒入锅中，等油热了将花朵夹入锅中，像炸春卷一样炸南瓜花，锅内嗞嗞作响，花朵在油锅里慢慢翻腾变熟，香味充溢了整个屋子。不一会儿，一朵又一朵金黄透亮的南瓜花炸好了，我忍不住凑上去咬一口，薄而香脆的花瓣与牙齿碰撞发出"咔嗞"声，一股自然的清香味儿在唇齿间游走。

外婆坐在炉子边，一边继续娴熟地炸她的南瓜花，炉子里淡蓝色的火苗在跳跃，额头微微渗出汗水，一边看着我狼吞虎咽的样子，笑成了一朵金灿灿的南瓜花。此刻，屋子里的一切，是如此温暖且美好！

南瓜全身是宝，不仅南瓜花美味，还有南瓜藤、嫩南瓜、老南瓜、南瓜子都能做成各种美食。南瓜藤是江南夏天餐桌上常见的一道蔬菜，小时候我并不喜欢吃，因为它不像芹菜那样光滑，藤上有一层细细的绒毛，叶片又厚，入口比较毛糙，如今它已然成为各大酒店餐桌上的奢侈时蔬了。盛夏，母亲几乎每天都会做一盘南瓜藤，我常常看到她蹲在厨房的角落，耐心地撕扯着藤皮，直至它们变得光滑且水嫩，切成一段段后，用蒜末翻炒，清新美味，相得益彰，渐渐地我便爱上了这个味道，那是母亲特有的味道。

嫩南瓜自然不用细说，是入夏常备时蔬，开花后约一个月便可采摘。清晨，外婆踩着露水，扒开碧绿的瓜叶，捧出一个青翠欲滴的嫩南瓜来。我最喜欢吃她做的南瓜面食，她会将嫩南瓜切成丝，放入挂面、面疙瘩，入口清香脆嫩，带着微微的清甜，味道极为鲜美。现在，母亲也时常会做给我和孩子们吃，浓浓的南瓜汤汁里皆是外婆的味道。

待到入秋时，架子上挂满了老南瓜，皮厚色重，黄色依然是它的主色调，瓜的表皮还覆了一层淡淡的白霜，像是一件艺术品。外公小心翼翼地爬上梯子，将它们一一摘下，南瓜形状各异，有的像一个大大的圆球，有的像一个扁扁的脸盆，有的像一个伸长脖子的葫芦，将它们堆在柴房、米仓角落，可以吃上好段时间。夏日的午后，外婆就将老南瓜切开，掏掉瓜瓤，南瓜子则晒干，或留种，或炒香瓜子。把南瓜剁成块状，用水冲净，放入土灶的大铁锅里，添上甜甜的井水，用大火炖熟后再焖上半小时，掀开锅盖香气四溢。外婆把带有南瓜蒂的那块挑给我吃，一来我拿着瓜蒂不会烫手，二来这一块是一锅中最甜的，抓起南瓜蒂，入口粉粉糯糯的特别甜，直到啃出五角星形状了，仍是意犹未尽。

外婆信佛，常年吃素，有着一副菩萨心肠。村南有个半痴呆、瘸着腿的人，村里人都管他叫"三毛"，自从父母离世后，备受其兄嫂冷落，一辈子也没娶过媳妇，更没有一儿半女。村子里的人几乎都讨厌嫌弃他，去了就给脸色，只有外婆对他和颜悦色，经常施舍他一些吃食，有时外婆给的时候我就会看到小舅妈的脸拉得老长。一天下午，外婆烧了一大锅老南瓜，出门时看到"三毛"坐在门槛上冲她傻笑，口水直流。外婆看他可怜，便进屋盛了满满一碗，并在上面加了一勺白糖，端给他吃，"三毛"狼吞虎咽地吃着，吃完后感动得直给外婆磕头，临走时外婆还抓了一把炒好的南瓜子塞给他。记得有一回，外婆家地里的甘蔗成熟了，有人来偷掰甘蔗，恰巧被"三毛"撞见了，他竟然抢起锄头追赶那人，把偷甘蔗的人给吓跑了。外婆对我说，你别看他看上去一副傻乎乎的样子，其实谁对他好、谁对他不好，他心里有一本清清楚楚的账，明白着呢！

外婆还在世的时候，母亲总会从外婆家带回几个老南瓜，一直要放到过年。这些南瓜是外婆特意留给我们用来小年夜供奉灶神菩萨的。每年腊月廿三，母亲会将老南瓜切开来做南瓜糯米饭送灶神，土话叫"谢灶"。时光流逝，外婆已作古，母亲依然每年做南瓜糯米饭，在灶神面前许下虔诚的愿望，也将浓浓的思念带给远在天堂的外婆。

盛夏的夜晚，繁星满天，露台的南瓜花在晚风中轻曳，就像外婆布满皱纹的笑脸，在我眼前越来越清晰。任时光如何流逝，这一朵金黄，永远是外婆灿烂的笑容，是最熟悉的吃食，是外婆家快乐时光的印记，它们构成了我生命中不可或缺的细胞。

红叶瓣 白果子

1

　　我与一粒白果子的缘分，要从一次采风活动中说起。那一年初冬，临平区作家协会组织会员走进星桥采风，这是我熟得不能再熟的大地。一脚踩进故乡的土地，在新建的体育公园里遇见了它。一株婀娜多姿的树上零星挂着几片尚未凋零的红叶瓣，树下安静地躺着几根枯枝，枝条上几粒雪白晶莹的果子显得分外耀眼，我捡起来细看，像极了一串精美的艺术品，轻嗅，陌生的气息里吐露着大地的沧桑。

　　我着实喜欢得紧，捡了几枝带回家，将它们插在了空酒瓶里，俨然成了一道美丽的风景。母亲说，这是柏子树的果子，小时候在农村割羊草时这种树随处可见，但是她最怕到这树下割草，连路过都特别小心，因为这是一种特别招"洋辣毛"的树，在树下待上一会儿不小心就会中招，搞得脖子、手臂上一片火辣辣，钻心地痒。父亲说，这是蜡烛树的果子，20世纪六七十年代在汤家朱家益一带有大面积种植，当时人们采摘这种白果子可以用来换蜡烛，不过遗憾的是现在几乎不太看得到了，而蜡烛也渐渐淡出人们的视线了。

　　我特意去百度查了下，原来母亲和父亲对这种白果子的叫法都对，但它真正的学名叫乌桕树。我不禁有些疑惑，它长得如此白净，为何要叫它乌桕呢？据《本草纲目》记载，"乌桕，乌喜食其子，因以名之。或云其木老则根下黑烂成臼，故得此名"。乌桕树是我国南方重要的工业油料树种，种子外皮的蜡质称为"桕蜡"，可提制"皮油"，供制高级香皂、蜡纸、蜡烛等；种仁榨取的油称"桕油"或"青油"，供油漆、油墨等用；它的木材白色，坚硬，不翘不裂，纹理细致，可做车辆、家具和雕刻等用材；叶为黑色染料，可染衣物；根皮可治毒蛇咬伤……《本草拾遗》也有记载，"乌桕，叶可染皂。子压为油，涂头令白变黑。为灯极明"，较为全面地讲述了其各种用途，原来这乌桕树浑身是宝。

父亲的眼光落到一粒白色的乌桕子上，布满老茧的手不停地摩挲着这粒光滑的果子，眼底的温柔似乎要洞穿一切。这粒白得发亮的果子，可算是照亮了他以后的人生。父亲的童年和少年时代缺电少灯，日常照明大多依赖蜡烛和煤油灯。计划经济时期，煤油要凭票到供销社购买，因为没有煤油票，所以家里点不起煤油灯，只能另寻办法，而那时爷爷就用乌桕子去换蜡烛，换的是白色的矿蜡。

一到立冬时节，乌桕子脱去黑色的外衣后自行迸裂，露出羊奶子大小白色的籽实。这个时候，人们要趁乌鸦啄食前将果实采摘掉。摘乌桕子时当数孩子们最开心了，父亲说那时佛日坞的山脚边也有许多乌桕树，村里那些会爬树的人就直接爬到树上去摘，男人们拿着一根长长的竹竿，竹竿的一端系紧一把弯刀，然后将弯刀伸向树梢，对准乌桕子用力一钩，"吧嗒吧嗒"，白色的果子连同细枝纷纷投入大地的怀抱，孩子们争着抢着去捡，帮大人装进箩筐，还有些顽皮的男孩会偷偷藏几颗在口袋里，当作弹弓的子弹。女人们蹲在树下捡拾枝条，一根根枝条排列整齐后用稻草扎紧，装进箩筐挑回家进行晾晒，晒干后就可以去收购站换白矿蜡。

父亲这辈有兄妹五个，唯独他选择了读书这条路。老底子的农村，一到夜晚就特别安静，白天人们忙农活，晚上都早早进入梦乡，父亲常常坐在一张小方桌前，奶奶"嗤"的一声划过一根火柴，点亮一根乌桕子换来的白矿烛，霎时这间小小的屋子里就亮堂了许多。父亲守着一根蜡烛沉浸在书的世界里，有时候不知不觉和烛火挨得近了，头发也会被烤焦一丛，羊脂般的白矿烛抖动着昏暗的光线，他的内心却是一片澄澈明亮。

后来，煤油不是那么紧张了，家里便用上了煤油灯，当时的煤油灯是铜匠师傅打制出来，在我模糊的印象中，家里那盏被熏黑的煤油灯，最后大概是被遗弃在羊棚的一个角落里，我突然发现自己已经不太记得起它最初的模样了，任凭我怎么在回忆里检索都无法再找到它。

或许真的太过久远了。但是，我始终记得那条棉线捻的灯芯，在火焰中它看起来就像是一朵盛开的鲜花，火灭了之后，却变成了一个个黑色的小圆球。忽然之间，我脑海中闪过奶奶走后我们为她守灵的那几天，大家陪在她的身边，也是一根棉线，也是一盏油，父亲时不时用筷子挑一下灯芯，火苗便悲伤地抖动着……油渐渐少了，灯一点点暗淡下去，思念却装进了记忆里。

2

女儿在台灯下认真地写着卷子，一排排电脑打印的方块字虽端正、工整，却冷冰冰。"沙沙沙"，一根铅笔摩挲着白净的卷子，这声音将我拉回到了 20 世纪 80 年代末……

一盏昏暗的灯下，我乖巧地坐在父亲身边写字，安静的小屋子里，"沙沙沙""嘎吱嘎吱"的声音交织着。父亲伏在桌上，右手紧握一支铁笔，桌上铺了一块钢板，钢板上贴合着一张散发着蜡香，有着密密麻麻小格子的纸。那时，我并不知道这蜡做的纸，还有这印卷子的油墨，它的原材料均来自乌桕果。

对于那个时代的老师而言，手工刻试卷是一项必备技能，要在这张薄如蝉翼的纸上用细小的铁针写字，可是一项高难度的技术活。下笔重了，会把蜡纸刻破，那么油印试卷时就要漏油墨，万一试卷上落得一坨又一坨的油墨会影响到学生们做题；下笔轻了，则刻不透蜡纸，墨渗不过去，就无法印出字来。而父亲对于这项技能却掌握得非常娴熟、恰到好处，以至于后来我也得了他的真传，没少帮他刻卷子。

记得第一次帮父亲刻卷子，我戳破了好几张蜡纸。当时父亲特别心疼，因为他经常带毕业班的语文，作业量比较大，而每个老师领用的蜡纸都是定量，我浪费了几张就意味着他的学生要少做题目了。他说，我用的笔太尖了，没有与蜡纸进行磨合，所以才会动不动就破。确实我喜欢用尖笔，专挑父亲舍不得用的新笔，尖笔比较锋利，这样我可以少使些力气。他取过我手中的铁笔，将笔尖放在水泥地上磨一磨，又在自己的手指间来回轻轻摩擦一下，感觉到不那么扎手了，就递给我让我再刻一次试试。果然，经磨合过的笔用起来就比较顺溜，刻的时候就不会再破了，我一边刻一边轻轻地吹去刻出来的蜡屑，我在写每个字的时候都如履薄冰，不敢有半丝怠慢，生怕又浪费了珍贵的蜡纸，常常一张卷子刻下来，因为整个人太做筋做骨，手酸痛得抬不起来。

我最害怕的是写错字，因为不像现在电脑打字，错了按下删除键可以重新再来。要是在蜡纸上写错字可是件十分麻烦的事。但是父亲却有好办法，一旦遇上错字，他就会将铁笔的另一头在错的地方摩擦平整，再点燃一根火柴，火柴梗燃烧到一半时轻轻吹灭，用火柴梗微微的火星去融化那块错处，最后等融化的蜡风干后继续往下刻。这整个过程非常小心，就像是在雕琢一个精美的艺术品。

刻好蜡纸便进入到油印试卷的环节。小铁桶装的油墨往往有两种颜色，黑色和蓝色。我和父亲都喜欢用蓝色，因为蓝色印出来的卷子特别清爽，让人看着舒心，又便于区分题目和学生做的答案。父亲取一把刷墙的大漆帚，将其尾部长长的刷毛剪去一小部分，并清理掉松散的杂毛，然后打开油墨桶盖，蘸上油墨就开印了。一摞雪白的纸铺上刻好字的蜡纸，就像是在等待新生儿的降生。父亲将左手的大拇指和食指张到最大，重心压住蜡纸，右手抓紧被墨包裹的漆帚，顶部刷一下，底部刷一下，最后再在中间刷一下后，将漆帚停留在最右处，轻轻抬起漆帚，蜡纸也跟着带起来，左手配合将另一边的蜡纸也轻轻提起，在一边的我帮他打下手，迅速把蜡纸下的那一张纸抽出来，一张清晰的试卷就诞生了。接着，他再刷下一张，我再抽一张，如此循环反复，直到父亲班上的学生人手一份后，他还要再多备几份给成绩差的学生。

遥想古老的中国文明，早在初唐，纸与墨大范围普及，受印章启发，人们发明了雕版印刷术。雕版印刷术颇具生命力，这油印工艺与其如出一辙，印刷一张试卷，不单单是一种技术、一种文化，更是一种情怀。那时候的试卷是有生命的，每一道题目都经老师精挑细选，做题时，每个人都怀着一颗敬畏之心，将卷子摊开、放平，尽情呼吸这美妙的墨香，当然你的手和袖口也一定会沾染上墨油，免不了回家母亲的那顿嗔怪，现在想起那些墨油，不都是时光的印记吗？

　　学生时代，我们的老师也会经常找学生帮助他一起印试卷，那时候这种美差往往是学习好的人才有机会，因为去的人可以事先知道考试题目。所以当老师一旦喊我去的时候，我便自豪地冲到办公室。但是那些轮不到当助手的男生也会动些歪脑筋，一般试卷油印好后，沾染了墨的蜡纸底稿就会被废弃掉，放完学搞完卫生，几个成绩差的调皮男生便偷偷潜入垃圾坑里翻找那些蜡纸，找到目标后，他们将蜡纸小心翼翼地展平，铺在报纸上，用脚使劲儿踩几下，试题就出现在报纸上，他们将题目记于心间，迅速溜回家去抱佛脚了。当然，这最后还是逃不过老师的法眼，毕竟学习成绩不是一朝两日就可以快速提升的，盘问一番他们就老老实实交代了"作案"过程。

　　这些往事，如今回忆起来也是颇有陈年佳酿的味道。"沙沙沙"，女儿还在一边奋笔疾书，我抬眼望向书桌一隅，酒瓶子里依然伫立着的那几粒透亮的乌桕子，一阵阵油墨的清香向我围了过来，再慢慢飘散开去，停留在女儿的笔尖，游走到了窗外，与我渐行渐远，最终掩埋在了岁月的深处。

贰　生命有色

3

一年冬天，我去了良渚古城遗址公园。在入口处的一座小石桥上，一粒白果子滑落在我的肩膀上，我停下了脚步。呵，是乌桕果！我竟然在这里遇见了它。我小跑下桥，在小河的岸边捡了一束捧在手心。我想，这乌桕树在这片五千多年的土地上究竟站了多少年？

又一年冬天，有朋友告诉我，艺尚小镇南侧的路两旁都是乌桕树，我驱车飞奔而去……

去年，单位因为扩建，办公室临时搬到了朝阳西路南侧，楼下有个口袋公园，叫康养文化园，在古典风格的"善议亭"边，我无意间竟然发现了两棵高大的乌桕树。其中一棵树干粗壮，在一人高处分叉成两枝，分枝矫健挺拔，像两只粗壮的手臂拥抱天空。

我独喜欢这两株树，几乎每天都会去看看它们，它们独自静静站立着，顾自己自由生长，顾自己开花结果，全然漠视世间所有的纷纷扰扰，我的每天构成了它们的四季。有时候从食堂吃好午饭，我走到树下抬头望它们，阳光漏过树叶间隙，洒下一地的斑驳；有时候我工作累了，从办公室西边的消防楼梯下到三楼与它们的树冠对视，疲劳顿消，它们仿佛成了我工作的加油站。

春天，乌桕树是寂寞的。在繁花似锦的春光里，人们根本无暇关注它，它们默默地在枝头萌出新芽，展开的小叶片一开始是鲜红的，犹如初生婴儿红润的脸庞。慢慢长大后，红色渐渐褪去，变成麦芽糖似的黄色，春再深一些，绿意也随之浓厚。它的每一片叶子沿着枝条互生，轻薄如纸，春日的暖阳穿透而过，细微的叶脉清晰可见，好像能感受到它们蓬勃的力量。

夏天，乌桕树是喧闹的。在阳光雨露的滋润下，万物开始长大，满树心形的绿叶围成了一片浓郁的荫地，像极了一位江南小家碧玉撑开了心爱的油纸伞。树荫中，小鸟婉转的啼叫声响起来了，蝉欢叫起来了，乌桕树毛茸茸的花序也长出来了，柔软的黄绿色，为小家碧玉挂上了一副美丽的耳坠。然而，扰人的"洋辣毛"也来了，青青绿绿的虫子隐藏在树叶间，让人望而生畏。花事很快就过了，一颗颗绿色的小果子在绿叶间探头探脑，仿佛想对你诉说夏天的秘密。

秋天，乌桕树是惊艳的。秋风一吹，残绿渐褪。浅秋时，叶子由深绿变为淡黄，恍若银杏般灿烂；深秋时，由黄变成浅红，红叶与一旁的法国梧桐叶交织在一起，比春花还要绚丽。怪不得清人笠翁在《闲情偶寄》中说："枫之丹，桕之赤，皆为秋色之最浓。"从楼顶望去，满树的红妆与不远处东来阁的晚霞交相辉映，一不小心误入了童话的世界。而一粒粒绿色的果实经秋霜的晕染，由深绿变成灰黑，灰黑的外壳如棉桃般缓缓打开，向人们传递丰收的喜讯。有些性急的，已经绽开笑颜，露出洁白的牙齿，点缀枝头。

冬天，乌桕树是安静的。清晨，半个月亮还挂在树梢上，当最后一片红艳艳的树叶落下后，只剩下光秃秃的树枝丫。每一根铮铮的黑枝迎着北风，不惧寒冷，冲破灰黑色的外衣，裸露出三粒雪白的籽实，它们像一朵朵小小的白梅含苞待放，像一片片雪花坠在枝头，像满天的繁星温暖冬日的萧条……"前村乌桕熟，疑是早梅花。"元代诗人黄镇成游历浙江东阳时，写下了这句名句。郁达夫也曾在《江南的冬景》中写道："像钱塘江两岸的乌柏树，则红叶落后，还有雪白的柏子着在枝头，一点一丛，用照相机照将出来，可以乱梅花之真。"这乌柏树果然有梅树之风，但我认为它比梅朴实、丰盈、自由，裹挟着浓浓的乡情和旺盛的生命力。

"红叶瓣，白果子""红叶瓣，白果子"……一句话在我脑海中反复萦绕着，原来我早已在梦中喊了你一百遍、一千遍。秋风乍起，我又端坐在楼下公园的亭子里，抬头仰望这两株乌柏树，等待着它们的叶子变成火焰，等待着它们结出珍珠般的果子，等待着一根蜡烛的微光温暖我思念的心，等待着一阵墨香带我穿越故乡那广袤大地。

那一树一树的金黄

　　若让你选择一种颜色来形容秋天，哪一种最让你沉迷，想必绝大多数人会选择银杏树。"风韵雍容未甚都，尊前甘橘可为奴。谁怜流落江湖上，玉骨冰肌未肯枯。"宋代李清照对银杏的偏爱，写下了这首《瑞鹧鸪·双银杏》，她将银杏比作玉洁冰清、永葆节气的贤士。

　　银杏由于树形高大挺拔，叶形古朴典雅，深受人们喜爱。郭沫若在《银杏》中发自内心地称赞道："你是真应该称为中国的国树的呀，我是喜欢你，我特别的喜欢你。但也并不是因为你是中国的特产，我才特别的喜欢，是因为你美，你真，你善。你的株干是多么的端直，你的枝条是多么的蓬勃，你那折扇形的叶片是多么的青翠，多么莹洁，多么的精巧呀！"可见，郭老对它的爱是刻进骨子里，而我何尝不是呢？

1　六棵银杏树

　　银杏叶落，秋便深了。

　　清晨送孩子上学，一夜北风，小区门口的银杏叶铺了一地，微微的晨曦里，一弯月牙还挂在树梢上，树上和地上的金黄让原本惺忪的睡眼瞬间变得透亮明媚了起来。

　　车子缓缓驶出小区，车轮碾过叶片的刹那，我竟然有些心疼。

　　　　　　　　　　　贰　生命有色

车窗外，整座城市被薄雾笼罩着，一树树黄的叶映衬着城市的天空，在薄雾中若隐若现，儿子说："妈妈，这满树的叶子好像一夜之间都黄透了呢！"儿子和我一样，对银杏有种莫名的喜欢，他能把有关银杏的作文写得很好，他每年都会捡些银杏叶夹在心爱的书本里，他喜欢收藏银杏叶形状的文创产品……

搬到临平上塘河东端居住已经第六个年头了，我爱极了这个闹中取静的地方。小区门口种植了六棵银杏树，当第一次看房时就一眼喜欢上了它们。初见时，这几株并不那么高大的银杏树自由地伸展着枝干，金黄的果子挂在枝头，一阵风吹来，银杏果一粒粒地从树上急速坠落下来，"啪哒啪哒"落了一地，淡黄色鼓胀的身躯炸开些许刺鼻的汁水。小区门口车来人往，车轮和脚步无情地将果子碾压，迸出浆汁。孩子们走过，捂着鼻子跑开了；年轻人走过，举起手机拍下果实满地的照片；老人们走过，弯下身子去捡一颗颗尚未被压碎的果子……

入住小区后，每天拉开客厅的窗帘便能望见这六棵银杏树。春天的时候，一个个嫩绿的小骨朵在暖风细雨的呼唤里缓缓打开褶皱的小扇子，浅浅的绿娇嫩得让人怜爱。到了似火的夏季，经络分明的扇骨尽情舒展，一树的碧叶挤挤挨挨、层层叠叠，像一把撑开的大伞，这时银杏的果实开始渐渐膨大，在绿叶之间若隐若现。步入秋天，它们的树叶开始由绿变黄，银杏果子也由青变黄，最后与树叶一起展现它们的盛世美颜，一片片耀眼的金黄色将秋色渲染得无比绚烂。初冬，银杏树脱去了华丽的衣裳，金黄色的银杏果有些三三两两地挂在枝杈上，有些跌落地面与铺了一地金黄的银杏叶交织在一起，这满地的叶子让人忍不住想要拥一些在怀里。

有一年盛夏的清晨，女儿大惊小怪地拉我去楼下看银杏树，她说："妈妈，不好了，银杏树生病了，有个爷爷在给树打针。"我有些莫名其妙，和她一起下楼去看，原来六棵银杏树里其中的一棵银杏树"病"了，其他几棵银杏树早已撑开大大的绿荫，它却一身光秃秃的枝干毫无动静。小区的维护绿化工人在树干上挂上了一袋绿色的液体，就像我们在医院里挂盐水的输液设备，注射的针头插在树的底部，绿色液体一滴一滴地慢慢往下滴。工人说："这几日高温不断，银杏树自身的营养流失速度加快，所以要给它挂营养液，其实这和人生病了挂盐水是同一个道理。"

次年春天，这株挂了"盐水"的银杏树竟神奇般地开始吐出嫩芽，甚至那黝黑笔直的主树干上都长出了许多小嫩叶。人们常说："要得富，屋前就栽银杏树。"也许，当初房地产开发商正是奔着这寓意，才种下了这六株银杏，且不论其寓意，但它们却是小区最美的一道风景，每日守望着早出晚归的人们。

2　五束金色的"玫瑰"

桌上的花瓶里插着五束金色的"玫瑰"，那是用银杏叶做成的，五枝为一束，色泽不一，时间放得越久它颜色越深。每年我都会找一片银杏地，做一束深秋的花，而且已经收集了五年。其实扎这样一束花很简单，只要把一片一片的银杏叶从内到外交叉重叠包裹，每一片叶子就是一片花瓣。

2017年秋末，陪儿子去省城上完国画兴趣班，下了地铁后我们母子俩一起步行而归。傍晚天色渐暗，途经好望公园时，有几株高大的银杏树黄得特别耀眼，儿子忍不住惊呼起来："妈妈，这些树实在太美了，就像披了一身黄金甲，你的手机赶紧借我一下，我要把它们拍下来……"拍完照片，他就开始捡树叶。我在一边看他认真地挑喜欢的叶片，不去打扰他，那年他正好十岁。

儿子说："妈妈，我真是太喜欢秋天的气味了！"

我纠正他："你用秋天的气息似乎更恰当些。"

他固执地说："用气味好……"

我接着问道："那你来说说看，秋天都有什么气味？"

他盯着手中的树叶，想了想说："成熟的气味呀！你来闻闻看，这叶子上还有银杏果臭臭的气味……"

我被他逗乐，扑哧笑出了声来。那日，他在树下拣了许多的树叶塞满了他的小书包，心满意足地回家了。晚上，他把捡回来的叶子挑了一些夹在了心爱的书本中，做成了一枚枚漂亮的书签。他说："这下读书的时候就可以闻到了秋天的气味了，银杏果的气味。"

那些他挑剩的多余的叶子还摊在书桌上，我实在不忍心丢弃，于是，我将它们做成了一束金色的"玫瑰花"，留住了这一年秋天的韵味。

2018年初冬，杭州下了一场雪，我和孩子们一起去人民广场堆雪人。这一年，广场的银杏叶竟还未完全黄透，寒风中叶子一片一片旋转着落在雪地上，细细的叶梗正好插入积雪里，如同雪地里盛开的黄花，形态各异，特别惊艳。

孩子们在雪地里滚起了大雪球，也将草地上黄色的银杏叶一起裹进了雪球里。女儿捡起两片特别大的叶子，去接空中飘下来的雪花，一朵朵雪花飘落在她手中的叶子上，晶莹的白与质感的金黄搭配起来，呈现出特有的生机勃勃。

女儿仰着脖子对着天空欢呼着："小雪花呀，小叶子呀，你到底是秋天还是冬天呢？"

初雪邂逅银杏，秋日遇见寒冬，那么何不扎一束金色"玫瑰"呢？我捡起雪水里的叶片，它们被雪水浸润过，脉络清晰可见，慢慢卷着，手中那朵金色的"玫瑰"散发着特有的清香，在初冬酿造出了一个与众不同绚丽的秋。

2019年金秋，带孩子们回老家，走在田野边，发现安置房后的那一丛银杏树一下子长高了许多。一夜秋风，地上落了薄薄的一层叶子。女儿说："妈妈，大风把树叶都吹到了地上，树木光秃秃的，我去捡些树叶来给它暖和暖和！"然后，她很努力地捧着一满怀一满怀的树叶送到树干边上，想要用叶子把银杏树的树干包裹起来，她就这样一趟又一趟，慢慢地，叶子堆成了一座"小山丘"。

也许是跑累了，她躺在那堆树叶上休憩，面对着明媚的秋阳，她喃喃自语起来："秋天真好，有这么多树叶给草地盖上了黄金棉被，小草在下面很舒服，我躺在上面也很舒服……"她拿起一片叶子凑到鼻尖，说："妈妈，你闻闻看，叶子有阳光的味道，也有泥土的味道。"

我凑过身子去闻她手中的叶子："是啊，它们在树上吸收了阳光的精华，落到地上便汲取了大地的芬芳。要不我们一起来扎一束金色的'玫瑰'吧，留住明媚的阳光和故土的清香。"

女儿将叶子一片一片递到我手中，我将叶子一片一片包裹起来，阳光下开出了金色的"玫瑰"花，带着故土的芬芳。

2020年大雪节气，朋友圈里被城市的网红银杏路——雪海路刷屏了。孩子们在附近上学，每次送他们进学校后，我总是赖着不走，独自走进这铺天盖地的暖色中。起风的日子，那是一场激荡人心的"银杏雨"，落雨的日子，那是一幅天然的"水墨画"，阳光的日子，那又是一地闪闪发光的金子。

从人民大道一眼望去，那一片金黄的地毯绵延至校园里，透过围墙，有孩子捧着一满怀叶子撒向空中，有孩子将小小的身子钻进高高堆起的叶子中，有孩子打起了叶子大战……欢笑声回荡在了校园上空，逗得银杏树也忍不住笑出了"沙沙沙"的声音，点亮了校园里梦幻般的童话世界。

听，孩子们那纯真的笑声，如银杏叶那般清透干净，那般真挚热烈，那般心无旁骛。那么再扎一束金色的"玫瑰"，留住这份纯真的美好。

2021年晚秋，我从文化艺术长廊看完画展回单位，走过邱山大街的天桥，突然被眼前高过天桥的银杏树吸引。从来没有如此关注过它们，我开始在脑海里回想：这些银杏树是什么时候移栽到这里的，以前怎么没有注意到呢？过往的岁月里，它们是怎样从一个小芽苞长成一片嫩叶，再如何从一片碧绿成为这让我痴迷的金黄呢？

于是，这座天桥便被我牵挂、惦记上了。每天吃过午饭，我几乎都会走到天桥上，抬头，它们与天空构成了最美的艺术画；低头，它们与临平智慧图书馆相得益彰。午后，安静的天桥空无一人，叶子一片片落在我的肩膀，随手捡起一片叶子拿在指间来回搓动，一瞬间手中的金扇子仿佛成了一位舞蹈家，旋转着，跳跃着。

"哗哗"，扫帚翻飞起桥边安静的落叶，环卫工人忙碌着，一想到这些美丽的叶子的归宿就是倒进垃圾桶，我有种莫名的心疼。赶紧扎一束金色的"玫瑰"吧，让它们短暂的一生以另一种形式实现永恒。

3 十九棵银杏

当城市的人们都喜欢把目光投向雪海路的繁华，唯独我喜欢那十九株"隐居"在人民广场的银杏树。每一年秋天，我都要和孩子们去那里看银杏树，一起在树下金色的地毯里撒个欢。

金色的地毯是由东广场南侧五棵高大的银杏树落叶铺成的，每一年秋天，我几乎三天两头都要往那个地方跑，看看叶子黄了几分，落到什么程度了。有一次母亲说我是不是想那几棵树想疯了，比挂念自己的亲人还甚。显然母亲是不太明白这些树于我的意义，不过孩子们却会陪着我跟我一起疯玩。我会带着他们一起在树叶上写小诗，挑选一些叶子做树叶拼画，躺在叶子上晒暖暖的太阳，把落叶堆成一座小山继而抛向天空……

我会挑一片形状好看的半圆形银杏叶，根据"前大后小"的视觉原理，将那片倒过来的银杏叶离我的手机镜头近些，让女儿站远一些，使叶子正好处于女儿腰部的位置，如此，照片拍摄下来，一条"银杏小短裙"便"穿"在了女儿的身上。女儿看到我给她拍的"银杏裙"照片，开心得手舞足蹈，她一把抢过手机，说也要给我"穿"一件试试。她精心地为我挑选一条"裙子"，从树叶堆里捡起这片看看，那片看看，挑好后拿起手机喊"一，二，三，微笑"。就这样反反复复，我们母女俩可以在金色的"地毯"上腻上半天。

去年，我们照例去看心心念念的银杏树，结果南侧五棵树因为亚运会周边环境提升改造都搬家了。广场绿化维护的大伯告诉我，这些树都移栽到了东门入口，和另外几株银杏种在了一起。我们飞奔到东门入口，果然有五棵树干被绿色保护布包裹得严严实实的大银杏树。大伯看我们母女俩悻悻的样子，指着东入口南北两侧的银杏树说："其实这块区域银杏还算多了，你想想，明年这么多银杏树一起变黄，那肯定比以前那只有五棵要好看。"

听他这么一说，我心中就多了几分坦然与期待。我和女儿一起数了一圈，加上移植过来的五棵，共有十九棵银杏树伫立在东入口处了。

其实，之前我对东入口处另外几株银杏关注并不多。在这个秋冬交替的时节里，少了原先的风景，我发现另外几株银杏树也有别样的美。它们抖落下了满树的金黄，树下的草坪上立有一座雕像，一位古人手握一卷书，目眺远处，将这处小景致装点得文雅大方。

"沈括，宋代科学家、政治家，杭州钱塘人。博学多识，对文学、地理、物理、化学、数学、医药、地质、历法等都有卓越研究成果，所著《梦溪笔谈》，被英国科学家李约瑟称为'中国科学史上的坐标'……"女儿的小手指着雕像边上的介绍牌一个字一个字往下念，"呀！妈妈，这个沈括不就是一位学霸嘛，太了不起了！"

我表示赞同："沈括这一生致志于科学研究，在众多学科领域都有很深的造诣和卓越的成就，其名作《梦溪笔谈》内容丰富，集前代科学成就之大成，在世界文化史上有着重要的地位。"

"可是，他与我们临平有什么联系呀？"女儿满脸疑惑地问。

"曾有人说《梦溪笔谈》的'溪'指的是'余杭良渚的安溪'，那里是沈括的家乡，1983年沈括墓在安溪村下溪湾被发现。而在余杭和临平未分区前，临平是余杭区政府的所在地，这尊雕像是没有分区前就立的。"我把自己知道的分享给女儿，"沈括这辈子大多数时间在外地，但他对故乡却时时怀念，他晚年在镇江隐居时的宅子叫作'梦溪园'，以此表达他对故乡的魂牵梦萦，在梦溪园他完成了《梦溪笔谈》。他曾多次回家时路经临平，并写下《雨中过临平湖》，'绿蒲浅水清回环，浪头雨急声珊珊。画桡惊起远近雁，宿霭欲乱高低山。败蓬半漏野更好，短缆数断迟转闲。溪翁此日乘浩渺，搔首坐哨烟云间'，他将雨中临平湖的美景描绘得如此美丽，倾诉了对故乡的眷恋之情。"

"你瞧，金黄的叶子给沈括的袍子镶上了金边，我猜他一定也很喜欢这些银杏树！"女儿在雕像四周一边捡叶子一边说，秋日的阳光洒在雕像上，一晃像是穿越到了宋代，恍惚间走进了那片雨中的临平湖。

"妈妈，这树上竟然还有二维码。"女儿像发现新大陆一样喊我过来。凑近看，银杏树的树干上挂着一块认养编号牌，我拿起手机扫了下二维码，立马出现认领信息，并且还有银杏树的坐标，北纬30° 25′ 1″—东经120° 18′ 14″。

她在一边出主意："妈妈，你总是在支付宝蚂蚁森林里种树，为什么不直接在这里认领一棵树呢？况且你又这么喜欢银杏树！"

确实，这个主意还不错，我怎么没想到呢？我觉得认养树木不仅能教会孩子懂得回馈自然，与身边共生的城市形成更为紧密

　　　　　　　贰　生命有色

的联结，而且也能让我看着孩子与植物共同成长，当我老了，我的孩子挽着我从树下走过，再看看这棵树又会是怎样一种美好的回忆呢？我牵着女儿的手对她认真地说："下一个植树节，我们也去认领一棵树。"

"嗯！一言为定！我们拉钩。拉钩上吊，一百年不变，变变就是小狗狗……"女儿的欢笑声回荡在了银杏树下。

4　那棵古银杏

"妈妈，快来看，小树苗发芽了！"女儿在花盆里发现去年埋在泥土里的银杏果竟然长成了一棵小苗，兴奋得手舞足蹈。

"嘘！小声点儿，你会吵到小树苗的！它可是喜欢听寺院里的钟声。"坐在一边看书的我轻轻地对女儿说。

我站起身，放下手中这本木心的《文学回忆录》，厚厚的书中夹着的几片银杏叶不小心掉落了下来，贴合着地板，叶片都被书本熨得非常平整。这几片叶子是去年上山捡回来的，看着依旧金黄如昨，如锦缎般顺滑，闪烁着缕缕温暖，细密的叶纹如一张古老的唱片，仔细听，仿佛听到径山寺的钟声和历史深处瑟瑟的秋声。

女儿捡起一片叶子，对照着花盆里的小树苗说："你什么时候也可以长成这么大，结出一粒粒银杏果来，做我的小书签呢？"

我看着花盆里矮矮的、细细的茎撑起两片微卷的、嫩绿的小叶子，笑着说："十年树木，百年树人。起码要等到你上大学吧！"

"那要很久很久呢！"她稍有点儿小失落。

其实我想说，在我们觉得要很久的时间时，时间却快得让你来不及回想过去，一眨眼孩子们就长大了，我们却老了……我欲言又止。

她依然对着那株小树苗发呆。

"等一棵树长大虽然很漫长，但是只要你有耐心，你必定能见到它的芳华。就像这颗小种子，它的母亲可是一千多岁了，它在山上生长了一千多年，最终长成了一棵阅尽沧桑的古银杏。"我抚摸着小树苗嫩绿的叶片对她说，"你就像这棵小银杏，慢慢长大，闪耀光芒。"

去年秋天，我们一家人去径山寺许愿，捡回了几颗银杏果。母亲是个信佛之人，她患有高血压，之前服过一种药，名字就叫"银杏叶片"。她死心塌地地认为，银杏是有降血压的作用，且这个果子种在寺院又有灵气，就捡了些带回家宝贝似的晒干后藏了起来。一次，女儿翻到母亲藏着的果子，就偷拿了两颗扔在露台的花盆里。一日又一日，她闲着没事的时候就跟泥土里的种子说悄悄话，没想到种子在第二年春天竟发芽、抽叶了，还长成了一把把可爱娇嫩的小绿扇呢！

银杏有"中国菩提树"之称，很多寺院都植有银杏。在佛家人看来，银杏的寿命长，树体挺拔雄伟，特别能衬托出寺院宝殿的庄严肃穆。一到秋天，金黄的银杏叶挂满了树身，就像一位高僧披着金光闪闪的袈裟。银杏木的声音幽远空灵，宛似天籁，因此寺院僧人用的木鱼大部分也是用银杏的木材制作而成的。

"手中翠竹轻轻敲，银杏树下遍地金。"早些年走径山，印象最深的便是那成片成片的竹林，可是在我脑海中还藏着一片古银杏。那一年，友人相邀去径山小住了几日，酒店在半山腰，初冬的晨雾渐散，在径山古道入口处，我被两株高大的古银杏树吸引，抬头看，两株大树互相依偎着，一株稍大的银杏枝杈伸展，如臂膀般保护着另一株稍矮的银杏。低头看，我被深深震撼到了，这两株银杏裸露在外的树根紧紧地相拥着，不难想象，它们长了千年，在这片土地的深处必定是盘根错节，守护着寺院。

于是我的心中对这里的银杏多了一份牵挂。临平和余杭分区后，我带家人又一次走进了径山，原先记忆中的模样不复存在，径山寺几经沧桑变化，已修葺得焕然一新，恍若大宋鼎盛的径山，但是寺中的银杏始终挺拔直立，茂盛生长。从入口进去是一条长长的白玉大理石步道，尽头就是巨大的银杏，它仿佛知道我要来，将满树的金黄洋洋洒洒地抖落在地面、廊檐之上。

我站在古银杏下，满地的落叶踩起来"沙沙"作响。孩子们开心地掬起一捧叶子，撒向天空："哇，下树叶雨了！"蹦啊！跳啊！笑啊！乐啊！女儿发现落叶底下椭圆形的银杏果，淡淡的黄果皮上蒙了一层白霜。她把果子给奶奶，因为她知道奶奶最喜欢捡这种果子。

女儿从地上捡起一片叶子抚摸着说："妈妈，我真的好喜欢这些叶子！你看它们那么地光滑！"她从小背包里拿出一本速写本，将叶子放在上面，左手按紧叶片，用笔将一片叶子的轮廓描了下来。看着她认真专注的表情，仿佛时间是静止的，初冬的寒意在绚丽的金黄中显得尤为温暖美好。

我蹲下身也拾起了一片叶子，我仔细观察，在这扇形的叶面上，隐约可辨的每一条叶脉向外延伸着，就像生命脉络里流淌着的血液，每一丝距离都在丈量着生命的奇迹，在讲述着从春天到冬天径山寺所经历的风霜雨雪、雾霭云岚的变幻。

要是有时间，请你每一年都去看看银杏吧！或捡一片银杏叶，或扎一束金"玫瑰"，或捡一粒银杏果，或种一株小银杏……在银杏的世界里，你会发现自己收获的不仅是秋天的美好，更是一份难得的禅意，那是对生命的热爱，对轮回的理解。

红蓼醉清秋

某个秋日的午后，芷汀姐姐相邀去隆兴桥边听郁震宏老师的宋韵文化讲坛。天高云淡，秋色无边，木樨树下，阳光正好。郁老师娓娓道来："红蓼、白鹭，心情喜悦！"一时没听明白"红蓼"所指何物，以为郁老师讲的"红蓼"为一种鸟的名字。待讲座结束后，我便上前去问郁老师方才所讲的"红蓼"为何鸟，郁老师笑答，那是一种长在水边的草。

他带我走下隆兴桥，指着桥东边不远处的那丛粉色的小花说："这就是蓼花。"我沿着上塘河岸走近它们，细看这一小丛粉红色穗状的花序挂在枝头，随着风轻轻摇曳着，把河岸装饰得很美。我俯下身子近距离地触摸这株小草，纤细的枝，柔弱的叶，米粒般大小的花苞，在晚霞中抱团成簇。我拿起手机去拍它们，以隆兴桥作背景，桥的倒影晃悠在水中，一枝花穗竟将宋韵表现到了极致。

我心中默念这个"蓼"字，似曾相识。当我好奇地查询百度百科时，竟然发现这株草是我曾见过的，原来去年拜读郁老师的《诗经草木》时，其中便读到过这种植物，而且还配有插图，只是没有和现实中这株不起眼的小草对上号。郁老师在书中记录："蓼本义为辛菜，为草本植物，其茎叶味辛辣，可用以调味，全草可入药，亦称'水蓼'。"

这么文艺的一株草，我着实喜欢得紧，于是折了几根带回家，将它们与木槿花一起插在花瓶里，添上清水，淡淡的木槿香，柔柔的红蓼花，将书房衬托得颇为雅致。过了几日，木槿花落尽，而它却越开越精神，还自行长出根须，吐出新叶。我开始认真地观察它，发现其穗状的粉花是由一朵朵饱满的花苞组成，花苞绽放后便是一朵精致的小花，偶有几朵未开放的花苞跌落在书桌上，我捡起一朵轻轻将其剥开，发现一粒如芝麻大小的光滑的小黑籽从花苞里掉落下来。

父亲见我将这枝草养在瓶子里十分宝贝似的，觉得十分诧异，他说："这样一枝野花有什么好养的，老底子在农村里那真是无人问津的。以前在乡下割羊草，乡间的水沟边、池塘边随处可见它的影子，我还记得你小时候管它叫狗尾巴花呢！"

我接话道："我怎么一点儿也不记得有这种草了呢？怎么还会给它取这么俗气的名字！"

"那是它太普通了，谁会把它放在眼里呢？而且你取的名字也很通俗易懂啊！"父亲笑着说。

的确，小时候我们对植物的认识是基于物质的，只要是可以吃可以用便好，由于物质条件限制，对植物观赏性并未真正发挥。而随着物质条件的改善，人们开始追求精神上的需求，利用植物来造氧、美化、解压以及治愈，植物的地位则越来越高了。

这株有着这么好听名字的植物怎么可以错过呢？于是，我越发对它感兴趣了，翻阅各种资料，它竟带给了我许多惊喜。我发现"蓼"最早记载于《诗经·山有扶苏》："山有乔松，隰有游龙。不见子充，乃见狡童。"文中"游龙"便是古人对"蓼"的雅称，因其茎伏地，节上生根，梢头上的穗花随风飘摇，倒映在水中，犹如龙在水中游，故名"游龙"，与乔松一起用来形容爱

　　　　　　贰　生命有色

情的美好。

　　李时珍在《本草纲目》中记载："古人种蓼为蔬，收子入药。故《礼记》烹鸡、豚、鱼、鳖，皆实蓼于其腹中，而和羹脍亦须切蓼也。后世饮食不用，人亦不复栽，惟造酒曲者用其汁耳。今但以平泽所生香蓼、青蓼、紫蓼为良。"由此可见，"蓼"在古代可做蔬菜、药物，也用作调料烹饪食物，还用来做酒曲。

　　历代的文人骚客更是将对"蓼"的喜爱注入了诗词字画之中。诗经里就有一首《周颂·良耜》曰"荼蓼朽止，黍稷茂止"，白居易有"秋波红蓼水，夕照青芜岸"，杜牧有"犹念悲秋更分赐，夹溪红蓼映风蒲"，晏几道有"莲叶雨，蓼花风，秋恨几枝红"；张孝祥有"红蓼一湾纹缬乱，白鱼双尾玉刀明"，陆放翁有"老作渔翁犹喜事，数枝红蓼醉清秋"，杨芳灿有"红蓼滩头秋已老，丹枫渚畔天初暝"……宋徽宗赵佶对"蓼"的喜爱与钟情更不消说了，他画过《红蓼白鹅图》：一只可爱的白鹅安静驻于岸边，它引颈回望一枝红蓼，一白一红，一种恬然的气息浮于画上。他的画作《池塘晚秋图》《柳鸦芦雁图》中也频频出现了"蓼"这种植物；齐白石对"蓼"的喜欢并不亚于徽宗皇帝，他的不少国画作品中就以"红蓼"为创作题材，其中就有《红蓼》《红蓼鹌鹑》《红蓼群虾图》《红蓼彩蝶》《螽斯红蓼图》《红蓼螃蟹》等。画家们都喜欢将"蓼"与动物、昆虫搭配起来，使动物与植物相得益彰，生动有趣，更富有生活情趣。

　　《礼记》记载："春用韭，秋用蓼。"红蓼辛辣，古人将其用作调味品。大文豪苏东坡曾写下"蓼茸蒿笋试春盘，人间有味是清欢"，可见东坡居士曾采撷新鲜水蓼嫩芽，用开水焯烫之后凉拌食用，将其称之人间至味。后来，张仲景在《金匮要略》中记载说:"二月勿食蓼,伤人肾……蓼多食,发心痛。蓼和生鱼食之,令人夺气,阴咳疼痛……"想来人们对养生的追求,以至于"蓼"慢慢淡出了餐桌。

有一日,我带女儿重回老家,惊讶地发现老屋后的那条小河还在,熟悉的水杉树小道,喇叭花的藤蔓一直爬到了杉树顶,小河上仍然架着几十年前的那块长长的预制板供人们过河,浅浅的河滩边盛开了一大片一大片粉白的小花,它们柔软地覆盖在河岸上。女儿说,看到这片花感觉心情特别愉悦,我表示赞同,并告诉她这种植物的名字叫"蓼"。

女儿觉得很好听,她提议道:"妈妈,一个字叫起来有点儿奇怪,我们干脆叫它们'愉悦蓼',如何?"

女儿说的这个名字真的太讨人喜欢了。于是我顺手用手机记录下来,发了一条朋友圈。无独有偶,竟然有朋友发消息来告诉我,其实我们拍的这片花的确被称作"愉悦蓼","愉悦蓼"这个名字早就存在了,这仿佛就是冥冥中注定的名字。我再望向这片恰似满天星的花,它们是那么随性、自然,在故乡的土地上自由、纯朴地生长,任城市怎么变迁,它依旧坚韧无比,绵延不绝。

从故乡回来,我带女儿又去了上塘河边的隆兴桥,恰好一只白鹭掠过河面,蓼花在秋风中拂动,想起那日芷汀姐姐发来的图片和那句"红蓼醉清秋"的话来。隆兴桥、红蓼、白鹭……要是徽宗见得此景,是否会有一幅《红蓼白鹭图》问世呢?

（叁） 岁月生香

四季的风吹了又吹，

在青青的河边草里，

剪下了一枝春色。

夏花开得浓烈，

田野里铺天盖地的黄，

绚烂成故乡的底色。

岁月，散发着淡淡的清香，

芬芳了生命的一程又一程。

一枝马兰香

我喜欢一朵花，它自带着乡土气息。

我喜欢一株草，它串起我难忘的童年时光。

它不起眼，旧时漫山遍野皆是，《蔬食斋随笔》引明五言古风云："马兰不择地，丛生遍原麓。碧叶绿紫茎，二月春雨足。呼儿竞采撷，盈筐更盈掬。"

它很珍贵，是江南人口中的春天，一抹熟悉的味道来传承属于我的江南的记忆。

1 路边的紫菊

秋天的傍晚，和女儿一起去燕子湖公园散步，在路边的草丛里女儿发现了几朵小野花。纤细的身板，浅绿色的叶片，淡紫色的花瓣，金黄色的花蕊，每朵花与硬币差不多大小，和狗尾巴草挤在一起在晚风中轻曳，像极了一朵紫菊花。

女儿轻轻摘下一朵，踮起脚，将小花插于我的发丝间，继而发出赞叹："哇，妈妈，这朵小花当发夹好美哟！"

我俯下身也去摘了一朵，把细细的花秆绕了几圈，圆成一个可爱的小指环。我拉过女儿胖乎乎的小手，套在她的手指上，她注视着花朵咯咯地笑了起来："妈妈，没想到当戒指也很好看哩！"清冷的月光洒在这朵可爱的小花上，散发出迷人的光环，时光变得愉悦且美好。

　　我拿出手机，用"形色"搜索了这朵不知名的小花。"马兰"一词跃入我的眼睛，"春来花自青，秋至叶飘零"，心中暗喜，哦，原来是你！在我的生命里，你曾为我留下过多多少少鲜亮色的记忆啊！

　　李时珍《本草纲目》记载："马兰，湖泽卑湿处甚多，二月生苗，赤茎白根，长叶有刻齿状，似泽兰……南人多采晒干为蔬及馒馅。入夏高二三尺，开紫花，花罢有细子。"马兰又称路边菊，它是一株小小的野草，能入药，也能做美食。秋天的马兰，枝叶长老了，开出紫色的小花，将其摘回家晒干，可用来煲凉茶，清热解毒。而春天的马兰，便是我们江南人口中的"马兰头"，为"春三鲜"之一，是春天最受欢迎的野菜，在农村有各种吃法，包饺子、凉拌、清炒、做春卷，味道无比鲜美。

　　挑马兰头对我们这代大多数的人来说都有着美好的童年记忆。小时候，马兰头可以从正月吃到清明，那时的农村马兰头遍地都是，田埂、路边、水沟边、桑树地、菜地边角，几乎有泥土的地方都有它生存的身影。家里正月请客的餐桌上，这是一道必备的菜，俗称"咬春"，如果家里次日要请客人来吃饭，母亲便会和我去地里挑一些马兰头来。正月的天气还裹挟着丝丝寒冷，所以我们一般不会选择早上去，大多会在下午太阳正高的时候去，母亲长满了冻疮的双手实在受不起冷风吹。

　　周作人曾在《故乡的野菜》中写道："妇女小儿各拿一把尖刀一只'苗篮'，蹲在地上搜寻，是一种有趣味的游戏的工作。那时小孩们唱道：'荠菜马兰头，姊姊嫁在后门头。'"立春时节的乡村，冰冷大地上涌动着"咝咝"的穿透泥土的声音，那些复苏的生命带着孩童的微笑，含着诗意的期待，一瞬间鲜活了起来。

我最喜欢去老家西边的那一大片桑树地里挑马兰头，这时候桑树的嫩芽儿在春雨的滋润下蓬勃生长，树下泥土里的马兰头耐不住寂寞忽地都冒了出来，它们相约着一丛丛，一簇簇，挨挨挤挤地疯长着。我和母亲拿着竹篮子和工具，在桑树底下低着头躬着腰挑一株一株的马兰头，我左手捏住马兰头细嫩的秆子，右手将剪刀顺着茎斜插入泥土表面，"咯吱"一声，一根鲜嫩的马兰头就躺在我的手心里了，凑近鼻尖一闻，清新的泥土气息里裹着一股淡淡的苦香。

2 桑树地里的阿黄

不远处，一群长尾巴的野麻雀在桑树地里散落着，它们一边低头啄食，一边"喳喳喳"地欢叫。我虽然在这头挑马兰头，却十分担心那一片嫩嫩的马兰头，于是我从这头捡起一块小石子扔向它们，它们快速地飞向天空，落到另一头空旷的田野里，它们有的在田野来回蹦跳，有的一扭一搭地悠闲地踱步。而它们的窝，挂在路边高高的水杉树杈子上，成了初春树上最特别的风景。

桑树地的东北角有个微微隆起的小土堆，那一片马兰头向来长得特别肥壮，但是我从不去那儿挑，因为小土堆下埋藏着我一个伤心的回忆。十岁那年，老家养了一条草狗，是第一条也是唯一的一条，它陪伴了我的少年时代。邻居家的母狗生了九只小狗，送不掉准备去野外放生，菩萨心肠的奶奶挑了一只黄色的收留了下来，她觉得家里养条狗看个门也蛮好。小狗在奶奶的照料下，越来越可爱懂事，因为它长着一身黄毛，我们给它取名叫阿黄。阿黄每天在我们身边转来转去亲热得很，每次一有陌生人来家里，它第一时间发出警告；要是有村里的小伙伴欺负我，它第一个冲过去吓唬他们；家里晒谷子时，它会帮忙看着鸡鸭们有没有偷吃谷子；最厉害的是它还会跑到家里的谷仓抓老鼠，虽然是有点"多管闲事"了，但是一家人都喜欢它的多管闲事。

十岁那年，我拥有了人生的第一辆自行车，每天都骑车上下学，那时的学生上学都去得很早，天蒙蒙亮就赶着去学校，放学搞完卫生回到家天也是黑的。我回家的路线依次要经过上塘河北面的马驾山、村庄王步弄，每次我只要一骑到马驾山山脚，我整个人就鸡皮疙瘩起来了，大人们常说这一带有鬼火出现，特别是山脚下有几个土坟隐藏在浓密的树荫和斑驳的山影间，总给人阴阴森森的感觉。

奶奶知道我胆小，就让阿黄每天陪我上下学。上学时阿黄跟在我自行车的左侧，清晨寂静的石子路，只听见鸟鸣声、自行车碾过石子的声音和阿黄的有节奏的脚步声。骑到马驾山脚处阿黄便会大声地吼上几声为我壮壮胆，我赶紧加快车速直奔上塘河畔，骑到大路后我停下自行车示意它回家，它乖乖地停下来并恋恋不舍地目送我翻过五云桥，抵达上塘河南岸后，再独自跑回家。每当夜幕降临，袅袅炊烟中月色迷离，我远远地就能望见上塘河畔阿黄孤独的身影，它双目注视着桥的那头，不停地摇摆着尾巴，直到我离它越来越近呼唤它的名字，它把头埋在我的裤管里来回蹭着，我跨上自行车在前面骑，它在后面一路奔跑着，除了山林草丛间的虫鸣和蛙鸣声，便只剩下呼呼的风声在我耳边呼啸……阿黄什么都不知道，它只知道要对主人好。

一个秋天的午后，我和奶奶在水泥晒场上打豆子。突然阿黄跟跟跄跄跑回来，在一捆豆秸边缓缓地躺了下来，它口中吐着白沫喘着粗气，十分难受的样子，我被这个场景吓坏了。奶奶说，阿黄一定是被人下毒药了，估计就是村南那个"徐文长"，他老爱干这种事。我不停地抚摸着阿黄的身子，奶奶给它用尿素灌肠，但依然无能为力，最后干脆提来一桶井水浇在它的身上，希望可以让它好过些，阿黄浑身湿透，一直颤抖着，最后喘着大气挣扎死去，眼角还含着眼泪。为了不让我们晚上四处寻，它竟然用尽全身力气跑回家，目的只是为了能见主人最后一面。我的眼泪也如地上的豆子一般"啪嗒啪嗒"往下落，这一刻我哭得是那么刻骨铭心，痛彻心扉，我恨恨地朝村南方向望去，心中诅咒那个毒狗之人不得好死。

奶奶终归是个善良的人，她折了些元宝念了篇经，背着铁耙把阿黄带到了西边的桑树地里，选了个好位置把它安葬了，我在一块小竹片上歪歪扭扭地写了"阿黄之墓"四个字，小心翼翼地插在土上，于是一棵桑树下那一小方土地就是阿黄的归属。每一年春天，埋葬阿黄那片泥土上的马兰头就一直疯长着，疯长着，绿茵茵的一片，蔓延在我的记忆深处。直到现在，我的孩子提及很多次说想要养狗，但每每想到阿黄，我就断然拒绝。如今，沧海桑田，桑园不在，记忆却犹在。

3 奶奶的中药经

一见马兰，我就莫名地想起亲爱的奶奶来，故乡上塘河春天的印象就清晰了起来，那些回忆如温暖的春风涌上心间，奶奶豁达、智慧的生活态度就清晰了起来。

第一次剪马兰头，奶奶挎上篮子唤着我的小名，我屁颠屁颠地跟在她身后，看到田埂上一株草就剪下来扔进篮子里，奶奶看了看皱着眉头说："你这个草虽然长得有一丁点儿像，但不是马兰头，你看它叶子这么宽，是观世音草，这种草很贱养，不管你怎么踩踏，它都不会死！"很多年后，我跟着中医师去挖草药，在山间的石子路上顽强地长着几株被压扁的草，这似曾相识的草就是观世音草，在中医师口中才得知这就是大名鼎鼎的车前草，专治结石。

　　奶奶最喜欢去上塘河边挑马兰头，她总说，河边的植物有水滋润，鲜嫩有灵气，人吃了也水灵，她总有办法找到最鲜嫩的马兰头。"小囡，快点儿过来，这里的干茅草堆里藏着一大片又长又嫩的白茎马兰头，不用剪刀，直接用手掐就行。"她一边说一边掐，一下子就掐了满满一手心嫩嫩的马兰头。

　　小时候我经常白天玩累了，夜晚躺在奶奶身边就流鼻血了，那时家里根本没有什么医用棉花，奶奶便摸着黑直冲菜地边角，快速地摘来几片马兰叶，用手心揉搓成一团，塞进我流鼻血的那只鼻孔，果然鼻血很快就止住了，我坐在她的怀里，她一边捏着我的小手一边安慰我："小囡不怕，马兰头凉凉的，很快就不流血了……"

　　有一年双抢，父亲和母亲去地里干活了，我在家里做菜时不小心切到了食指，伤口切得很深，几乎是三分之一的手指，我害怕极了，以为自己的手指头要掉了，号啕大哭着跑到奶奶房间，奶奶看着我哗哗的泪水，再看看还在滴血的手指，赶紧冲到门外摘来鲜马兰头叶，快速地用牙齿将它们嚼碎，轻轻敷在我的伤口上，再用她那条心爱的青手帕把我的手指包裹好，用棉线扎紧，看血不再流出来了才长叹一口气，我在一边闻到她嘴里飘出来的那股清香，悬着的心便踏实了。如今每每看到我还留着一道浅痕的食指，便会想起奶奶咀嚼马兰头叶的画面。

《本草正义》记载着："马兰，最解热毒……止血凉血，尤其特长。"中医认为马兰味辛苦，性凉或寒，全草或根入药有清热解毒、凉血止血、利湿消肿、抗菌消炎等功效。其实，奶奶是真的懂中药的，要是放在现在她必定是位优秀的中药师。我的舅公爷爷也就是奶奶的亲弟弟，曾在崇贤前村街廊开中药铺，舅公爷爷经常会给奶奶拿些滋补品，教奶奶一些中草药的使用及食用方法，所以奶奶向来对中药颇有研究，农村里的中草药她几乎都认得。

记得年三十，奶奶会吃素，母亲专门会为她做个凉拌马兰头。母亲将挑来的鲜嫩的马兰头洗净、用开水烫熟，揉成一团后挤干水分，再切成末后，拌入香干丁、冬笋丁，浇上麻油，制作成味美爽口的马兰头拌香干。后来奶奶去世了，她和爷爷葬在乌龟山上。一到清明，我们都会到山上去看她，父亲走前头拿镰刀在枯枝杂草中清出一条道，我和母亲手里拎着糕点、黄酒和纸钱香烛在后面跟着。一路上行至山顶，目极之处皆是马兰头，山林茂密所以它们长势甚是狂野。我跟母亲说，我们摘些回家吃吧，母亲摇摇头，并掐了一根马兰头对我说："你别看这马兰头看起来又嫩又长，但它的茎是红色的，其实很老，青草味很浓，甚至有些还是苦的。"我顺手拔了一根放入口中咀嚼了一下，果然有些苦涩，"这些当菜吃味道不太好，还是田野里白茎的味道好，但是这些可以摘回家晒干，泡茶喝是好的。"每次上好坟下山时，我都会摘一些山马兰头带回家，晒干后可以泡水喝，更是一种思念奶奶的方式。

老家拆迁后，奶奶的坟也迁到了公墓，山脚下有村民种植马兰头去菜市场卖，十元一斤。种植的马兰头割了一茬又一茬，但是这些根系还留在泥土里，来年又会冒出一大片来。有一次我问村民要了些来，连根带土种在家里的花盆里。它们果然没有辜负我，郁郁葱葱长出一大片来，我舍不得剪掉，结果秋天的时候开满了紫色的小花。紫色的花安然于阳台的方寸间，不与蜂戏，不与蝶闹，心素如简，如紫菊般淡然，就像奶奶的笑容。

4　墙角的秘密

"小皮球，香蕉梨，马兰花开二十一；二八二五六，二八二五七，二八二九三十一；三八三五六，三八三五七，三八三九四十一……"一群小女孩穿着花棉袄聚集在一起，在操场上跳着牛皮筋，边唱边跳，声音穿过校园的围墙。

围墙外，上塘河水缓缓地流淌着，立春的河岸上，青草们低调且寂寞地长着。边上的田野里，黄黄的稻茬头还留在泥土里，细如针尖的草开始生长了，远看才有浅浅的绿。阿萍蹲在墙角挑马兰头，她是我的同桌也是我的好朋友。她的母亲是个裁缝，但是身体不太好，在家里接一些做衣服的手工活。一到春天，阿萍每天都要剪许多野菜，如荠菜、马兰头、水芹菜等，她的父亲则长年挑着各种蔬菜去上塘河北的水泥厂集市售卖，以此养活一家老小。

阿萍喜欢跳皮筋，她个子长得高，唱歌跳舞都超级好，是班里的文娱委员，更是班里跳牛皮筋的领头人，跳牛皮筋时每个女生都盼望着能和她成为一组，因为和她一组肯定会赢。

我们把五六米长的牛皮筋两头打结围成一圈，两个女生各站一头绷住牛皮筋，最简单的高度是从脚踝开始，再一点点上升到小腿、膝盖、腰部、胸部、肩膀、脖子、耳朵、头顶，最后再高举一臂。我们一群女生分成两组，在牛皮筋之间用挑、钩、踩、跨、摆、碰、绕、掏、压、踢等动作，同时配合歌谣跳出各种花样来。每按规定完成一项就往上移一点，难度随着高度慢慢提高。我因为个子长得不够高，不太受欢迎，但是阿萍从不嫌弃，她像个姐姐一样把我拉到她的组里，韧性超好的她哪怕是高个子的对手踮脚将牛皮筋举过头顶，都能轻松用脚尖将其钩下，在她的庇护下我们这组必能一路顺利通关。

牛皮筋的来源很多，有些是破轮胎内胎剪成一段段拼接起来，有些是扎头发的橡皮筋积攒下来一个圈套另一个圈接起来，有些是修补自行车的气肠子，也有些是家里做裤子用的松紧带做的。那时候，如果谁拥有一条皮筋，那么谁就会被前呼后拥。阿萍虽然跳得好，但是她没有皮筋，我也没有。

一次我和阿萍商量，我说："阿萍，要不我们也去搞条皮筋来？"

她摇摇头说："我们家条件不行，买不起啊！"

我看着她腰上的碎布拼成的花裙子说："我也有一些橡皮圈接的，还差一半！要不，把你妈妈做衣服多的牛皮筋拿点来，我们两个的接起来就够了。"

她支支吾吾地说："嗯……好吧！我晚上问问妈妈看，多余的她要做袖套的，不知道她肯不肯。"

第二天早上，阿萍果然带来另一半的皮筋，虽然颜色杂驳，但是我们接好后拉了一下弹性十足。我紧紧地抱住了她："阿萍，你真是太棒了，今天开始我们有自己的皮筋了！"这一天，阿萍跳得比往常更高了，我们玩得无比开心。

后面一天，我开心地带着皮筋来学校，可是发现阿萍一整天都没来，放学后我翻过低矮的围墙去找她，在围墙的角落里我看到她蹲在那里剪马兰头，我喊她，她没有理我。我走到她边上，看她眼睛红红的，两只小手被冷风吹得通红。

我知道她一定是受了委屈，拉着她的手给她呼热气，她看着我幽幽地说："前天晚上我把妈妈做袖套的松紧带拿走了，妈妈发火了！妈妈说不许我上学，要剪马兰头去卖钱买松紧带。"

"我来帮你剪！"我一把抢过她的剪刀，抓住马兰头的嫩绿的叶子顾自剪了起来。阿萍提过篮子，也用手捻起嫩叶来。你一把我一把，绿色的嫩芽在篮子里慢慢地蓬高，我们相视而笑。河边的晚风很冷，但我们彼此的心很暖。

"小皮球，香蕉梨，马兰花开二十一……"美妙的歌声穿过桑树地，穿过马家山，穿过上塘河，在梦里的故乡回荡。我禁不住蹲下身子再摘一朵紫菊，深吸一口气，似乎闻见了那个无忧无虑的童年。我的故乡啊，不管你变得如何，这一枝马兰却还在。它的生命力多么顽强啊，这么多年以后，老家早已迷失在陌生的建筑里，你却在路边悄然绽放，给我温暖，你依然灿烂对我，就像在迎我回家，一如我从未离开。

粽香深处话端午

端午为入夏后的第一个传统节日。它如同一本翻了几千年的古书，携着艾叶的清香和楚辞的厚重，在人们的记忆里翻了又翻。在那些温暖我们的文字里，端午总是有粽子、艾叶、香囊、龙舟，还有屈原的故事。

清晨，我在一阵香味中醒来。母亲煮了一锅粽子，那是我喜欢的味道。门口悬着一把碧绿的艾叶，也正是我喜欢的清香。早在几日前，我就为孩子们准备了香囊，内有朱砂、雄黄、香料。我满心欢喜地在自己床头也悬挂了一个，淡淡的清香时不时地散发出来，枕着清香入眠，特别踏实安稳。

女儿起床后闻到粽香，一脸嫌弃。她不爱吃糯米，所以从不吃粽子，我曾使过各种法子想让她吃上一口，均以失败告终。今年，我仍不死心，想法子让她尝试着吃。其实她就是一根筋，不吃就是死活不愿吃，一旦尝了味道反倒会停不下来。我剥了个粽子打趣道："小珑月，在端午节吃口粽子的话，你的语文成绩就会变好，因为这个节日可是纪念伟大的诗人屈原的。"她马上接话："谁不知道呀！我们语文课上学过《端午粽》这篇课文的，老师还给我们讲了许多端午节的故事呢！"然后，她把语文书翻出来指给我看。我仔细地浏览了下这篇课文，文章以儿童的口吻表达了孩子对粽子制作过程的好奇和品尝粽子的喜悦，字里行间传递着一家人共聚一堂度佳节的欢乐氛围。然而，更吸引我的则是这篇课文的作者，他竟然是我区老作家屠再华先生，认识他的年轻人都喜欢叫他屠伯伯，这是位让人尊敬的老作家。记得有一年区作协开年会，我负责接送屠伯伯和卓介庚老师。送他们回家的路上，两位老作家捧着区作协颁给他们的"文学创作终身成就奖"的奖杯，内心激动不已。他俩神采奕奕地互述着自己与文学的故事，特别让人感动，同时还不忘鼓励我："好的作品源于生活，高于生活，所以一定要热爱生活，多读、多想、多写，必定会有所成就的。"那一次，我大受鼓舞。

确实，任何作品都是源自对生活的理解和感悟。我对女儿说："这位近九十岁高龄的作家至今依然笔耕不辍，他就是因为在生活中特别爱吃端午粽，有感而发写下了这篇文章。所以，你也不妨试着吃一口看，说不定一首小诗也就这样写成了！"这一招果然奏效，她半信半疑地咬了一小口粽子，尝过第一口美味后，就再也停不下来了。吃完一个，她舔着油油的小嘴说："妈妈，这粽子果然和书中说的一样，那么好吃！吃了粽子，我也能写诗当作家啦！"我微笑着点点头，一边怀想着，若干年后若她真的爱上了写作，不知在她的文字里，是否会记录下这个普通的端午节里，她突然爱上了粽子的美味！

除了吃粽子，江南还有吃"五黄"的习俗，而我最爱吃的是咸鸭蛋黄。小时候，因为家里穷，父母就会养许多鸡鸭，于是就有吃不完的蛋。父亲变着法子做各种蛋，当然做的最好吃的要数咸鸭蛋了。快到清明时，父亲会把所有的鸭蛋收藏起来，因为此时的鸭蛋最为肥满。然后，他去山上挑选一些颜色较深的黄泥，筛去石子，待到清明过后开始腌制咸鸭蛋。其实，看似简单的咸鸭蛋，要做得好吃也很有讲究。父亲先将干黄泥装入小缸，倒入

叁 岁月生香

腌肉汤，加入适量盐和黄酒后搅拌成黄泥浆，再把收藏好的鸭蛋一个一个轻轻地塞到泥浆里，为防止黄泥浆风干，上面铺一张荷叶封口子。约莫一个月后，咸鸭蛋就制作成功了，对于那时的我来说，这可真称得上是人间美味。

那时，父亲每天都会从黄泥里掏几个咸鸭蛋出来，洗干净后挑一个青壳鸭蛋装进我的铝饭盒，让我带到学校中午下饭吃。到校后，我把青壳鸭蛋和淘干净的米放在一起蒸。开饭的时候，我用铁勺子把鸭蛋从白米饭堆里挖出来，舔干净粘在蛋壳上的饭粒，然后找到蛋的"空头"对着课桌敲破后，再用铁勺子挖着吃，勺子穿过蛋白的一刹那，红油就哧溜地冒了出来。三下五除二，一饭盒的白米饭就着美味的咸鸭蛋下肚了。

当然，说起端午，龙舟是必不可少的，它是端午节的必备标签。江南湿地众多，河港交错，不缺龙舟赛，五常街道、仓前镇一带每年都会举行这样的比赛。五常的龙舟盛会更是在 2008 年列入第一批国家级非物质文化遗产扩展名录。记忆中到现场看过几回，端午那日西溪湿地人头攒动、群龙竞渡、浪花飞溅、热闹非凡。沈从文在《边城》里也有这样的描写："边城所在一年中最热闹的日子，是端午、中秋与过年。"这一天，大家穿新衣、额头蘸上雄黄酒、必吃鱼肉，全家出门到河边看船与船、人与鸭子的竞赛。故事里的翠翠每年都去看船，而她的真正目的不过是想见心上人，她将思念深埋在心里，谁也不告诉。前几日，有友人相邀今年跨区观一场龙舟赛，心中突然有了丝空落落，分区后原本的家乡变得那么近又那么远，思念并非那么浓烈，却是真实存在，且绵绵不绝。

敲下这些文字的时候，感觉时光仿佛走得很远很远，窗外的绿叶间知了开始叫了，恰似一阵远古的弦音划在心间。突然间似乎明白了我们每年过端午的意义，其实更多的是在找回那些逐渐消失的习俗，以鲜活的姿态去纪念那些回不去的温暖岁月。

149　　　　　　　　　叁 岁月生香

立秋话"禾"

　　案头还放着刚完稿的《夏花夏果》，仅打了一个盹儿的工夫已至立秋，始知一年已过半。窗外的法国梧桐叶在风中翻动，暑气尚未褪去，枝丫上的蝉还在声声挽留着晚夏。我开始遐想漫山遍野的野菊花，遐想水边舞动的芦苇，遐想田间摇曳的金色稻浪……

　　立秋为进入秋天的第一个节气。《说文解字》："秋，禾谷孰（熟）也。"顾名思义，"秋"意指收获、收成、成熟的庄稼等。于大自然而言，春天播下种子，秋天收获果实，那是一种必然的循环。说到禾，我不由得想起吴上工的一句话来："米饭养人！"吴上工是我区非物质文化遗产"陈莲舫中医内科"第六代传人吴晋兰，这位博士院长除了热爱中医，对文学也颇有研究。因为平时与她比较熟络，我近水楼台先得月，常常向她请教一些中医养生知识，她也毫不吝惜把一些中医典故讲给我听。其实，我一直认为文学和中医学两者之间有着必然的联系，文学承载了中医学的博大精深，中医学则丰富了文学的艺术内涵。对于"禾"的理解，她认为稻谷金色的外衣包裹着白色的米粒，米粒加水煮熟后米饭亦为白色，而肺主白色，主一身之气，故其归肺经。一到秋天，人们就借天时开始养肺，此时我分外想念起鸬鸟的蜜梨来，那甘甜的汁水仿佛瞬间流淌至我的心肺间。

　　除此之外，吴上工还将前几日给学生上课的内容分享与我，里面讲到《说文·禾部》："禾，嘉谷也。二月始生，八月而孰，得时之中，故谓之禾。禾，木也。木王而生，金王而死。"我认真揣摩其中深意，方知禾为美好的谷子。农历二月开始发芽生长，待到八月成熟。再引申到"和"，她又有了一番简单明了的解释："禾，为上好的谷子，将其放入口，人便能达到阴阳平和，则健康、有神！"

"禾"的本义是谷子。稻谷，是现代中国人餐桌上最常见的主食，也是五千多年前良渚人最主要的食物来源。浙江"鱼米之乡"的历史，至少可追溯到良渚文化时期。有好几回在良渚博物院，我长久地与那一粒小小的稻谷对视，遥想五千年多年前，我们的良渚先民自由地生活在太湖流域，在这个气候温暖湿润，降雨充沛，湖塘、沼泽、河流密布的地方，开垦土地，营建都城，种植水稻，甚至专门发明了石镰等农具来提高生产率。农耕文明出哲学，更是建立在哲学高度之上的高级文明，就像我们身边的良渚文化，它是以单一水稻经济作为支撑的早期文明，故此它成了理解稻作文明特质的最重要途径。记得去年秋天，我和朋友一起游览良渚古城遗址公园，当我们穿过金色的稻田，站立在莫角山的遗址上，仿佛感受到了清澈流水直通稻田，良渚先民穿着兽皮编织草绳繁忙劳作的景象。据悉，在良渚古城东二十余公里的临平茅山遗址发现了成片的稻田。而在良渚古城遗址中已经发现两处大规模稻谷遗存，一处为遗址的中心区域——莫角山台地的东坡，另一处为莫角山宫殿区南部的池中寺遗址，应为古城粮仓，这些稻米也许来自许多"茅山稻田"的贡献。

说起稻谷，不得不说"双抢"，我们的父辈们都经历过这种刻骨铭心的艰辛。父亲说民间有这样一说："双抢不过立秋关"，每个节气都指导着农业生产的各个阶段，每个节气里都蕴藏着我们祖先的大智慧。7月下旬，早稻已经成熟，人们顶着炎热无暇顾及满目金黄的美景和浓浓稻谷的清香，便要抓紧时间收割稻子，因为季节变换已迫近，一来为了使早稻谷粒饱满，提高产量，田里的稻谷需要尽量晚收割几日；二来晚稻要赶在立秋之前完成种植，收获时才能保证产量。要在同一块地里既晚收又早种，只能靠抢收、抢种来实现。终于熬到立秋这天，农村的"双抢"算是基本完成，人们总算可以歇上一口气。接下来就是将收割上来的早稻晒干、交公粮，为新种植的晚稻灌溉、施追肥，还要趁日头好将早稻秆子暴晒后上交部队当喂马饲料。

　　立秋时节，台风、雷阵雨经常光临。在"秋老虎"的肆虐下，虽然非常期盼能下一阵雨送来片刻清凉，但我却最害怕下这样的雨。那时，父母都下地去筛络麻了，我和奶奶则留在家里守谷子。守谷子，一是守住邻家的鸡鸭和不时飞来的麻雀，不可让它们抢食晾晒的稻谷，二是守住突如其来的雨，一旦遇雨就要以最快的速度收谷子。记得有一次雷雨来了，一听到雷声，我们一老一小便搬出各种农具，手忙脚乱地把晒在场地里的谷子抢回屋檐下，看着堆成小山似的谷子都盖严实了，方大舒一口气，不然谷子被大雨淋湿的话就很容易生霉，损失可就惨重了。

　　"双抢"时代一去不复返，在如今安逸的生活里，我们将一粒金黄的稻谷视作秋天的信使，为金秋的象征。又一个秋日，我带女儿去临平运河街道的双桥村，因为儿子参加"爷爷的水稻田"比赛获奖了，在水稻田边上正好有个画展。文化大礼堂里孩子们笔下的美丽乡村是那么美好，走出大礼堂，一望无际的千亩稻浪在眼前摇曳，展现出了"江南粮仓"的独特魅力。

"锄禾日当午，汗滴禾下土"，作为人类的生命之本，每一粒稻谷皆来之不易。我认为，稻谷是有灵魂的，作为一种植物它顺应自然，谦卑善良，在成熟的季节向人们低下头，礼赞辛勤劳作的人们。那么，稻养人，人亦以德养稻，和谐共相生，甚好！

夏花夏果

那一树一树的花开后，夏便如约而至。满目皆苍绿，突然无端地怀念起春天来了。不曾料想，夏花竟也能开得如此绚烂无比，不论风雨揉搓，还是雷电摧折，皆为生命必然的相约；夏日之果，应季而生，饱满圆润，芳留满唇。

《黄帝内经·素问》这样描写夏季："夏三月，此谓蕃秀，天地气交，万物华实。"蕃，茂也，盛也；秀，华也，美也。形容夏季草木繁盛，孕育果实的景象。遥想当年大禹之子启建立王朝，取"夏"为国家部落名称，其寓意大抵是希望国家繁荣强盛吧。"夏满芒夏暑相连"，二十四节气歌中立夏、小满、芒种、夏至、小暑、大暑六大节气在夏季，时为农历四月、五月、六月，我们称其为"夏三月"，又分别称孟夏、仲夏、季夏。古人将伯（孟）、仲、叔、季作为长幼之序，再引申到鲜明的四季里，我们不仅能感受到中国语言之美，更能体味到古人对自然现象最朴实、本质的认知。

1 孟夏

"首夏犹清和，芳草亦未歇"，孟夏又称首夏、维夏，还有夏首、初夏、槐月、梅夏、清和月之称。它踩着春天的诗歌款款而至，这一月，怒放的蔷薇花、喧闹的绣球花、金黄的枇杷果，纷纷诉说着初夏的故事……

　　蔷薇，夏天的第一朵花。"水晶帘动微风起，满架蔷薇一院香"，它攀着春的尾巴，一朵、两朵、三朵……爬满了街头巷尾。生活在这个小镇，我曾流连过临平职高那堵蔷薇花墙，也邂逅过南丰路"铁流"边上那一大丛垂地蔷薇。城市几经改造，一些美好只停留在了我的记忆里，所幸它们的生命力极其旺盛，我又能从别处找到一片新的风景。清晨上班途中，路经东湖立交桥，桥下垂满了一丛又一丛的蔷薇，正好娉婷在我头顶，我抬头看它们，以蓝天为背景，粉艳夺目，芳香四溢。傍晚散步，必经一条河、一座桥，河叫卫星河，桥叫迎凤桥，桥两侧、河沿岸开满了粉的、红的、白的各色蔷薇花。远远望去，如瀑布般倾泻成一片，似锦如霞，小镇就像一位穿着碎花裙的少女，变得无比温柔灵动；走近细看，情不自禁地将头埋于这花丛之中，在暮色中深深吸纳这片芬芳，一日的疲惫尽散。蔷薇花季很短，但是它开得热烈，透过一朵朵盛开的花，仿佛能看见曾经青春的自己，在初夏的阳光下昂首阔步，在沸腾的季节里锦绣。

　　绣球花，夏天的明星花。古人喜欢用"百花成朵，团圞如毯"来形容它。在我居住的小镇有座山，叫临平山，山上的绣球风景可谓非常独特。特别是一到小满节气，这里近百个品种三万余株的绣球花便开满了山坡，艳丽硕大的绣球花给人带来新的惊喜，颇有回春之感。汪曾祺先生有绣球情结，他的很多作品都有谈及绣球，"这些绣球显出一种充足而又极能自制的生命力。我不知道这样的豆绿色的绣球是泰山的水土使然，还是别是一种……这几盆绣球真美，美得使人感动。我坐在花前，谛视良久，恋恋不忍即去。别之已十几年，犹未忘。""那些绣球花，我差不多看见它们一点一点的开，在我看书做事时，它会无声的落两片在花梨木桌上"……这是多么美好的情感啊！我特别喜欢绣球花其中的一个品种，叫"无尽夏"，光这名字就让人顿生出无尽的遐想。无尽夏从晚春便开出翠绿色花瓣，慢慢变成粉红，待到初夏变成深红，最后再由红转蓝一直持续到深秋，花期绵延无尽。据说绣球花会随着土壤的酸碱度来改变自己的颜色，酸性强时开蓝花，碱性强时开红花，中性时开蓝粉相间的花，仅一朵花，便构成了一个多彩的夏天。

枇杷，江南夏天第一果。早在唐时，枇杷便已作为酸甜爽口的初夏佳果，深得人们的青睐。《唐书·地理志》记载："余杭郡岁贡枇杷"，一粒金黄果成了圣殿的贡品，倒让乡村的野果生出几许奢华来。"秋萌，冬花，春实，夏熟"，江南的枇杷一般从前一年的秋天便开始孕育，叶子历经寒冬亦苍翠不落，待到初夏时结出一颗颗灿若阳光的金子，把江南温润妙曼的时光缓缓点亮。大运河边的塘栖古镇盛产枇杷，古镇人家家户户门口都会栽种枇杷，每年初夏都会举办盛大的"枇杷节"，那时便可以放开肚皮吃到新鲜的枇杷。枇杷皮薄肉厚，一口下去，丝丝甜味沁人心肺。枇杷浑身都是宝，具有很好的药用价值，《本草纲目》中记载，枇杷能润五脏，滋心肺，就连枇杷花和枇杷叶都能生津补气止咳。每年枇杷季，塘栖的文友都会亲自送一篮白沙枇杷来，又大又甜，显然是精心挑选过的，虽然价值不高，却情意浓浓。

2 仲夏

"仲夏苦夜短，开轩纳微凉"，仲夏又称蒲月、榴月，还有午月、星月、中夏、恶月之称。阳光暴烈，静无一言，看长长的影子、长长的天光，听长长的蝉鸣、长长的蛙声，这一月，火红的榴花、淡雅的栀子和白兰、酸甜可口的杨梅，一下子惊艳了微醺的时光。

石榴花，盛夏最红的一朵花。国人向来喜欢红色，满枝的榴花象征着红红火火的日子，榴果又是多子多福的象征，所以在城市的小区、乡村的庭院、公园随处可见有石榴树栽种，一花一果便是人们朴实美好的愿望。咏榴，历代不乏佳句，文人还喜欢将榴花比作年轻貌美的女子。由于榴花盛开时微卷的花瓣层叠错落，如女子的裙裾，色泽艳丽，与古代女子穿的红裙颇为相似，故有"石榴裙"一说。一朵朵榴花绽放，如一只只盛满琼浆的杯盏，油光可鉴，又如一个个快活的孩子，摇着铃铛，不知疲倦地在阳光下舞着。苏东坡有云："微雨过，小荷翻，榴花开欲燃。"韩愈有云："五月榴花照眼明，枝间时见子初成。"曹植又有云："石榴植前庭，绿叶摇缥青。"榴花红得耀眼，榴叶绿得纯粹，方显盛夏的清新与生机勃勃。

栀子和白兰，盛夏里最香的两朵花。夏夜的晚风夹着花香拂过肌肤，深深呼吸一口气，想要紧紧抓住这个美好的夏天。据《本草纲目》记载："卮，酒器也。卮子象之，故名，俗作栀。"栀子的名字源于其果实，形状如"卮"。栀子花盛开于南方的雨季，在江南湿漉漉的梅雨天里，它们就恣意地开在山间、路边，叶片苍翠鲜绿，花朵洁白凝脂，如绸缎般润滑，纤尘不染。每次看见这朵花，我都会不由自主地哼唱起奶茶刘若英的歌来："栀子花，白花瓣，落在我蓝色百褶裙上，爱你！你轻声说，我低下头闻见一阵芬芳……"湿答答的花香里，带给我童年、青春的回忆。记得上小学的时候，上塘河南有座小山丘，我们叫它星桥"小山头"，一到夏天，栀子花便开满了山坡，住在山脚边的同学邀我一起去山上偷摘花，我们越过篱笆，躲过看守的人，将花朵偷偷藏在斜挎在肩的黄书包里。回到家，我把花朵养在吃完腐乳的瓶子里，给母亲、奶奶房间各放一瓶，每个房间都香喷喷的，甚至连书包里的课本都是香香的。中考那年，学校的操场边开满了栀子花，那时十五六岁的我既不懂何为纯纯的爱，也不知后来自己会爱上谁，只在栀子的花香里梦一场属于我的青春。"珠珠花，白兰花，珠珠花，白兰花……"结婚后第一年和先生一起去苏州，在古镇被一个阿婆柔软的声音给吸引了，阿婆坐在一张小板凳上，身边一个箩筐，的确良蓝布衣的纽扣上挂两朵玲珑精致的小花。我揭开蒙在箩筐上的白毛巾，看到十几对摆放整齐的白兰花，阿婆把两枝花用细铁丝连成一对，扭成圆环，如此便于佩戴在衣襟上，边上还摆着几串花朵编成的手链，让人爱不释手。花朵的底下铺上一块潮湿的布，是为了保持花朵的鲜妍。先生见我喜欢，当即为我买下一对花、两串手链，佩戴在身上。味道是一种特殊的记忆，花朵散发出阵阵清香，一直陪伴了那次完美的旅行，也让我至今都无法忘怀那抹清香。如今，家里有个小小的露台，我和先生一起种下了一棵白兰，开花时，想摘就摘，想闻就闻，陪我们度过夏天漫长的光景。

　　杨梅，盛夏最红的一粒果。"南方珍果，首推杨梅"，清代李渔是极爱杨梅的，他还喜欢爬到杨梅树上，边摘边吃，想必这是吃杨梅的最高境界了。上塘河以北的超山以梅闻名天下，殊不知超山还有一绝——杨梅。梅雨季节正是杨梅上市的时候，潮湿的空气中弥漫着酸甜的杨梅味道，漫山遍野的杨梅树上，一粒粒

"紫红"沉甸甸地挂满枝头，点缀着如黛的青山，让人忍不住口舌生津。摘下一粒杨梅，轻轻地咬上一口，那酸甜的汁水，清新爽口，沁人心脾。女儿特别爱吃杨梅，我常常嗔怪她将紫红的果汁沾染到了衣服上，母亲说，不打紧，杨梅季一过，衣服自然就干净了。小时候过年，我特别喜欢去大姨家，她家住在小林村，正好在超山边上，每次去她都会塞一大包杨梅干到我怀里，我一口气便可吃几十颗，有时吃得急了，来不及把核吐出来，便囫囵吞下去几颗。杨梅干甜中寓酸，果肉紧致特有嚼头，是我最喜欢的零食之一。《本草纲目》写："杨梅可止渴、和五脏、能涤肠胃、除烦愦恶气。"老底子农村"双抢"的日子里，父辈们白天在地里艰辛劳动，一到吃晚饭时，他们便会从一个大玻璃瓶里夹几粒白酒浸泡过的杨梅，几粒下肚立马消暑，整个人仿佛就从疲惫里拎了出来。

3 季夏

"江南季夏天，身热汗如泉"，季夏又称暮夏、晚夏，还有荷月、伏月、焦月、精阳、溽暑、且月之称。"小暑大暑，上蒸下煮"，热辣辣的阳光倾泻而下，空气中翻腾着的热浪，这一月，亭亭的荷花、攀缘的凌霄、甘甜的西瓜，定格了夏日的美好。

荷花，酷暑的标志。三伏天，许多植物在烈日的灼烤下无精打采，而荷塘里的荷花亭亭玉立，因而得名"荷月"。古往今来，这是一朵开在无数文人墨客心中的花，宋代诗僧道潜写下"五月临平山下路，藕花无数满汀洲"，由此联想到自己的居住地确实有许多地名与荷相关，山北有一小区叫荷花塘，山南有一条街叫藕花洲大街。我是极爱荷的，每一年都会找一处荷塘与它们静静独处，仿佛夏日的时光变得不再那么苦闷。不论是"接天莲叶无穷碧，映日荷花别样红"的西湖荷，还是"四面荷花三面柳，一城山色半城湖"的大明湖荷，我最喜爱的还是家乡的荷，因为它们深扎在故乡的泥土里，柔似棉，静似水。家乡有好几处荷塘，清晨或傍晚，我常去附近的水景公园散步，密密层层的荷叶铺展在水塘里，盛开的荷花摇曳在晨曦和朝霞中，成为临平夏日最美的风景。

往北十公里的运河街道，竟藏有千亩荷塘。记得第一次与几位文友同去，风过荷塘，慧日禅寺掩映其中，倒让我们生出一份禅心来。城区西边的崇贤更不必说，儿时去舅公爷爷家做客，喜欢钻进荷塘摸鱼，顶着荷叶奔跑在田间，还有那夏日将尽时，满塘的莲蓬和肥美的藕，舌尖顿时流淌出江南藕粉香甜软糯的味道。前年，我还惊讶地发现，故乡新建的燕子湖公园里也种植了大片荷花，当年水泥厂污浊的空气早已不复存在，取而代之的是江南水乡的清冽的荷香，好一派诗意的景致。

凌霄花，绵延整个夏天的花。在很多人眼中，凌霄是开在舒婷橡树上的那朵花。早些年在读那首诗的时候，我也曾对凌霄有所误解，随着年龄的增长，竟渐渐地对它生出了几许喜爱与敬仰之情。凌霄最早记载于《诗经》，小雅里有文曰"苕之华，其叶青青"。苕便是凌霄花，盛夏来临，枝叶繁茂，花开绚烂，借凌霄花叶的繁茂来反衬灾荒年间的萧条景象，凌霄花生命坚强的一面深深地震撼了我。每到酷暑时节，很多开花植物都偃旗息鼓了，凌霄花迎着阳光率真热烈地绽放。城区随处可见凌霄，仅一面墙或一个花架，它就可以蓬勃向上。开小电驴行在街上，有不少非机动车红绿灯等待处都会垂下一片凌霄花，抬头看它们，姿态优美，一朵有一朵的婉约。单位楼下也有一大丛凌霄，它们缠绕在几柱木桩上，绿色藤蔓在日光之下抖开成片的碧叶，构成了一个美丽的车棚顶，花朵们从初夏一直那样开啊开，开到立秋还未停歇，橙红色的花朵挨挨挤挤，少则两三朵，多则十几朵，鲜艳明亮，五片圆润的花瓣微微向外翻卷，露出黄色的花蕊，像极了一只只可爱的小喇叭与蝉共鸣着。夏天多台风，即使狂风骤雨，凌霄花随风飘摇，颤颤悠悠，也依然坚韧不拔、百折不挠。一阵大雨后，车棚顶的花朵被打落在了车上、地上，它们安静地躺在雨水中，水灵灵的恰似美人的脸庞，心中不免生出几丝怜惜，伸手去抚摸它们，刹那间心中的美好被这抹橙给点亮了。

西瓜，酷暑的标配。"夏天夏天悄悄过去，留下小秘密，压心底压心底，不能告诉你……"东湖立交桥下卖西瓜的大叔手机里大声地放着这首久违的歌。突然间想，这即将过去的夏天秘密到底是什么呢？看着这满满一车绿莹莹的西瓜，我明白了，夏天的小秘密其实都藏在这里头了。你轻轻一打开便知是红是白，那尽是生活的色彩和滋味。小时候，父亲从地里摘来西瓜，装入网兜后浸入井水里，在中午最热时吊上来，摸着冰凉冰凉的。切西瓜的时候就要看运气了，成熟的西瓜切的时候"咔"的一声裂开，特别清脆好听；未成熟的西瓜则声音比较钝，切开来瓤不是白乎乎的，就是半红半白的，我们都叫它"白肚子"，味道不甜但鲜，舍不得丢弃就当开水解渴。每次啃完瓜瓤，母亲就会将西瓜皮送到鸡棚、鸭棚边，鸡鸭们围在一起开始争先恐后地啄食。如今物质条件好了，一到夏季，各式水果堆在水果店里，家里的孩子们也喜欢吃西瓜，我常常会去附近的小芳超市买，因为那里有正宗的本地乔司农场的西瓜。西瓜买回家后对劈开，露出红红的瓜瓤，饱满的西瓜汁顺着翠绿的皮流淌下来。一个瓜，两个孩子一人捧一半，用勺子舀着吃，一大勺瓜瓤犹如一块红玛瑙，里面嵌着一颗颗乌黑的瓜子，甜滋滋、凉丝丝的，滋润着喉咙，流进了心田。

夏是美好的代名词。你看，夏花如此绚烂；你品，夏果如此香甜。罗兰曾在《夏天组曲》中写道："夏天的花和春花不同，夏天的花有浓烈的生命之力。如果说，春花开放是因为风的温煦，那么夏天的花就是由于太阳的激发了。"所以，活着就该如夏花一般、灿烂、奔放，生活便如夏果一样饱满、甜蜜。

一花一叶总关情

1　槿树花

　　许是清明将至，这几日便夜夜梦到亲爱的奶奶，她轻轻地抚摸着我乌黑的秀发，哼那曲我最爱的歌，当我想要抓住她温暖的双手时，她便消失在梦中，我失声痛哭……春日的气息里总是有太多的思念，一叶的嫩绿、一树的花开，在回望间流连，那遥远的童年时光仿佛鲜活灵动的影子，跳跃在青青的篱笆上、紫色的小花间。

　　一个阳光明媚的午后，我在公园散步，无意间在一堵围墙边发现了几株矮矮的绿色小树，枝丫交叉，叶片呈三角形锯齿状，脉络清晰，在阳光下绿得滴翠，凑近嗅嗅叶子的气味，一股似曾相识的清香扑鼻而来。于是，我对着小树驻足良久，猜不透这究竟是棵什么样的树，为何面对它会有种难以言状的亲切感。忽然，一阵暖风吹来，抚动着我的长发，发丝轻轻地飘动，思绪被拉得很远很远。

　　这一刻，我恍若回到了老家的院子。也是这样一个阳光温暖的午后，奶奶坐在天井里为我缝制冬天的棉鞋，院子四周郁郁葱葱，长满了浓密、深绿色的小树。哦！想起来了，这便是槿树，奶奶极喜欢的槿树，怪不得这么眼熟呢！记忆一层一层被剥开，裹挟着儿时美好的回忆。奶奶喜欢用槿树叶子洗头，这便是我儿时常用的天然"洗发水"。特别是盛夏酷暑，被汗水浸濡的发丝经槿树叶滋润后，那种清凉惬意的感觉，至今仍记忆犹新。小院里的槿树都是奶奶亲手种下的，一到夏天就开出淡紫色的小喇叭形的花儿来，和奶奶绣在枕上的牡丹相仿。有诗云："夹路疏篱锦作堆，朝开暮落复朝开。"可见花儿很美，日日皆是花团锦簇之状，村里人都管它叫"篱笆花"或"打碗碗花"。有一次，我好奇地问奶奶，为什么要叫它"打碗碗花"，她偷偷地告诉我，其实这都是为了不让小孩子去采花，所以大人就说采了这花会打碎碗的。那时，村里人都喜欢用木槿来做篱笆，用它圈起自家的富足，美观且实用。

　　长大了，上学了，工作了，自然也忙碌了，与奶奶相处的时光也越来越少了。记得奶奶久病卧床的那段日子里，有一日阳光甚好，她把我唤到床前，突然跟我说，她想要用槿树叶洗个头。我自然十分乐意效劳，便欢喜地张罗起来，学着小时候她为我洗头的样子，挑着竹篮子，跑去院子的槿篱上拣了些肥绿厚实的树叶，用井水将叶片冲洗干净，再倒入另一盆清水中，小心地将翠绿的叶片撕碎，细细地揉搓，绿稠的汁水在盆中缓缓地流动，顿觉清香扑鼻。准备妥当后，我将病弱的奶奶搀扶到天井里，让她安坐在藤椅上，散开她仍乌黑发亮的麻花辫儿。女人总是将自己的三千烦恼丝视若珍宝，真羡慕八十多岁的老人发质如此之好，我将她长长的发丝拢至槿树叶的汁水中，轻轻地抚摸着、搓揉着，用手指梳理，指间满是柔滑的叶浆。尔后，用清水漂去浓稠的浆水，擦干发丝，槿叶的清香渗入了奶奶的头皮，萦绕我的手心。洗完头，我为她修剪了指甲，用槿叶汁擦拭她的指甲，她说很清凉很舒服。阳光下，奶奶绽开了甜蜜的笑容。谁知，那一次竟是我最后一次为她摘槿树叶洗头。

老家拆迁，当推土机推倒这片密密实实的绿篱时，我的内心涌上一股莫名的痛楚，槿篱边奶奶纳鞋的声音、洗头时欢快的笑声、井边抽水机的辘辘辘辘的响声……这一篱的思念，鲜活如昨，追忆着那逝去的童年时光，教人怎么能割舍得下。

清明的夜晚，我又做了一个梦，慈祥的奶奶褶皱的脸开成了一朵淡紫色的槿树花，如此温润、隐忍、坚忍而淡定，丰盈了我柔软的梦，一如奶奶纳在脚底的温暖与结实，"哧啦"一声，又将我拖回时光深处那片密密匝匝的槿篱边……

2 绿萝

一直以来，很向往，也很怀恋某种幸福。

办公桌上的绿萝又长得很好了，从窗台爬到了电脑屏幕上。一直以来极喜欢它，不仅是因为它有诱人的色泽，更喜欢当初送我绿萝的那一对老人，是他们让我懂得守着绿叶生长的幸福。

有段时间我很喜欢步行去上班，每天必经一条小弄堂，逼仄的弄堂里有间虽破旧却整洁的屋子，屋子的墙面有些斑驳，如爬满皱纹的容颜，进屋的门上爬满了蔷薇，花开时飘溢的清香常引得我驻足，屋前有个小院落，用铁栅栏围了起来。屋子里头住着一对白发苍苍的老人，透过铁栅栏可以看到主人把小屋布置得像个春天，在这个钢筋水泥高楼林立的城市，能生活在这处宁静该是怎样一种简单的幸福。

有好几次我都想进去看看，但蔷薇下的小木门常常锁着。一次下班，我站在小屋的围墙外，看到屋门前斑驳的青石板上簇拥着绿茵茵的一片，在夕阳下特别赏心悦目，有几条绿藤还绕上了围墙的铁栅栏，但更多的茎蔓像是一道绿色瀑布优雅地垂落到地上，悄无声息地俘获那一片空间，这些究竟是什么？会如此美丽。正纳闷儿的时候，小木门"吱呀"一声打开了，抬眼的时候正好遇上老太太慈和的目光，她很好客地请我进去参观她的小院子，我径直走到青石板边那片令人心动的绿色前。

"这是绿萝，也是我们老两口最喜欢种的植物！"老太太在一边温婉地说。它的名字真好听，忽然记忆中浮现出一部早些年看过的电视剧《绿萝花》，曾经是如此喜欢梅婷演的那个命运多舛，却又幸运，内心如绿萝般坚韧的女孩。"有种草叫作绿萝，好比我的爱情。它永远都不开花，却有人叫它绿萝花，都是因为有人相信绿萝如此艰难而又顽强地活着是为了一个美丽的梦——有一天可以开出最美的花……"哦，原来这就是绿萝，我还以为是一朵绿色的花儿。

"记得刚种下的时候只有一小枝，是我儿子种的。后来他去部队了，它们已繁衍成了一盆。再然后他又去了国外工作，现在很少回来，有时一年也不回来一次……"在一边修剪枝叶的老爷爷打断了我的思绪，他说着眼睛里分明有东西在闪烁，"他走后，我和老伴像爱护孩子一样去呵护它的成长，清晨老伴会擦拭每一片叶子上的灰尘，夜晚我又会在静寂的星空下注视它努力伸长，与它说说心里话！"

"它很会开枝散叶，那一年，孩子走了不到半年，就挨挨挤挤地长了满满一盆，老伴从它的茎蔓上剪下几根枝条，放在水中浸泡出根后又种了几盆，几年下来，就美成了这道风景！"老太太指着青石板很骄傲地说道。

是啊，这一藤藤茵茵迤逦的绿，静静地流淌着，温润着这两颗苍老的心。看得出我也是喜欢这绿萝，于是老爷爷用手中的剪子小心翼翼地剪切下几枝绿萝放到我的手心："带几枝去吧，姑娘，它真的会开出幸福的花儿来！"

接过这几枝嫩嫩的绿，我似乎被什么感动了。拿着手中的绿萝，我向她们告别，回眸的时候，在夕阳的映照下，两位老人的双眼依然凝望着青石台上的那片绿萝，浓浓的绿意上折叠起一缕缕金色的光芒。老人们似乎为这一景象所迷，双眼久久未离开这一片绿，忽而他们似心有灵犀般地转过头来，目光交织在一起，许久，他们的嘴角会意地扬起一个微微的弧度。

3 吊兰

窗台摆满了吊兰，有盆植的，也有水培的，只需水与土，它就能理直气壮地美成一道风景，虽不能香动四野艳惊群芳，却自有一番深魅清隽的风致。

记得刚搬进办公室的时候，花盆里的几株吊兰枝叶葳蕤垂垂落落，一副施施然的样子，看着这些微黄的兰叶，我将它们置于角落。清晨，将昨日水杯里残留的水施舍它们一些，不料两三日后，它的叶子竟奇迹般地舒展开来，细长柔软叶片上的两缕金色，令其小家碧玉似的娇气了起来。这也给了我继续照料它们的理由，于是我每周给它们添一次水，将一些不能返还生机的黄叶修去，这兰也越发地强壮茂盛，叶子的绿色开始变深，茎叶粗壮，分枝抽穗，很有一股生机勃勃的劲头，我开始喜欢上了它。

到了初夏，吊兰就抽出了花条，一朵朵白色的小花，层层叠叠绽放开来，小巧玲珑的花朵由六片花瓣儿完美地交叠着，花蕊是淡黄色的。它们努力开着，散发着清香，这样的恬淡让人心情舒畅。每朵花儿的花期都很短，这朵凋谢了，那朵却开了，不经意间你似乎每天都能欣赏到那抹淡雅。

它们的繁殖能力很强，将抽枝垂下来的那簇绿叶剪下，随手放于大大小小有水的容器里，几日之后，蓬乱的根须四处蔓延，草叶生机勃勃，瓶瓶罐罐里一丛又一丛，将它们放满各个角角落落，一转身，一抬头，眼神、裙裾、指尖，甚至发丝，都可以与之温柔亲近。

忽然觉得这吊兰犹如婚后的女人，养花的过程就是婚姻，植物需要浇灌，感情也需要浇灌。这浇灌的人是否将花放在了心上，在举手之间给花儿些许滋润？花儿有情，莹莹为报，无论花与叶，都会用它的卑微来展示欣喜和幸福。而这浇灌，也仅仅是一张笑脸、一份牵挂，一句问候抑或是一种默契……其实大多数女人并不在意婚后如何大富大贵，她们只想默默地生长着，无声无息，在相与的日子里繁衍成一片绿莹莹的风景。

4　合欢

路边的合欢早已开到了极致，花谢后的残败让人不忍直视。手机里还小心翼翼地存着孩子在树下捡花朵的照片，小小的身子，认真的样子，在晚霞下温暖成一道快乐幸福的风景。

前阵子去朋友家，路上落了一地毛茸茸的花。儿子挣脱我的手去捡花朵，他说："妈妈，这些花好漂亮，像一把美丽可爱的

'小花伞'，我捡一束送给你，把它们带回家插花瓶里一定很漂亮呢！"由于儿子从小就有鼻炎过敏，捡花的间隙还接连打了好几个喷嚏，我没好气地制止了他，还将他收集的一小束花弃之墙角，并将他强行拽走。儿子很不情愿地被我拖着走，时不时地回头看，目光还恋恋不舍地滞留在墙角的那束小粉花上。其实，当时他的内心该是有多失落呀！

那时我并不知道这种花叫合欢花。说实话，我也不感兴趣，因为孩子的身体，甚至有些讨厌它们。

直到搬到新小区，恰好小区也植有几株合欢树，花已开到荼蘼。一日傍晚，我和父亲、女儿一起去散步，女儿见花落了一地，便钻出我的怀抱去捡花朵。她捡了一朵塞在我手上，然后抱着我的腿咯咯地笑。尽管两岁不到的女儿还不会开口说话，但我心中清楚，这就是她爱我最直接的表现。

感动之余，想起以前对儿子的态度。孩子们都很爱我，都懂得把自己眼中最好的东西送给他们最爱最依赖的人，我又怎么忍心拒绝他们？这时风吹拂着树枝，闭合的叶子垂了下来，发出了"沙沙"声，像一句美好的诗。我俯下身子，和女儿一起捡这些花朵，将它们凑近鼻尖，嗅着花絮飘散开来的味道，一种源自心底的幸福的感觉涌了上来。很快，女儿胖乎乎的小手里捏了一束。我取下发丝上的皮筋扎了起来，小心翼翼地将这束花带回家，放在了儿子的书桌上，并留下了一张便笺："合欢，赠予我最爱的你！"

从这一刻起我开始真正喜欢上了这棵树。正好这一年，我刷了一遍《甄嬛传》，果郡王说："合欢是温柔长久的意思，合心即欢。"合欢花昼开夜合，古人把此花称作"合昏"或"夜合"，是吉祥如意之花。

合欢花还可以入药，是一种可以镇静安神的中药材，是一剂治愈人们内心的良药。今年夏天，马路边合欢花开得正艳。有一日和女儿一起接她哥哥放学，校园边上正好有一条合欢大道，她兴奋地喊道："妈妈，你看含羞草的叶子耶，还有像扁豆一样的果实！"我把车靠边停在了一棵最高的合欢树下，花儿们一朵朵跌落在车窗上。"一朵，两朵，三朵……"透过车窗，女儿数着掉落的花儿，软糯糯的声音简直要把我的心也给融化了。我回过头看她纯真的笑脸：其实啊，你就是我的合欢，是一剂治愈我内心的良药，不是吗？

5 一叶莲

一口碗，一掬水，一米阳光，即可以是一道风景。它从诗里走来，带着清新，小巧精致，温润如怡。这个夏日，这片叶子给予了我无数的惊喜。

这片叶子，名曰"一叶莲"，它恰如炎炎夏日一缕清风，在植物的世界里打开属于它的十二时辰。可别小看这一小片心形叶子，据说原产自印度。

它从花市入住我家已经一周了，当时买下它是想要送给一个朋友，而我买它时老板娘还不是很情愿，因为这几片叶子是她鱼池小景的一部分，结果后来被我买走了一片又一片，她的鱼池似乎也确实少了些情调。

叶子拿回家后，儿子看到后喜欢得不得了，他把自己画国画的笔洗翻了出来，添入清水后，将叶子一放，果然十分雅致。就这样，叶子被他以写生为由"征用"了。

有了这片叶子后，我用图片记录了它的成长，每天都会有新模样，每天都有小惊喜。我在朋友圈里分享了它所带给我的惊喜，还有不少朋友被它的可爱吸引，比如问它是什么植物、从哪里买的……

等一朵花开，我只用了两天的时间。一叶莲从"心"的缺口处长出许多小花苞来，亭亭独秀，煞是好看。第一朵花开，那是在清晨我上班前，我拍下了饱满的小花苞，因为不在它身边而错过了它的盛开。后来又有四朵竟然约好偷偷开过了，而我又未能目睹四朵齐开的美好，回来只能为之惋惜，所幸儿子在家拍下了四朵花齐开的瞬间，并发来图片分享给我。再后来又有一朵开了，只可惜睡了个午觉醒来，却没有看到它开的整个过程，不过看到它极盛的模样，甚慰。

大概这片莲与我心灵相通，终于在周末，又开了三朵。于是，我用手机记录下一片叶子三朵花的十二时辰，花期超短的一叶莲，像极了吊兰花清新脱俗的气质。

深夜，我发现三朵芽苞直挺挺地站了起来，拿来剪刀修去已开的花朵，内心充满了期待。

天明，花苞一点点地鼓胀，恰似一颗小米粒立在枝头，蓄势待发。

拉开窗帘，让阳光照在书桌上，惊喜地发现三枝亭亭玉立的花苞微微打开，犹如姐妹仨。花瓣微卷着，露出茸茸的毛和金黄的花蕊，犹如小家碧玉。五片如羽毛的花瓣，在午后微微笑成了最美的姿态。瞬间，世间的花儿就这样在它面前失了颜色。

绿叶是舞池，纤细的茎上婀娜着一团团毛茸茸像星星的花朵是那样简单，其实不过五瓣而已。花茎亭亭玉立，花瓣洁白无瑕，花蕊那里一圈娇艳的黄，越发地显得高雅，凑近闻花香，让人陶醉。

　　日落时分，花瓣周边的绒毛不再如之前那么整齐，有些已经耷拉下来，花蕊的黄色也不这么鲜艳了。眼睁睁地看着鲜花残败的过程是残忍的，但是它们互相依靠，走到了生命的最后。花儿蔫缩成了小小的一团，没有落花，直到最后剩下光秃秃的花茎躺在了水中。

　　将开过的花茎修剪掉，仔细一看，我的一叶莲心形处还有许多小花苞，如此每天开朵花，真好！而且叶子的背面发出了根须和小叶片，这片叶子会这么一直活着，叶片底部会生出新的叶子，当新叶长大时，就可以剪下来当作新的个体了，它就是这么生生不息，欣欣向荣。瞧，剪下的小叶片也要开花了，真是一片神奇的叶子！

　　常常会有朋友说，真的非常羡慕你的生活，不仅孩子们培养得那么乖巧懂事，自己的生活也是丰富多彩，比如写字、读书、养花、美食……这便是传说中的岁月静好吧？其实，很多人根本不知道，我一天到晚忙碌得跟打仗似的，也是弄得一地的鸡毛，平时除去一刻也不得停闲地上班，下班后接送孩子兴趣班、陪孩子们学习、做家务……若是想要写点自己喜欢的东西、读自己喜欢的书皆是种奢侈。就像很多时候我在安静地写文章，儿子在一边说有题目做不出能不能教他下，女儿在一分钟内却要叫我十声以上的"妈妈"。

　　其实，时间就像挤牙膏，挤挤总会有的，所以要学会忙中偷闲，那么原本忙乱的生活，会突然安静下来，如此，在无趣的生活里，便会有一朵叫"美好"的小花悄然开放。

　　生活有时候确实像一地鸡毛，当你感恩它，试着努力改变它，那便是一地的锦绣了。你可以试着将一地鸡毛捡起来做个漂亮的毽子，可以做成一把漂亮的鸡毛掸子，这一切取决于你的内心与付出。就如夏天的时候，突然下了一场暴雨，我感恩它，因为它给我带来了凉爽，鼻炎过敏的女儿就可以免遭空调的折磨了。

　　岁月就是几朵披着情绪的花，朝开暮谢。所以，我们要珍惜当下，常常记录下一片叶子或一朵花的美好。

肆 **食光印记**

一种食物刻着一座城的烙印
品它时你会想起那人那事。
于是，味蕾在记忆深处，
浓得怎么也化不开，
你不自觉地用家乡话，
轻轻念出一碗纯净的乡愁。

江南有春螺

　　春分节气，正是一年最美时。一场春雨后，江南人餐桌上的菜肴日渐丰盛了起来，新鲜蓬勃的野菜、丰腴肥美的河鲜，一下子在这个春日里接踵而至，你只需细细品尝，或许能品出一个有趣的故事来，又或许能品出几许乡愁来。

　　那日，母亲为我们做了凉拌马兰头、油焖春笋、香椿炒蛋、河蚌烧腌肉、酱爆螺蛳……女儿脱口而出："哇！简直就是一桌春天嘛！"最让我和女儿无法抵挡的便是那一盘春天的青螺，女儿快速找来牙签，顾自先挑起肉来，生怕被我多吃了。"四方食事，不过一碗人间烟火。"汪曾祺先生曾在《故乡的食物》中写道："螺蛳处处有之……用五香煮熟螺蛳，分给孩子，一人半碗，由他们自己用竹签挑着吃。"俨然一幅让人怀念的生活场景。

　　记得儿时，家乡田野阡陌，池塘星罗棋布，上塘河畔得天独厚的自然条件孕育了大量美味的青壳螺蛳。待到春水吐绿，这些蛰伏于泥土一冬的螺蛳们纷纷爬出洞来，或安静地吸附在石块上，或慵懒地蠕动于浅水间，尽享春日之暖意，而这个时候的螺蛳不仅泥腥气少，而且肉质最为肥美。怪不得民间有谚："清明螺，抵只鹅。"母亲说，过去比较穷，因为买不起鹅，所以清明前后就会到河塘里摸盆螺蛳，一碗肥美的螺蛳足以抵得上一只鹅肉的鲜美，而清明后的螺蛳因为要产子，螺肉变硬变瘦，且尾端有许多小螺蛳，一口吸下去，便是满嘴的小螺蛳壳了。

螺蛳肉味甘性寒，有清热、明目、利水、通淋等功效。《本草纲目》记载，吃螺肉能"利湿热，治黄疸"，在过去农村艰苦的岁月里，这是一碗不用花钱的荤菜。人们会把摸来的螺蛳放在清水里，滴上几滴菜籽油养上一两天，它们在水中便会张开顶端的螺帽，一张一翕呼吸着，吐净肚里的泥土，在吃之前用剪刀夹去螺蛳的屁股，这样才能便于吸吮。旧时母亲因为家务繁忙，通常都是柴灶上蒸着吃的，她用大碗装上满满一碗洗干净的螺蛳，加入井水、生姜片、盐，滴入香油、酱油，放入饭锅的蒸架上随饭而蒸，饭好了螺蛳就也熟了。待到开饭时取出大碗，撒上地里刚割来的葱花，一碗美味的清蒸螺蛳就上桌了。现在，人们吃得最多的还是酱爆螺蛳，放点葱姜椒爆炒，一家人围坐在一起嗍螺蛳，螺肉伴着汤汁落在舌尖上，味道无比丰满滋润，在此起彼伏"嗞嗞"的嗍螺声里，撩拨起的是内心深处的乡情。

螺蛳好吃，摸螺蛳则更是乐趣无穷。上小学时，我每天都要抢着去河埠头淘米，然后在那儿赖上好久，直到母亲来唤我才肯回家，而回家时淘米篮里洗净的白米上铺一张圆圆的芋艿叶，绿叶上堆满了螺蛳。那时，河埠头是每户人家淘米洗菜的好地方，螺蛳们便专门吸附在这些台阶石壁上，因此特别的肥硕。小时候我的胆子也特别大，趴在河埠头用小手往石头缝里、青石板下摸螺蛳，摸了一把又一把，别提有多兴奋了。有些在石缝太里面没法摸到的，我就会把石头小心翼翼地抽出来，运气好的时候一块石头四周沿壁爬满许多螺蛳，轻轻一捋，便收入篮中。记得还有一次，我甚至把家里的河埠头给挖塌了，那次被父亲狠狠地教训了一顿，即便如此，也无法阻挡我对螺蛳的喜爱。

一到夏天，我特别羡慕村里的男孩，黄昏时分，他们三五成群地扎进洒满夕阳的河塘里沐浴，边戏水边端只脸盆在池塘里摸螺蛳，尤其是水塘边长满水管草的地方螺蛳最多，只需拎起一把水草，把搪瓷脸盆放在水草下面，轻轻一抖，螺蛳们跳跃在脸盆里发出"卜咚卜咚"清脆的声音，那大概是我听过最好听的声音了。到了冬天，盼到了村里干塘的日子，等主人家收完鱼后，池塘便是孩子们的天下，大家挎着水桶争先恐后地在烂泥里摸贝捡螺，要是摸到硬的扁平的东西，一般就是河蚌了，如果在烂泥上发现那一个小洞，手指伸下去，便是一颗螺蛳了。在寒风中一桶螺捡下来，虽然小脸冻得通红，满身是泥，但心里却乐开了花。

在记忆中，村子南面有个"僵老头"，村里人管他叫阿土，平日里靠卖螺蛳为生，白天摸螺蛳，傍晚挑到村尾的水泥厂集市去卖螺蛳，日复一日，如此便也养活了一家老小。后来大家的日子渐渐好起来了，他可能是嫌下水太辛苦，便做了件新工具——"耥网"。每次他在池塘边用耥网耥螺蛳便会有一群小孩围着看，一网上来，大家都会探过头去继而发出一片惊叹。耥网制作简单，用竹木做成倒三角的架子，系上尼龙网，装上长竹竿便成了。但耥网使用起来倒是有讲究的，用的人要掌握好力度，推力太大，网里的泥土太多，费时又费力，推力太小，螺蛳进不到网中，则空捞一网。但是阿土倒使用得娴熟，算得上是村里耥螺蛳的高手。后来听母亲说起，他在一次耥螺蛳发生了意外，就再也没从河塘里起来。也有人说，那是他卖了太多螺蛳，所以螺蛳都找他索命来了。我想，他这一生与螺蛳为伴，也算是与螺蛳相爱相杀了吧！

一方水土养一方人，遥望故乡，所有关于青螺的故事在炊烟中氤氲，乡野美味萦绕于唇齿。我愿自己是一颗最普通的青螺，汲取故乡的山水，带着田野的芬芳，在春水洇染的江南里朴实、自在地漫步。

风，吹过那片甘蔗林

1

霜降的夜晚，我做了一个梦。

外公拖着一根粗壮的甘蔗，笑盈盈地从甘蔗林里钻了出来。天边的月亮爬上来了，一望无际的甘蔗林如碧绿的翡翠，宽大的叶子挑起一颗颗凝霜的秋露，如珍珠般嵌在翡翠上。不远处的山坡、一方方池塘接受了夜的邀请，蒙上黑纱，将月光拥入怀中。秋风拂动着甘蔗林，叶浪此起彼伏，叶子"沙沙"作响，与不时传来的蟋蟀声交织在一起，划破了寂静的夜空。

我独自坐在田边高高堆起的甘蔗叶上，风掠过我的耳畔，外公拖着甘蔗离我越来越近。

"阿囡，这根是最甜的，我早已在夏天的时候就系上了红绳子，做好了标记。"蔗梢上一条细小的绳子在风中摇摆，和我辫子上的红头绳一模一样；蔗秆上覆着一层薄薄的白霜，在月色中如一条洁白的面纱，缥缥缈缈。

一股清甜的香味，如一尾泥鳅在甘蔗地的水沟里游弋着，游啊游，游进了我的鼻子我的身体，我倏地站起身来，伸出双手准备去接外公手中的那根甘蔗。风从手指间滑过，冰冰凉凉的。月光挣脱蔗叶的怀抱，一溜烟地从我的脚底逃走。那甘蔗呢？

"我再去给你攀一根更大的来！"我还来不及回神，外公又隐入甘蔗林深处，他温柔的声音顺着风的方向从甘蔗林那头飘了过来。

我大声地喊："外公，外公！"他不应。

我一头扎进甘蔗林去追他，绕了一排又一排密密匝匝的甘蔗林，可就是看不见他的踪影。我感觉自己有些喘不过气来，紧紧地攥住一根笔直粗壮的甘蔗，它擎向清冷的夜空，顶部伸出长长的叶子，叶子间若隐若现地飘动着红绳子，仿佛外公那张慈祥的脸在对着我笑。

我有些虚脱了，使出最后的力气喊了声："外公……"然后就轻飘飘地摔了下去，甘蔗的叶子划伤了我的手，很疼，钻心地疼。我躺在甘蔗林里伤心地哭了起来。

2

"阿囡，快醒醒！小珑月今天学校要去秋游了，你赶紧起来，可别迟到了哟！"母亲看我睡得如此沉，赶紧把我从梦中摇醒。

一场大梦后，眼泪濡湿了枕头，那一片甘蔗林在我脑海里不停地摇曳着……

小珑月整理好一书包的零食准备出发，她说要和绘本《十四只老鼠去春游》里说的一样，"带上水杯，好吃的食物"。母亲在她书包里塞了满满一便当盒的甘蔗，一块一块，小小的长条形，叠放得整整齐齐。

可是小珑月并不稀罕，愣是不愿意带上这东西，半路的时候，她把整个便当盒偷偷地放在了我车上。送她上秋游的大巴车，我回到自己的车上，发现这满满一盒子切好的甘蔗块原封不动地放在后座上。我轻叹了一口气，打开便当盒拿起一小块甘蔗塞入口中，一股甜蜜直抵我内心最柔软的地方。

我猛然想起小时候每次春游或秋游的前一晚，母亲都会煮一锅五香茶叶蛋，在汤汁里浸过夜，次日把鸡蛋捞出来盛在铝饭盒里，那便是我美味的中餐；父亲则大清早就起来给我刨两根大甘蔗，两节砍成一小段，去掉两头硬硬的节，装进我那斜背的黄书包里。一路上背着沉甸甸的书包，里面藏着的可都是父母暖暖的爱意。

小时候，我们能吃到的水果非常少，基本都是自家地里种的，甘蔗算得上是最甜的水果了。记忆中家家户户都会种植甘蔗，村前舍后、田边地头、河边塘旁，都种着青一垄、紫一垄的甘蔗林。

村里人常夸父亲，一个小小的教书匠却能把地里的农活干得那么好着实不简单。父亲与土地有着深深的情结，他出身农民家庭，种水稻、种油菜、种络麻、种甘蔗、种老姜……真的是样样农活都不落下，还为家里挣了不少工分。即使现在退休了，他种植的草皮在组里也是数一数二的，一年可以卖上好几刀。当然他教书也不赖，早些年带毕业班语文，班里的学科成绩在学校基本都是妥妥的第一。他常把叶圣陶那句话挂在嘴边："教育是农业，不是工业。"像农民种地一样去教书，像农民对待庄稼一样去对待学生，注定是能开花结果的。

父亲种的甘蔗又大又甜。我很好奇，有一次问他："你又不是专门搞农业生产的，为什么能种出这么好的甘蔗来呢？"这下，父亲倒是来劲了，他滔滔不绝地跟我讲了一"黄昏"，仍意犹未尽。

我不由得想到大元老师曾在霜降节气代表性时食《父亲的甘蔗林》里写道："然而，等到坐下来一起吃饭，当我说到小时候如何种甘蔗时，他顿间两眼放光，喜笑颜开，像突然间变了个人，这是我万万没有料想到的。"一个患有阿尔茨海默病的老人，他念念不忘的还是他那片深爱着的土地、那片劳作的甘蔗林。

确实，我们的祖辈、父辈们对土地都是有着特殊的感情。我们的老家尽管已经拆迁多年，但是无论刮风下雨，父母却依然每周要开着小电驴坚持回老家，他们在小区后面开辟了一方土地，种上了各种蔬菜，每次回到临平都会大包小包拎回许多蔬菜，分给小区里的邻居们。他们并不图什么，只是纯粹地喜欢那片土地，只有在那片土地上劳作，他们才会觉得心安理得。

3

"那时虽然身体很辛苦，但心里很快乐！"回忆起那段种甘蔗的岁月，父亲就像咀嚼着甘蔗里每一丝甜蜜，脸上的每条皱纹里都漾着温暖的笑意。

父亲说，他种植甘蔗的技术是从外公和大姨父那里学的。过去，上塘河以南基本种植紫皮甘蔗，以北则种植青皮甘蔗，当地人叫"浸梗青"。外公在世时，每年在里横山脚下要种植三四亩甘蔗，为家里增加不少经济来源。大姨父则在小林种植青皮甘蔗，因靠近超山塘栖一带，收获后的甘蔗都从大运河撑船运出去，卖到上海外滩、江苏南通一带。

"你们都知道甘蔗的甜，根本无法想象种甘蔗的苦！"父亲猛吸了一口烟，随后缓缓吐出一个个烟圈，烟圈浮在半空中，往事从一个接一个的烟圈里走了出来。

清明前后，父亲把上一年冬天窖在地里的甘蔗挖出来，"蒲头"和"梢头"要去掉一小部分。种甘蔗的土地在上一年就得选好，在地里用铁耙开好一条条小沟，将小沟里的泥土翻松，浇上水后拌匀烂湿的泥巴，接着就把甘蔗整齐地排放在烂泥里，再覆盖上一层薄薄的土，这个步骤叫"排甘蔗"。这些排好的甘蔗在春雨的滋润下，小小的苗就会从每一节的缝间冒出来，在季节里慢慢等待它们从饱满的"逗号"长成大大的"惊叹号"。

"有一年我种甘蔗失败了，种出了一地的'敲锣甘蔗'，又矮又硬，幸亏你外公经验丰富，帮我找到了原因。他说是我选的地不对，没有进行轮作！"父亲有些惋惜地说。原来，甘蔗也是有脾气的，它喜欢住"新家"，如果上一年这片土地种植过甘蔗，则今年就不再适宜种植甘蔗，最好是上年种植过络麻、水稻等其他作物的土地来种。

最辛苦的劳动莫过于管理甘蔗。甘蔗的芽长到半尺高时，就要筛芽，每节只需留一个最大最壮的芽，还要除杂草、施肥。农村里给甘蔗施的都是鸡、鸭、鹅、羊的粪便和菜籽饼等有机肥，都要从家里的牲畜棚里一担担挑出来，又脏又臭。

过了立夏，甘蔗进入了生长旺季。父亲常常一干完水稻田里的活，就直奔甘蔗地里继续干活。甘蔗因为叶子宽大易吃风，为了防止被台风刮倒，就需要进行培土。

"那不是挺好的，你在甘蔗林里干活晒不到太阳，肯定比水稻田里凉快啊！"我想当然地说。

"你是没去甘蔗地里干过活，三伏天里你钻进去待待看，就知道是什么滋味了！"父亲摩挲着手心的老茧，眼角的纹路像甘蔗梢上展开的一张张叶片，"烈日下，这甘蔗林里密不透风，异常闷热，聚满了蚊虫。加上夏天天气干燥，你需要给它们一棵棵浇水。温度高甘蔗长得特别快，而甘蔗一旦被叶片包裹则长不高、不够甜，这就需要定时自下而上给它们一张张掰叶。"

"这个我记得，小时候咱们屋里土灶烧饭，就是用甘蔗叶当引火柴的。"我抢着说。

"你烧火用的是第一次掰下来的甘蔗叶子，后面掰的叶子哪舍得当柴烧，那可是要派大用场的，就是做草包用的。"

"草包是个啥东西？"我心里纳闷儿，怎么小时候没见过这玩意儿呢？

"那时家家户户都有六七头湖羊，春夏羊有鲜草吃，天一冷就只能给羊吃干草。平日里要把那些蚕吃不完的桑叶、夹下来的络麻叶、山上割来的鲜草晒干贮藏起来。这时甘蔗叶就派上用场了，挑选二十几张长短差不多的晒干的甘蔗叶，将叶子底部绑在一起扎紧，放入空的羊草籭篮里，顶部没绑牢的叶片像一朵散开的花，服帖地靠在籭篮四周，然后把那些干草放入'花'中，最后将顶部散开的甘蔗叶收拢绑在一起，一个草包就扎好了。扎好的草包一个个全部搁在羊棚上，像一个个大大的草灯笼，照亮了羊群的冬天。"父亲怕我没听懂，一边说一边画了张扎草包的示意图给我看。

印象中，每次父亲钻入甘蔗林干活都要全副武装，他会穿上一件灰色的劳动布厚外套，草帽戴得低低的，尽管如此，他的脸上还是会被划伤，厚厚的外衣也会被汗水浸透。有一次，父亲差点儿在甘蔗地里晕过去。那天他从甘蔗地里回来，惨白的脸上留着横七竖八的细血印，他坐在长条凳上喘着大气，我赶紧去厨房捞了两颗浸在麦烧瓶里的杨梅给他吃上，母亲则在他的背上捏了一背的"黑痧"，他总算是缓过劲来了。

4

"白露齐丫"，一到这个节气，就能知道一根甘蔗能长多高了。此时甘蔗开始慢慢成熟，积聚糖分。一到霜降，农村就有谚语："霜降到，甘蔗俏。"意指经过霜打的甘蔗，才算真正成熟，变得特别甘甜，甜到心窝，这时候就可以到地里去攀一根来吃。每年这个时候，父亲是舍不得把家里的第一根甘蔗给我吃的，但是只要去外公家就可以实现吃第一根甘蔗的愿望。

外公特别宠孩子，只要我从远处甜甜地喊他一声，他就一头扎进甘蔗林里去，为我攀来一根大甘蔗。攀来甘蔗后，将蒲头和梢头都砍下来，只把中间的精华部分留给我吃。可是父亲却常常告诉我："吃甘蔗得从梢头吃到蒲头，吃完一整根，这样才会越吃越甜。"他还说，吃的时候可不能只挑蒲头吃，不然顶端不甜的给谁吃呢？

这不由得让我想起一个成语来，《晋书·顾恺之传》记载："恺之每食甘蔗，恒自尾至本。人或怪之。云：渐入佳境。"这便是成语"渐入佳境"的由来。说的是东晋画家顾恺之有一个习惯，就是在吃甘蔗时跟别人相反，每次都是从甘蔗的梢部吃起，他认为从上往下吃，越吃越甜，这叫渐入佳境。现在每每回想起来，不仅明白了外公对我的溺爱，更明白了在吃甘蔗这件小事上，父亲说的那句话，这其中深深蕴含了先苦后甜、先人后己的人生道理。

在家乡，人们对甘蔗的喜爱是与生俱来的，很多时候它成为人们生活中的一种约定俗成。旧时结婚嫁娶，在女方的嫁妆里都要放一些迎亲佳果，如枣子，寓意"早生贵子"，如染色的带壳花生，寓意长生不老、多子多福，如甘蔗扎上染红、染绿的丝绵，寓意生活甜甜蜜蜜、节节高。这样的习俗一直沿用至今，而且在小孩过周岁、十岁、二十岁等大生日时，人们也会将甘蔗两头染上洋红讨个彩头，分给亲邻们，这里头寄寓着长辈对晚辈的祝福和期望。记得老家不再种甘蔗改种草皮后，每逢春节前夕，家家户户依旧都会买上一捆甘蔗，春节前买甘蔗，其寓意不言而喻，就是祈祷来年全家甜甜蜜蜜，日子像甘蔗一样节节向上。

甘蔗在农村里还有个大用场，就是用来做红烧羊肉。国庆节以后，农村办酒多起来了，宴请客人的菜都要在土灶的大锅里烧，而红烧羊肉是一道必备硬菜，厨师会在大锅的底部铺满洗净的甘蔗梢，加入焯过水的大方块羊肉，如此炖红烧羊肉不仅可以避免羊肉被烧焦，还能利用甘蔗中所含的糖分与果酸为羊肉去除膻味，一朵小火开锅炖着，任羊膻味四处飘散，随着锅内的汁水渐渐收干，羊肉则变得丰腴美味。

在临平我们都知道正宗的"红烧羊肉"是出自五杭、博陆和亭址，这三地也被本地百姓称为"东三省"，据了解，旧时甘蔗便是这一带农民的传统经济作物，甘蔗收入也是农民经济收入的主要来源之一。记得有一次一起去五杭采风，印象中曾在大运河畔看到有一位卖甘蔗老人的铜像，同去的文友告诉我，老人手上和身边的甘蔗便是我们在临平不太吃得到的青皮甘蔗，当地人称作"上湖青"，青皮甘蔗粗壮甜脆，水分多，这必定与运河水的滋润密切相关。

5

待到立冬时节，便是收获甘蔗的时候，农村称之为"倒甘蔗"。每次只要我们家里倒甘蔗外公都会主动来帮忙，他经验丰富，手脚利索。倒甘蔗时有一把专用的刀，得先把甘蔗顶部的叶子割到离甘蔗梢头半尺长左右，一根根挺拔的甘蔗，留着短短的叶片，像极了少女蓬松的百褶裙。然后再用一种专门用来倒甘蔗的锄头将根部的泥土撬松，这样甘蔗就能轻巧地从泥里拔出来。挖出来的甘蔗整齐划一地平放在甘蔗垄上，再在蒲头处浇些水，以保持新鲜。最后还要按大小将甘蔗进行分类，分好后用晒干的甘蔗叶十根一扎捆起来，用钢丝车拉回家。接下来的日子，父亲将大的甘蔗拉到集市上去卖，小的甘蔗则架在门旯旮里给我们慢慢吃。当然，还有一些是要留着做种的，这些甘蔗就要精挑细选，找一些没有伤、没有病的，每节又直又长，节与节之间的距离要均匀。

"过去，一捆甘蔗才卖一两块钱，而且是一根一根去兜售。"父亲抚摸着长年累月被烟茶熏成暗黄色的指甲，眼中闪动着泪花。那些苦过的日子我依稀也有些模糊的记忆，我曾跟着外公和父亲去杭州水泥厂集市卖过甘蔗。

在集市的大樟树下，一位头发花白的老人穿着丈蓝色的确良布衫，安静地守在自己的小摊前，樟树的树干上倚着几根粗壮的甘蔗，地上摆满了各式蔬菜，老人从不高声吆喝，他旁边那位卖鸡蛋的大嗓门阿婆却总是喋喋不休。老人黝黑的脸上铺满了笑容，手上沉甸甸的秤砣被磨得油亮油亮的，就像是一束光，迎着过往人群。记忆中，这便是外公出摊时的模样。

外公每天早出晚归摆摊，卖的是自家种的瓜果蔬菜和养的家禽鱼蛋，他每次都会把秤砣这头翘得高高的，买菜的人付完钱后，他还不忘给他们再添几根菜，所以外公的摊前总要比别人家的热闹些。

外公种的甘蔗卖起来特别俏，基本每天都能卖掉两捆，这也练就了他娴熟的削皮技术。他每次出摊都会带一把专用的甘蔗刨子，刨的时候先用刀锋一侧如母鸡啄米似的将节与节之间的须砍去，刨子与甘蔗碰撞发出"咣当咣当"均匀而有节奏的声音，将一根甘蔗削得平整又光滑。再换刨子的另一侧，"哗啦哗啦"甘蔗皮随着刨子上下翻飞，一刹那在蒲头处开了一朵大大的花，一旁买甘蔗的人双眼紧盯着甘蔗，他们非常在意甘蔗削得是否好，万一一刀刨得深了，带下一片厚肉就心疼万分了。

看外公甘蔗卖得好，父亲也常常把甘蔗拉到水泥厂门口卖，由于那时厂里的工人钱赚得比农民多，一旦逢着每周二、周五厂里放电影的日子，父亲便早早来到路边找个好位置出甘蔗摊。他将甘蔗三根三根地绑成两个三脚架，再挑一根最大的横放在两个三脚架上，那时一根小的甘蔗基本可以卖一角钱，一根大的甘蔗则可以卖到一角六分到一角七分钱，这些细碎的钱便撑起了一家的生计。

早些年，临平的甘蔗名声在外，城里人对临平甘蔗也是喜爱有加。父亲经常把甘蔗拉去附近杭玻、杭钢等大厂区去卖，只要人多的地方他都不放过。对于父亲来说，他印象最深的是和小兄弟去西湖边卖甘蔗，因为不仅可以卖个好价钱，还能吃到梦寐以求的面条。我心生疑惑，这么重的甘蔗，这么远的路怎么运到西湖边呢？父亲说，那时家里有一辆珍贵的老式二十八寸自行车，这便是他运甘蔗的"货车"，去之前他把家里个头最大的甘蔗挑两捆出来，绑在自行车后座书包架子的两侧，一边一捆竖着绑。自行车头则挂一只自己做的纤维袋，里面装一杆秤，一把刨子，就进城做起了"小生意"。

进城卖甘蔗那天父亲天蒙蒙亮就要出发了，一直要到太阳下山后才回家，甘蔗可以卖到两角钱一根，如果当天两捆甘蔗都卖完了，他就会好好地犒劳下自己，钻进西湖边"知味观"，吃一碗九分钱的光面那是相当满足了。"知味停车，闻香下马"，那时知味观里面的美食对乡下人来说是一种奢侈，父亲说其他面都太贵了舍不得吃，片儿川、猪干面都要一角四分一碗，而大肉面要一角八分一碗。

父亲几乎每年都会去卖甘蔗，卖不完的就挖个地窖贮藏起来，待到春节期间开窖再卖，俗称"窖甘蔗"。老屋的围墙边地势较高，父亲就会选择在那里挖一个长方形的大坑，长度大约是两根甘蔗那么长，宽和深一米多，他一有空到地里一锄又一锄地挖，一锹又一锹地铲，将坑的边缘修砌得整整齐齐。

窖甘蔗是项技术活，甘蔗的蒲头放在靠近泥土的一侧，四周铺满新鲜的甘蔗叶，横着并排放两捆，并在中间挖一条小沟，放置一根竹管，防止因下雨而坐水，导致甘蔗腐烂。每一捆甘蔗要密密实实紧挨着，十捆为一层，两层之间填上甘蔗叶并浇水，再一层层叠上去，用甘蔗叶包好，最后用挖窖时堆在窖边的泥土做成一个小土墩压紧压实。窖在里面的甘蔗也不是万无一失的，因为它们怕热又怕冻，所以父亲也闲不下来。下雨天怕窖里浸水，他会去看看竹管的水出来没有。降温时怕甘蔗受冻，他会去加些泥土或稻草覆盖地窖。气温偏高时怕甘蔗闷坏，他去把窖洞口开一会透透气……经过这样窖藏一两个月后，甘蔗里的糖分被充分窖出，甘蔗变得又甜又松脆，快到春节时，父亲又会拖几捆出来拉去市场上卖，当然我嘴馋的时候，他也会去窖里抽几根小的给我吃，还要留一些放到次年的清明前后。

6

去外地念书，当别人问起我临平有什么特产，我总会回答当数甘蔗。临平甘蔗，始植于唐，盛于南宋，并列为贡品。它以富含蔗糖、肉质脆嫩、鲜甜汁多而著名。只是近年来随着城镇化的推进和土地的征迁，人们生活变得安逸了，甘蔗就慢慢淡出人们的视线了。

记得在湖州上学的那会儿，每次返校室友们都会带上各自家乡的特产。丽水的同学带的是香菇辣椒酱，一个塑料的大雪碧瓶子里塞得满满当当的，每天晚上我们从食堂打来酱丁面，从那瓶子里挤出一些辣椒酱到面里，这大抵是我吃过最好吃的面了。衢州的同学带的东西最为丰富，有冻米糕、发糕以及橘子、胡柚、椪柑等，那些柑橘类水果到现在我也有些傻傻不太分得清。富阳同学带的是油筛子（室友称为油鸡），反正也是那种吃了停不下来的那种零食。我和海宁同学实在没啥东西可带，一个带了些斜桥榨菜，而我则背了重重的一包甘蔗，当然这些甘蔗也是极为畅销的，通常一拿到就一抢而空了。

前几日父亲告诉我，天都城后边的蛇山脚下有同村拆迁户种植了一片甘蔗，心中念想，于是和父亲一起驱车前往。小车沿着西河港拐进一条狭窄的水泥路，这是一条曾经通往姑妈家的路，对我来说是熟得不能再熟了，因为我童年的很多欢乐都是姑妈带给我的。在姑妈七个侄女当中，她是最宠我的，我与她也最是亲昵。奶奶还在世的时候，姑妈经常会请奶奶到她家小住几日，我便会跟过去同住几日。姑妈有四个女儿，我顺理成章地成了她的"第五个女儿"，四个表姐都待我如亲妹妹，我也非常享受被她们呵护溺爱的时常，俨然成了她们的小跟屁虫。

姑妈家的老屋边以前也种植了一大片甘蔗。奶奶超级爱吃甘蔗，她认定甘蔗是非常有营养的东西，她曾说过："一到秋天吃甘蔗的辰光，那就是小孩脸色最好看的辰光，整个人都会长高一截，身子也能胖上一圈。"那时的条件实在是太艰苦了，糖称得上是营养最好的补给，吃不起白糖的农村人也幸亏是有一块甘蔗地。

奶奶在生命的最后几年里患上了阿尔茨海默病，每当我们切好一碗甘蔗端到她枕边时，牙齿全部脱落的奶奶，会用她的牙床肉一片又一片地咀嚼着，然后她会细细地品浅浅地笑，她该是记起了这股甘甜吧，抑或是想要用这甘甜来唤醒曾经的记忆……

我走下车，顺着弯弯的小路发现了昔日山脚下这个美丽的小村庄江家塘早已不复存在，如今西式公园和楼盘的建设渐成规模，那些蓬勃生长的蔗林它们去了哪里？我的亲人与朋友们又去了哪里？脚步摩挲着地上的枯叶，却听到内心一阵阵回响：小山村隐去了，甘蔗林隐去了，时间也都隐去了。

"咕咚、咕咚……"不远处一方沉寂的池塘里掉落了几粒小果子，漾开了一圈又一圈的涟漪。我抬头一看，是苦楝树的果子，这些金黄色的果实和褐色的枝干互相衬托着，顶部一根粗壮的树枝被风折断了，更显沧桑。一直来，村里人都不喜欢这种树，因为它的谐音实在不太好听，唤作"可怜""苦恋"……却不料，如今只有这棵老树还这么顽强地坚守着老河埠头，并不在意人们怎么看待它，见证了村庄的兴衰变迁。

"甘蔗林原来在这里！"我正发呆的时候，父亲像发现新大陆一样觅着了甘蔗林。我循着他的声音而去，果然在池塘的东南面隐着一小片甘蔗林。几丛芦苇在篱笆边摇曳着，一位衣着朴素的阿姨从甘蔗林里钻了出来，个子瘦瘦的，身板笔直，如一枝朴实无华的芦苇。

"呀，是彭老师！你怎么也在这里种了甘蔗？""芦苇阿姨"发出了惊叹。

"不不不！我只是带女儿来看看甘蔗地，她说想念小时候的甘蔗了，拍几张照片而已。""芦苇阿姨"用疑惑的眼神瞧了我一眼。

"哦！我正准备锁篱笆门呢，不锁的话甘蔗要被人偷去的。你们进去好了，这一片地里有二三十户人家在种甘蔗。喏，这两排是我种的。""芦苇阿姨"指着正前方的两排又高又壮的甘蔗对父亲说道，"我闲着没事种着玩玩的，你要是不嫌弃的话就自己攀来吃！"

我向四周扫了一眼，发现"芦苇阿姨"种的甘蔗算是最好的，一排青一排紫，整齐笔挺。父亲连忙摆摆手说："不用不用，现在年纪大了，牙口也不好使，谢谢侬！"

"芦苇阿姨"倏地钻进甘蔗林，找到最大的一根顺势拔了起来，父亲赶忙跑过去阻止已经来不及了。很快，五根粗壮的甘蔗被放倒在地上，"芦苇阿姨"熟练地清理掉顶部的叶子，一边捆紧五根甘蔗一边呵呵地笑着说："这又不是什么好东西，以前你

193   肆 食光印记

教我们小青的时候对孩子的好我们都记得的，今朝吃这么几根甘蔗你倒是见外了。"

父亲拗不过她，只好收下了。这时，一旁有位戴着草帽的大伯听到"芦苇阿姨"爽朗的笑声，拖着高帮雨靴从甘蔗林的水沟里蹚了出来。天色渐暗，"芦苇阿姨"要赶着回家做饭，见地里还有人在，一边将锁门的任务放心地跟那大伯交接，一边和父亲道别。

我微笑着目送"芦苇阿姨"离开，沿着田埂这头直到篱笆那一头，一丛丛芦苇在晚风中摇得更欢了，它们与"芦苇阿姨"的背影融在了一起，成了最美的秋景。

7

父亲在甘蔗林里与那位大伯寒暄了起来。大伯姓江，约莫七十出头，在天都城蛇山脚下待了一辈子，虽然房子拆迁后回迁小区与父亲同住一个小区，但住高层小区人们平时都不太爱出门，都是自顾自的，因此少了些许乡情，今朝难得遇上了，两个人便如亲人般地聊起了以前欢乐的时光。江大伯说，自从拆迁后，他基本就是在回迁小区和种甘蔗的这方地里两点一线来回，确实，长期与土地打交道的人也只这片土地方能慰藉失去故土失去老屋的寂寞。

江大伯沿着水沟蹚进甘蔗林，很快连根带泥拖了四五根甘蔗出来，紫色的甘蔗皮上裹着一层白白的糖霜，那香甜的味道似要溢出来。他从旁边的篮子里拿出甘蔗刨，用刨刀削去每一节节梗上留下的叶芽和须，刨刀再换一边"窣窣"地从顶部往下刨皮，一刀刨到底不断皮，甘蔗褪去紫色的外衣，透出洁白的光，令人垂涎三尺。他把刨刀再换回到另一边，轻轻去掉底部"蒲头"处的甘蔗皮，"啪"一声，"蒲头"掉落，恰似一朵打开花瓣的花儿，静静地卧在大地上。

江大伯把甘蔗的另一头送到父亲手："来，扶好了！"父亲握着刨好的甘蔗，"啪"，又是清脆的一声，三小节一段已经落入父亲手中。他又送到我面前，"啪"，又是清脆的一声，中间最好的三小节分给了我。他自己则握着留有叶子的梢头开始啃了起来。此情此景，我似曾相识。哦！我的外公不也是这样削甘蔗的？他不也是把中间最好的留给我么？我抬眼看着大口啃甘蔗的江大伯，他憨憨地朝我笑："怎么样，甜不甜？"

他的笑容里荡漾出一朵花，好看又慈祥，就像外公的笑容。"嗯，甜！"我一边啃一边直点头，确实，这味道就和我小时候在外公家吃的一模一样。

"一会儿带点回去！"他指了指地上另外几根甘蔗对我说。

"不了，谢谢江大伯，刚才那位阿姨已经给我一些了，够吃了呢！"我指着地上"芦苇阿姨"给我们那一小捆不好意思地说道。

"再带些去，地里刚倒的甘蔗特新鲜，而且可以放上好几天的。"江大伯边说边佝偻着身子将甘蔗扎成一小捆。

父亲有些难为情地说："你这么辛苦种起来，我们不能吃现成的，罪过的啊！"

"什么罪过不罪过啊，大家同一个村坊都这么熟络了，再说了这真不值什么钱，大家吃着开心开心。"江大伯说的每一句话如甘蔗的汁水缓缓流进我们的心田。

见不好推托，父亲也只好硬着头皮收下了。

我问江大伯："你这些甘蔗一般都是什么时候种下的？今年也会窖一些甘蔗明年种吗？"

他摇摇头说："现在这里没人窖甘蔗的。老底子是要窖藏的，一般都是在清明种的，但是现在很多人是在清明前种的。我今年种的这些甘蔗种可都是问水果店要来或买来的梢头。"

"梢头也可以种？太神奇了。"我还是第一次听到梢头可以用来当甘蔗种，感到特别惊讶。

"是啊，这个甘蔗梢头做种不要太好，你看我的这片甘蔗地长得多好！"大伯指着自己的劳动成果自信满满。

"确实，甘蔗梢头当种子是最好的，因为整根甘蔗梢头是最嫩的。你想想看，一个二十多岁的姑娘生的孩子和一个四五十岁的老妇生的孩子，肯定是年轻的生出来更好！"父亲用最浅显易懂的话解释给我听。

"呵呵呵，对对对，这个比喻好，到底教过书有文化不一样。这一到种甘蔗的时节，水果店里的梢头可俏了，买也不太买得到。"大伯开心地接着说。

原来如此，此刻甘蔗地里欢笑声一片。

天色越来越暗了，干惯了农活的父亲看到江大伯竹篮里还有一篮子带着泥土的青菜搁在田头，知道他还有农活没干完。他明白农村人的性格，一旦出来干活是一定要把活干完才回家的，于是，父亲赶紧找了借口与他匆匆道别。

见我们走了，江大伯拎着竹篮子开始种菜。我回头看他，他蹲在田间朝我快乐地笑，而后继续低头将一株株青菜的根埋进泥土里。我心里想，这些勤劳坚忍的村民，他们与土地在一起的日子真的就像甘蔗一般甘甜。

8

记得一个阳光明媚的午后，小珑月跑来跟我说："妈妈，我想尝一尝甜粟秆的味道！"

我有些惊讶，生长在现在这个年代的她是怎么知道有甜粟秆这种植物的呢？我问她："你从哪里知道甜粟秆这种东西的？"她挥了挥手中正在读的那本书《向上生长的糖》："喏，书中写的呀！"我从她手中接过这本书，粗略地翻了翻竟有些被感动到了。

"当然，它不可能像甘蔗一样甜，虽然它们长得有点儿像。看见它，小树立马就记起了外婆，记起了外婆也就记起了它的名字——甜粟秆。外婆是这样叫的……"

是啊，我的外公曾经也是这样叫的，回忆如糖的味道一样，暖暖的，浓得化不开。明晃晃的阳光里，我仿佛看到了外公家屋后那一排排细长的甜粟秆，举着黑红色的穗子。

据考证，甜粟秆学名芦粟，也叫甜高粱，其长相很像高粱，属于高粱的变种。其实，甜粟秆外表看上去与普通高粱差不多，主要区别在于其穗子不同，高粱穗大，颗粒饱满，色较红；甜粟秆穗小，颗粒干瘪，色较黑。此外，甜粟秆的节长，高粱的节短，高粱秆里没有水分，甜粟秆里汁液多，这就是深受孩子喜爱的最大原因了。

初次遇见甜粟秆那是母亲从外公家带回的，母亲说这东西可以吃，很甜。看着那一篮子类似细竹子的东西，我曾一度以为它也是甘蔗的一种。后来母亲告诉我，外公种这些东西主要不是为了吃，而是用它的穗扎成扫帚去卖，因为它比芦苇柔韧，制作成扫帚美观且耐用。

我从篮子里拣了一根轻轻一咬，甜蜜的汁液携着草木的芬芳瞬间流淌入心田。我迫不及待地用嘴撕去外皮，突然一阵钻心的痛，我大哭了起来。母亲看着我满手的鲜血在一边不慌不忙拿起菜刀，她在甜粟秆青绿的外皮上刮下那层白霜，涂抹在了我的伤口上，果然血就及时止住了。

"下次吃的时候可不能这么心急了，要这样小心地撕皮！"母亲从篮子里拿起一根最细的甜粟秆边剥皮边说，"你别看这要最细，它可是最嫩最甜的，甜粟秆和甘蔗相反，它的顶端最甜，越往根部去甜味越淡。"母亲一只手握住甜粟秆的底部，另一只的大拇指和食指捏住粟皮的边缘，轻轻地将一片皮撕到底部，如此反复撕五六片，甜粟秆在母亲的手中露出了青绿的果肉，散开的秆皮像一朵绿绿的花儿。

"赶紧吃吧！"母亲微笑着对我说，我还有些后怕，小心翼翼地接过母亲剥好的甜粟秆，捏住底部小小的节，尽量不去碰那些散开的皮，我仔细观察发现这些粟皮锋利如篾片。心中暗自庆幸，还好嘴唇没有被划破，不然就可惜了这么美味的东西。吃一堑长一智，自那以后，我都会按照母亲的方法来吃甜粟秆，就再也没有受伤过。

外公常常会把甜粟秆种在自家的石边地里，在甘蔗还没成熟的时候，甜粟秆确实是我们最好的零嘴。一大部分还是甜粟秆很容易种活，春播夏收，夏种秋割，管理也不像甘蔗那么麻烦，只需将种子撒到泥土里，再删去一些过密的苗，它们就能顽强地长成你喜欢的模样。它们的叶片如玉米的叶子一般，周身碧绿，叶片修长飘逸，一到三伏天叶秆顶部便可上穗，慢慢结出籽来，待到籽变红变黑就意味着甜粟秆成熟了，外公说它的穗越黑则秆越甜。

外公每次从地里干活回来的时候，就会砍一捆成熟的甜粟秆拖进自家的院子里，然后去掉叶子，将细长的秆剁成一节一节，装在竹篮子里。如此便成了我暑假里念念不忘的美食了，可以从暑日一直吃到霜降甘蔗上市的时候。

自从外公离开我们以后，我便再也没有吃到过甜粟秆了。若不是那一日小珑月提起，我发现自己已经将它忘记了。

今年暑假我带着小珑月去一个古镇玩，河边有一群人围着一个老农，老农正在摊前用刀砍一截又一截青绿色的秆子，我不由得心下一喜，这不是甜粟秆吗，我拉着小珑月挤进人群买了一小袋。我们母女俩坐在古镇的廊檐下一起享用了这"向上生长的糖"，我学着以前母亲为我剥甜粟秆的模样为小珑月剥了一根。小珑月咬了一口直喊甜，说这简直就像一个"糖水炸弹"，甜蜜的汁水在口中迸发，全身都甜了。我笑而不语，为自己剥了一根，烈日下的一股清凉注入心底，似乎又回到了家乡那股甘甜温暖的回忆里。

桂花香　桂花甜

1

"八月桂花遍地开，鲜红的旗帜竖呀竖起来……"秋天的清晨，父亲点开"抖音"专注地看一个用桂花图片合成的祝福视频。此刻，窗外的桂花香一阵又一阵地飘进屋来。一时间，我仿佛回到了老屋，屋子里萦绕着父亲优美的歌声。父亲年轻的时候时常哼唱这首曲子，母亲听着歌从厨房里端出一碗撒着桂花的糖年糕来，软糯香甜的味道瞬间在我心头发酵开来。

母亲喜欢桂花，我也喜欢桂花，外婆也极喜欢桂花。有一次我问母亲，外婆的名字叫阿花，指的是哪种花，该不是桂花吧？母亲说："正是桂花。"外婆在屋旁亲手种植过两株桂花树，每到桂花飘香的时节，她都会到桂花树下摇一些新鲜的桂花来做糕点，做好后给亲人们送去。外婆做的桂花糕松软细腻、香味清雅，雪白的糕身上点缀着星星点点柠檬黄的小花，恬淡而平实。这一朵朵极其微小的花，常常在不经意间开放，又在人们不注意时凋谢，毫不吝惜地把芬芳奉献给人们，就像外婆对子女的爱，持久且芬芳。

很多人不知道，桂花还有一个很好听的名字，叫木樨。"新窨木樨沈，香迟斗帐深"，词中所提到的"木樨沈"其实是宋人研制的花香型熏香，该香以木樨花窨制沉香而成。古人用的熏香中选用桂花的很多，南宋林洪《山家清供》中便提到"采花略蒸、曝干作香者，吟边酒里，以古鼎燃之，尤有清意"。蒸桂花而成的熏香，叫作"蒸木犀"，在宋代颇受文人所好。诗人杨万里在冬日雪窗前燃木樨香，于满室的桂花香中写下了"今年有奇事，正月木犀开"。

桂花作为中国的传统名花之一，属常绿灌木或小乔木，其叶长呈椭圆形，对生，经冬不凋；花则生于叶腑间，花冠合瓣四裂，形娇小。据史料记载，早在两千五百多年前，桂花就已在中国栽种。《山海经·南山经》中记载："南山经之首曰鹊山，其首曰招摇之山，临于西海之上，多桂，多金玉。"《楚辞·远游》也曾提到："嘉南洲之炎德兮，丽桂树之冬荣。"《本草纲目》则记载："花有白者名银桂，黄者名金桂，红者名丹桂。"

历代文人雅士对桂花喜爱有加，诗人们爱赋诗寄情，画家们喜绘桂姿，美食家则将桂制作成各类糕点、茶、酒、糖等，因此在中国文化史里，桂花有着举足轻重的地位，由它而产生了经久不衰的诗词、绘画、歌曲、美食配方等，共同构成了历史悠久的中国桂花文化。

2

作为市花，桂花在杭州人的心中有着无法撼动的地位。从初秋开始，弥漫在整座城市的桂花香便一日浓似一日，俨然成了杭州的一种标志。

明代高濂在《满家弄看桂花》中写道："桂花最盛处唯南山、

龙井为多，而地名满家弄者，其林若墉栝……香满空山，快赏幽深，恍入灵鹫金粟世界。"杭州人看桂花总爱去"满陇桂雨"，我们喜欢唤作"满觉陇"，俗称"满家弄"。它位于南高峰南麓的山谷之间，明清时盛产桂花，为西湖著名赏桂胜地，千年来桂香不衰，蔚为壮观，谓其金雪。每年一到桂花开放的时节，满觉陇都要举办西湖桂花节，赏桂品桂，游人如织。

其实，我并不太喜欢去人多的地方"轧闹忙"[①]，但对桂花的喜爱促使着我一直在找寻属于我心中的那方桂花地。在临平的大街小巷、小区村庄都植有桂花树，还有不少小区以"桂花"命名，如桂花城、桂花星座、紫桂公寓……一到秋天，整个城市被馥郁甜蜜的桂花香包裹着，与植物有着千丝万缕感情的我，也在城市里找到两处赏桂的好去处。

我居住在上塘河的东南边，边上的那座人民广场就像一个大花园。我喜欢和绿化养护工人们聊天，或讨教植物养护的方法，或询问广场种植植物的数量及品种。一天，我正流连于东广场浓郁的桂花香中，碰巧遇见一位负责绿化养护的大伯在阳光下锄草。我问大伯，这广场里究竟种了多少株桂花。他说："毛估估少说也有一百多株吧，东广场就有近九十株呢！"桂花树的叶子翠绿茂盛，常年郁郁葱葱，这些树都有些年份了，粗壮的枝干向四处伸展，玲珑的小花安静地点缀于万绿丛中，不做作，不张扬，暗自盈香。坐在树丛下的休闲长椅上，捧一本心爱的书，晒着那暖暖的秋阳，有风拂过，米粒般的花朵随即跳跃在书本的文字间。沐浴过花香的书本，往后再去翻阅，淡淡的清香轻易便让我回忆

---

① 方言，指凑热闹。

起长椅下的某个秋天。

上塘河西北是故乡，皋亭山下建了一座公园，名曰千桃园。虽说是千桃园，春天时桃花繁盛，但一到秋天桂花竞相开放，一簇簇，一串串，花瓣小巧玲珑，样子十分可爱。金黄的、淡黄白的桂花密密麻麻挂满枝头，犹如一轮轮金色的小太阳，照亮了公园里幽静的小路。我站在树下，一小朵细微的花瓣儿垂在一根蛛丝上，一阵秋风拂过，它欢乐地荡起了秋千。又一阵秋风吹来，树上的花朵如雨点般纷纷落在树下的大石头上。"春晖寸草何曾报，孝道亲情值万钱"，桂花树下卧着许多大石头，镌刻着许多与孝文化有关的诗句，米粒般的桂花落在醒目的蓝色的字之间自有一番意境。楷书、行书、篆书、草书……各种形体的书法字宛如一场精美的书法展。风再吹来，满树的桂花闪耀着金色的光芒，金黄色的花蕾裹挟着无可抵御的浓郁香气，密密麻麻、飘飘洒洒，落满公园的小径，落在我披肩的发梢上，我摊开双手去接，可爱的小花飘落在我的手心……脚踝边的裙裾随香气飞扬起来，可真是一件又浪漫又仙气的事呀！

我无数次沿着上塘河或欢乐健跑或缓缓骑行或驱车疾驰，一路上有那流淌河水中浸润着的缕缕沁人肺腑的清香陪伴着我，恰如桂花优雅的气质里所蕴含的人文历史，与美丽的杭州相得益彰。

3

桂花树历代以来便自带仙气。

古代皇帝将其作为炼药以求养生的重要材料之一。除香味浓郁外，它也是中药的一种，最早被收录于《唐本草》中，据记载，其皮"主治百病，养精神，和颜色"。《本草纲目》也记载了桂花树皮的功效"主百病，养精神，和颜色，为诸药先聘通使。久服轻身不老，面生光华，媚好常如童子。"原来这粗糙不起眼的桂花树皮堪比仙丹。

在汉代，晚辈向长辈敬用桂花酒，祝福长辈们能"饮之寿千岁"。到了宋代，精神文明到达了高峰时期，宋人将十二种名花比作"十二客"，其中桂花被视为仙客，列为天生仙种之物。宋代的诗歌绘画中，无不描绘了月中桂树、仙姿飘逸的木樨。桂树不染一丁点儿尘俗事，高士隐者们将其引申为摆脱尘世庸俗与功名利禄，求得心灵静穆的意象，桂花这一物象的人格意蕴因此更具丰满。

桂花寓意着美好，如天上月圆，人间花好，成就"花好月圆"之境。宋人对秋天食物最好的描述，大概就是宋宴中那款名叫"广寒糕"的糕点。传说在广寒宫中住着一只三脚蟾蜍，还有一株永远砍不倒的老桂树，"蟾宫折桂"因而被看作夺冠的代名词，寓意应考得中。宋时科举考试放榜前夕，士子们会互赠广寒糕以表示美好的祝福。直至今日，人们仍然把桂树的枝条或花环称为"桂冠"，作为胜利或杰出的象征。可见，世人对于桂树与桂花是何等地喜爱。

此外，"吴刚伐桂""嫦娥奔月"的神话传说也是家喻户晓。故事里讲的桂花树就是一棵生长在月亮上的神树，所以古人称月亮为桂月、桂宫、桂轮等。小时候，我会缠着外婆问月亮上到底有没有桂花树，外婆总是笑眯眯地说："你自己看，你盯得久了，月亮婆婆会告诉你。"于是，我目不转睛地盯着那轮圆月，隐隐约约中仿佛真的看见了桂花树伸展的绿枝、米黄色的小花，还有嫦娥和玉兔。

我特别喜欢听外婆讲故事。有一年中秋去外婆家，坐在桂花树下，我黏着她讲故事。院子里满树的桂花在月光下簌簌抖落，她对我说："很久以前，灵隐寺一个叫德明的和尚，半夜里听到窗外有滴滴答答细碎的雨声。他抬头看看天空，此时正是皓月当空，便心生疑惑，怎么会有下雨的声音呢？他出门一看，一粒一粒珍珠似的桂花从天上的月宫里掉落。第二天，德明跑去跟师父说了此事。师父说，月宫里的吴刚砍了几千年的桂花树，可依然没砍断，这会儿定是他又在砍桂花树了，这些都是月宫里震落的桂花。"

"那我们这些桂花是不是也是吴刚砍桂时震落的？"我指着桂花树下那一整块被铺满金色的洗衣板问。外婆微笑地点点头，双手轻轻在洗衣板上拢了一小捧桂花放进我的衣服口袋："走，我们回屋去睡了，香香的，做个美美的梦，有仙女，有小兔子，还有甜甜的桂花糕哩！"

4

只有闻过了桂花香，才能算在杭州过了秋天。

我总是喜欢把车停在桂花树下。经历了一个夜晚，秋天的露水爬湿了车窗，氤氲的水汽将跌落的桂花包裹住，整辆车浸润在花香之中。我坐在车里，看一朵一朵桂花温柔地趴在玻璃窗上，真是一种无法言喻的美妙，我不由得想：要是能把这些美妙留住该有多好！

以前读到张爱玲的《桂花蒸·阿小悲秋》："秋是一个歌，但是'桂花蒸'的夜，像厨房里吹的箫调，白天像小孩子唱的歌，又热又熟又清又湿。"读着读着就想：这有桂花的秋天，还真是浪漫。

有一年，杭州的秋天算是晚来了，全城都在翘首以盼等桂花，只要有一朵桂花开了，朋友圈里瞬间就香了起来。然而，这一等却等到了霜降节气，杭州的桂花才纷纷钻出翠绿油亮的叶子，齐刷刷地在枝头热闹起来，像是赶来参加秋天的盛会。

朋友圈里的桂花各有各的晒法。有人摘了一枝桂花插在案头的花瓶里，挺有意境；有人对着窗前的桂花画了幅美丽的画，特别养眼；有人捋了几朵桂花放入新沏的茶水中，花朵在杯中婉转起舞。当然，最令人心动的，是有人做了一大玻璃瓶桂花蜜，黄白相间的颜色，细腻又湿润，看着便甜到了人的心底。每年秋天，我都和女儿约定一起做一瓶糖桂花。

记得第一次做糖桂花，是在一个桂花怒放的夜晚，我牵女儿的手一起去人民广场散步，她在桂花树下深深地吸了口气，忽而感叹起秋天的种种美好："妈妈，你听，草丛里的虫鸣声，真好听；你瞧，天上皎洁的月亮，真温柔；你闻，香香甜甜的空气，真舒服！"安静的夜晚，听着她天籁般的声音，就像朗诵了一首小诗。只闻得桂花一朵又一朵地跌落草丛中的声音，和着秋虫鸣唱的小曲，特别治愈。

女儿蹲下小小的身子去捡拾掉落的小花，一朵，两朵，三四朵……很快捡了满满一手心，她把脸埋进了肉嘟嘟的小手里，发出赞叹："呵，好香好香！如果天天都能闻到这样的香气一定很快乐！"她并不知道桂花的花期很短，我有些惋惜地说："这么香的花儿，不出几日就会凋谢，就闻不到香味了。"也许是女儿也贪恋这醉人的香味，她向我提议："妈妈，你用的香水是藏在瓶子里的，我们把桂花的香味也藏进瓶子里封存起来，怎么样？"

可是，我不会做香水。这时，我猛然想起一位朋友送我的一瓶糖桂花，那一瓶花我整整吃了一年呢。于是，我马上百度了糖桂花的制作方法，简单易学。我看着女儿手中的那一捧桂花说："趁着这余香残留，咱们试着一起做瓶糖桂花吧！"

5

次日，我们娘儿俩起了个大早，带上一把大伞兴致勃勃地来到桂花树下。撑开大伞，将伞柄朝上，女儿扶住伞的边缘，我负责轻轻地摇动桂花树，"窣窣窣"，桂花们挣脱枝头，纷纷跳进大伞的怀抱中。

"哇，下桂花雨了！下桂花雨了！"女儿欢快地在树下跳着笑着，乌黑的发丝上落满了米黄色的小花朵。

不一会儿，大伞里已经落满了桂花，我们将摇下来的鲜桂花倒入小竹匾中，用筛子轻轻地筛一筛，把细小的尘粒、小虫子及细花梗筛掉。过筛后的桂花还要进行分拣，剔除残留的花梗、树叶等杂物，以及发霉衰败的桂花。这个是费神的活计，需要耐着性子仔细挑拣，特别是桂花那细小的花梗，需要眼尖才能发现。

做桂花蜜的桂花是不能沾水的，也不宜太阳暴晒。因为桂花沾了水或暴晒后容易发黑，香味也会随之变淡。将竹匾置于阴凉通风处，底下铺一块纱布，将桂花均匀地摊开，摊成薄薄的一层自然晾干，就可以收集起来了。

准备一个洗净的敞口玻璃瓶、一袋白砂糖、一瓶蜂蜜和一把小勺子，就可以动手制作糖桂花了。我们铺一层白砂糖放一层桂花，铺一层白砂糖放一层桂花……每一层都用小勺子压紧压实，减少空气的侵入，防止桂花氧化。铺到最上层压实后，要用蜂蜜"封锁"，最后拧上盖子。这样，一瓶香香甜甜的糖桂花就腌制好了。

透明的玻璃瓶，一层黄一层白，在淡淡的秋光里宛若一件精美的艺术品。几天后，砂糖开始缓缓融化，糖汁穿过密密层层的桂花，将每一朵金黄浸润。当花香渗透进糖水，呈现均匀光亮的蜜糖色时，糖桂花就做成功了。

寒冷的冬日，在电脑前写作，我喜欢从瓶子里舀一小勺桂花蜜放入红茶里。一朵朵米粒般大小的桂花在茶水中绽放开来，香甜四溢，让冬日变得甜蜜而温暖。

女儿问："妈妈，你为什么每天都要写点儿文章？"

我说："妈妈脑海里经常会突然浮现出一些东西，特别是那回不去的故乡。我怕以后记不起来了，就用文字记录下来。"

女儿说："我明白了，就像茶水里你做的糖桂花，想留住秋天的味道一样。"

我摸摸她的小脑袋夸她："对，你真聪明！就是这个道理。"

"那我们以后每年都做一瓶糖桂花，怎么样？"女儿满怀期待地看着我。

我呷了一口桂花红茶，笑着说："好，一言为定。以后我们每年都做一瓶。"

一罐糖加上秋天的桂花，有无数种甜滋滋的打开方式。像我书桌上的这杯桂花蜜红茶，砂糖甜、桂花香、红茶醇，一抹幸福的芬芳在舌尖绽开。又比如，一盘糯米糖藕，淋上一小勺糖桂花，就成了杭州人最爱的桂花糖藕；一碗银耳汤，加入一小勺糖桂花，就成了女孩子最爱的桂花银耳养颜汤；还可以做成桂花圆子、桂花酒酿、桂花拿铁、桂花冰饮……总而言之，万物皆可桂花，只要一沾染上那抹明媚的花香，就立马鲜活灵动起来，从深秋沉醉到寒冬，甜甜糯糯，温温暖暖。

6

说起桂花糖藕，这是江南人宴请餐桌上一道必备的凉盘。藕生于水中，其叶为荷，中通外直、不蔓不枝。它与桂花一样，是秋天大自然馈赠人们的珍贵礼物，是一种进补的保健品，生食能凉血散瘀，熟食能补心益肾，强壮筋骨，滋阴养血。

临平更是与莲藕有着千丝万缕的联系。临平的莲藕，可是江南的名藕。北宋诗僧道潜那首传诵不绝的"五月临平山下路，藕花无数满汀州"，已然成为临平最为经典的广告语。从此，临平便有"藕花洲"的美称。怪不得在《临平志补遗》中，清代著名学者俞曲园说："临平人所艳称者，惟宋僧道潜藕花无数满汀洲一句，至今以为美谈。"

旧时夏日，泛舟赏荷、植藕采莲应为临平人热衷的一大乐事。唐代诗人顾况写下了《临平湖》："采藕平湖上，藕泥封藕节。船影入荷香，莫冲莲柄折。"宋代诗人杨万里《过临平莲荡》也曾写下："朝来采藕夕来渔，水种菱荷岸种芦。"元代诗人萨都剌《过临平》中换用道潜名句："昔人五月临平路，汀州藕花满无数。"

除了临平的莲藕，不得不提莲藕之乡崇贤。据清光绪《唐栖志》载："藕粉者，屑藕汁为之，他处多伪，掺真赝各半，唯唐栖三家村业此者，以藕贱不必假他物为之也。"崇贤莲藕主要集中在三家村及其周围数十里藕乡，三家村莲藕制作而成的"三家村"藕粉闻名中外。三家村坐落于古运河畔，京杭大运河穿其而过，鸭兰港、三家村港两条河流在村内交织流淌，土质肥沃，水多田少，为种植莲藕的好地方。记得早些年，我曾为写一篇三家村藕粉的约稿，特意地寻访了这片水灵之地。听当地村民讲述种藕、挖藕、磨藕的艰辛以及守护"三家村"老招牌的故事，令我对这道美食生出了许多敬意。

临平人素爱吃藕，又偏偏生来一双巧手。挖藕需要具备一定的耐心和技巧，想要挖出一段完整的藕，挖藕人首先得在淤泥里摸清一整段藕的走势与长度，然后逐段地清除藕身上的淤泥。如果不小心将藕弄断了，一来破坏了卖相，二来破坏了藕的原汁原味。藕虽生长在淤泥中，却白净甘甜，对于每个临平人来说，藕安放的是浓浓的乡愁，端上餐桌后，热气腾腾中氤氲的是故乡的灵魂。

早些年读梁实秋的《馋》："校门口有个小吃摊贩，切下一片片的东西放在碟子上，撒上红糖汁、玫瑰木樨，淡紫色，样子实在令人馋涎欲滴。走近看，知道是糯米藕。"这糯米藕不仅馋了作者，更馋了读者。

母亲做的桂花糖藕很好吃。她去菜场挑选外皮褐色、如小臂粗细、圆鼓鼓的红莲藕。她说白藕不适合做糖藕，而红莲藕淀粉多、口感酥中微脆。制作时，先将糯米浸泡、淘洗干净，取莲藕中间段，按节点切开，不让藕孔露出来。然后洗净莲藕、去皮，在一头斜切一顶"小帽子"，抓一把糯米慢慢往每一个小孔里灌，再用筷子将小孔里的糯米压实，确保每一个藕孔都塞满糯米。最后，在切去的"小帽子"上的每个孔中也灌好糯米，将"小帽子"盖到藕身上，用短于藕身的竹签插紧密封。

母亲做起糖藕动作娴熟，待做到堆得如小山般高时，便将糖藕们依次放入土灶的大铁锅里，缓缓注入清水，漫过藕身后加入适量的白糖、红糖，用大火烧开，让灶膛里留一截柴火焖煮。约莫一下午光景，原先锅里的清水少了一大半，都化作赭红的糖汁，浸润着糖藕，糯米的香柔完全融入了莲藕的内心。吃之前再大火烧开，用汤勺将滚烫的糖水反复淋于藕上，此刻，满屋子腾腾的热气中弥漫着糖藕的清香。

从锅里捞出一个滚烫的糖藕，赭红透亮，散发出甜丝丝的味道，令人迫不及待地想要咬上一口。母亲用磨得锋利的刀将它们切成一片片，莲藕那独特的中空结构与糯米完美结合，就像一朵美丽的花。此时，淋上先前制作好的那金黄诱人的糖桂花，秋天所有美好的气息，将全部戳中你内心的柔软处。

如意八宝菜

除夕将至，江南的初雪悄无声息地下了一整夜。清晨，朋友圈里一阵雀跃，屋顶、田野、山林、道路……皆为薄雪所覆盖。一头扎进寒风里，连日寒雨的江南变了模样，身子突然有了穿越般的恍惚，故乡的脉络在雪中清晰了起来。

记忆中，童年的冬天几乎年年都会下雪，一到放寒假大家就开始盼雪，因为下雪就意味着要过年了。瑞雪兆丰年，有了雪，年味才更浓。在痛痛快快的一场大雪后，上塘河水结冰了，村庄里的池塘、树木、房屋、柴垛和孩子们一样都披上了厚厚的棉袄。走在厚厚的积雪里，"咯吱，咯吱"的声音特别悦耳动听。

年三十的清晨，父亲从雪堆里挖来了各种蔬菜，菜叶裹挟着白雪、杉树叶，一白一绿，青翠欲滴。雪冻过的蔬菜特别甜，南宋诗人范成大曾在诗中写道："拨雪挑来踏地菘，味如蜜藕更肥醲。"他把纯朴的蔬菜形容得如蜜藕般美味。

父亲把满满一竹篮子蔬菜拎到天井里，天井的屋檐下悬挂着一根根晶莹的冰凌，檐下有一口大大的水缸，用木棍轻轻敲开缸面的冰块，冰窟窿里几尾干塘时留下的鲤鱼和鲫鱼藏匿在水底。我抬头仰望天井，天变得很小很小，呈一个有边有际的长方形。方形下有一口水井，就像老屋的一只眼睛，见证了过往艰苦纯粹的日子。

我蹲在水井边摇动辘轳，"吱呀吱呀"，藏着阳气的井水缓缓注入水盆，那些刚从雪地里挖来的韭芽、萝卜、青菜、芹菜、马兰头……一头栽进清澈的水盆里，它们畅快地吮吸着清冽的井水。我将冻得通红的手伸进水中，耐心地清理着枯黄的叶子，轻轻揉去藏在菜梗里的泥土，暖和的井水仿佛带着温情呵护着我的双手。

一想着晚上会有一桌好菜，我干劲十足。我将洗好的菜一拨又一拨地送进厨房，母亲忙着切菜，把砧板敲得"噔噔"作响。有一个大大的搪瓷盆里装了搭配好的各式蔬菜，我知道，那是母亲要做那盘我最爱吃的八宝菜了。这是一道特制菜，因为这里面每一样原料都是父母亲手种植的。

八宝菜，又名聚宝菜。顾名思义，它是由八样菜烧制而成。在江南一带，都有过年食八宝菜的习俗。这盘菜以黄豆芽、腌白菜、荸荠、胡萝卜、冬笋、黑木耳、豆腐干、油豆腐八种普通素菜做成。所选的食材也颇具深意，有黄豆芽形似如意，寓意吉祥；有白菜音似"百财"，寓意聚财；有荸荠味甜，寓意甜蜜；有胡萝卜色红，寓意喜气；有冬笋多节，寓意节节高；有黑木耳音似"和睦"，寓意家庭和谐；有香豆干谐音"官"，寓意官运亨通；有油豆腐炸至金黄，寓意福气满满。所以，吃了这么有"彩头"的菜，意味着来年必定会万事如意。

以前过年时，家里总要烧一大锅，装在一只大钵头里，钵头塞得满满当当的，按实了放着也不会坏。正月里，客人来了便用筷子夹出一碗来，这一钵头差不多要从腊月廿七吃到正月十五，直到钵头见底。奶奶在年三十和年初一这两天都只吃这盘菜。有一次我问她为何不吃其他菜，她悄悄地告诉我："这桌上只有这盘菜是素的，只要在这两天吃素就意味着'一年到头'都吃素。"原来信佛的奶奶是用这样的方式为我们的新年祈福。

除夕晚上，母亲照例做了一锅八宝菜，虽然有些不再是老八样了，也不会像以前那样做一钵头。她盛了两盘端上年夜饭的餐桌，另一盘放在灶边，是留着一会儿"接灶神"用的。看着那盘冒着热气的八宝菜，我迫不及待地夹上一大筷塞进了嘴里，瞬间各路来自大地的清香爬上舌尖，钻入五脏六腑，这盘八宝菜依然是在这个特定的时间里，我最熟悉最喜欢的那股味道，只因它的每一样菜都充满了回忆。

1 黄豆芽

黄豆芽是这道菜里分量最多的。因为过了年三十，人们就要迎接春天了，民间有句谚语："春吃芽、夏吃瓜、秋吃果、冬吃根。"春生万物，气温由寒转暖，在这个季节里，芽类蔬菜肥硕鲜嫩，可促进生发，春日食春芽实为顺应时令，因此人们开始吃各种芽，豆芽、韭芽、椿芽……

说起豆芽，它的历史和中华的文明一样悠久。《诗经》中就有"中原有菽，庶民采黄"，菽是豆类的总称，成语"布帛菽粟"，菽即大豆，意指当时人们生活中四种常用的食品及物品，现在专门比喻平常而又不可或缺的东西。汉朝以后人们逐渐用"豆"字替代"菽"这种古老的农作物，便有了大豆的称呼。大豆根据颜色不同，可分为黄豆、绿豆、黑豆和赤豆等，这些豆子都可以发芽食用。据李时珍《本草纲目》记载："惟此豆芽白美独异，食后清心养身。"到了明代更是称赞有加："有彼物兮，冰肌玉质，子不入污泥，根不资于扶植。"

其实，在宋代，食豆芽就非常普遍了，豆芽与笋、菌并列为素食鲜味三霸。宋代是中国古代饮食文化大放异彩的时期，南宋林洪所撰《山家清供》说到豆芽制作的方法："以水浸黑豆，曝之。及芽，以糠秕置盆内，铺沙植豆，用板压……越三日，出之，洗焯，渍以油、盐、苦酒、香料，可为茹。"不仅讲述了制作豆芽的方法，还说到了豆芽的食用方法。这是豆芽被当作蔬菜来食用较早的记载，因豆芽色泽浅黄，还被林洪称为"鹅黄豆生"。据《东京梦华录》记载："又以绿豆、小豆、小麦于瓷器内，以水浸之，生芽数寸，以红蓝草缕束之，谓之'种生'，皆于街心彩幕帐设出络货卖"，当时称豆芽为"种生"，而卖豆芽则成了一种职业。

老底子豆芽都是自家"孵"的，母亲孵豆芽是在柴火灶的大铁锅上完成的。那时候农村的柴火灶俗称灶头，上面安有两口铁锅，外面一口锅经常用来做饭炒菜，烹煮全家人的三餐四季，里面一口锅则不经常用。临近过年时，母亲就会取一些稻草铺在那口不太用的铁锅底部，挑选一些较好的豆子均匀地撒在稻草上，再用稻草把豆子盖好，淋上温水，盖上锅盖。我围在灶边好奇地问母亲："这锅盖盖着，豆芽想要往上长不是顶住了吗？"母亲笑笑说："压上这口锅盖，长出来的豆芽才会又粗又壮，否则这豆芽变得又细又长，吃起来就不脆了呢。"

母亲每天都会定时浇水，温暖的井水"窸窸窣窣"地钻进稻草，躲在稻草堆里的豆子酣畅地喝着甜甜的水，小小的身体渐渐膨大。我总是趁母亲不在的时候偷偷掀开锅盖，去瞧瞧这些小豆子嫩绿的小脑袋有没有钻出来，可是它们依然在稻草堆里做着美梦。过了两日，它们伸着懒腰，摇着小辫子，淘气地从稻草堆里探出头来。又过了两日，鹅黄的嫩芽挤破豆壳，那黄是如此的纯粹通透，如精灵一般让人忍不住想去捏它一下。而后，它们开始疯狂地生长，对水的需求也越来越大，母亲开始不断增加浇水的频次，有时候半夜也会给它们添水。又过了两日，当母亲掀开锅盖的一刹那，我简直要被惊讶到了：小豆苗们都挺直了腰杆，顶着两片金黄色的豆瓣在稻草堆里冲着我们顽皮地笑。

母亲将它们连同稻草从锅里捞起，豆芽密密麻麻的细根须缠绕在稻草丛里，给厨房里增添了别样的生机。整理豆芽的事情母亲一般都交给我来完成，这也是我最乐意做的一件事。我找来一个大脸盆，注满井水，轻轻抖动着稻草，"扑通，扑通"，一株株豆芽离开稻草的"温床"扎进井水，猛然间，我感受到了生命的力量在水中涌动。我拣了一根粗壮的豆芽放嘴里嚼一下，那么甘甜清脆，散发着淡淡的豆香，缥缈且绵长。

2 踏缸菜

踏缸菜是八宝菜的灵魂所在，正因为有了这味食材，这道菜才有了冬天的味道。清人著《杭俗遗风》载："杭人尤有踏冬菜一事。在冬至节半月之前，买白菜数百斤，洗净晒干，用盐腌于大缸内……冬至开缸。"一进入冬天，乡下就有腌菜的习俗，人们喜欢把腌制的大白菜呼作"踏缸菜""腌缸白菜"。

这里腌制的白菜通常是一种长梗白菜。在上塘河一带，哪户人家家里的菜园没有一两畦白菜呢？每年9月，父亲便将白菜种子撒到泥土里，差不多到了国庆节的时候，会筛选一些长势较好的菜苗移植到开垦好的土地里，精心施肥、除草。待到霜降，一畦白菜在菜园里站成了一道美丽的风景，叶似翡翠，梗如白玉，经霜打过，其味道便渐渐丰满醇厚了起来。

立冬以后，每家每户都开始忙着倒白菜。天气晴好的日子，我们全家一起行动，父亲弓着腰将白菜从泥里拔出来，母亲用镰刀利落地砍下带泥的根部，我将白菜一个个抱到钢丝车上垛好。收割完毕我们将白菜拉回家进行翻晒整理，那时候整个村里到处可见白菜的踪影，有些是架在晒衣裳用的"节节高"上，有些是挂在菜园的篱笆上，有些是悬在两棵树之间的绳子上，有些则直接摊在矮墙和瓦房顶上……一般情况下，白菜晾晒一两天，以菜梗略微疲软、菜叶瘪下去为宜，然后洗干净后再晾一下，沥去水后找一个自然通风的地方，将白菜三三两两地堆在一起。过三五天后，叶边稍稍开始泛黄，最里面嫩的菜心开始还原，这时就可以腌制白菜了。

腌白菜是老底子流传下来的一项技术活。父亲将角落里一口半人高的大缸挪出来洗净擦干，不能留下水的痕迹，不然腌的菜会起白花。吃过晚饭，全家开始动手腌菜，母亲把白菜的部分黄叶去除，父亲脱掉鞋袜洗净双脚，在大缸底部撒上一层盐花，把白菜紧凑地码放整齐，再撒上一层盐花。随后，他轻轻爬进缸里，两脚一左一右有节奏地踩着白菜，等到一层白菜踩结实、平整时，再撒上一层盐，码上新一层菜，再接着踩，如此反复地进行着。昏暗的灯光下，父亲的身影在墙上起起落落，"咕嗞咕嗞"的踏菜声，就像是一首动听的歌曲，让初冬的夜晚显得无比宁静。当白菜叠至大缸口快齐平时，父亲便停止往上码白菜，他在一缸踏结实的白菜表面撒上大半包盐，在最上面放上几块毛竹片，再在毛竹片上压上一块大石头将白菜压实。

每次父亲踏菜的时候我总是无比羡慕，有一次我恳求母亲让我也进缸里踩上几脚，可是母亲一下子便拒绝了，她说踏菜是男人的事，女人是不能进到缸里的。那时我很费解，为什么女人就不能踏了呢？有一次奶奶告诉我，其实母亲忌讳女子入缸的真正原因，是这缸菜过年的时候要祭供祖先和神灵菩萨的，要是女人踏过则为大不敬。说到底还不是封建思想在作怪呢！倒是父亲的话听上去比较在理，他说因为男人力气比较大，这样踏出来的菜才入味，而女人的力气太小，踩轻了菜腌不透，到时就会毁了一缸菜。自此，我就再也不会吵着入缸踏菜了。

在农村里流传着一句俗语："小雪进缸，冬至出缸，春节吃光。"白菜进缸约莫十来天工夫，当缸里泛起一层青黄色的水泡时，则需要把踏实的腌白菜"松松筋骨"，此时搬掉石头、拿去竹片，为的是保持其松脆可口。再过一至二日，父亲又要爬进菜缸里轻踩几遍，再放好竹片和石头，最后用小竹圈盖紧缸口，等着冬至开缸尝鲜了。

到了开缸那一刻，一掀开小竹圈，冬腌菜的清香顿时弥漫整间屋子，咸鲜的滋味完全浸润进了白菜里，原本如翡翠白玉般色泽变得黄亮诱人。母亲从卤水里捞出一棵，用井水冲洗干净，在砧板上剁成一小段一小段，我总会在边上抓几块当零嘴吃，那味道至今难忘。

腌白菜还有一种吃法令人难忘。有一次，父亲发现饭桌上没有下酒菜了，他就从缸里捞一棵白菜洗净，将菜梗切碎，滴上麻油，加点儿西湖味精，酸脆爽口，可谓一道难得的人间美味。

后来老屋拆迁了，家里的那口缸也不知去向。每年冬天去外婆家，临回家的时候她总会用那双长满冻疮的手伸进角落里的那口缸，淅淅沥沥地抓出一大把腌白菜，然后像拧毛巾一样拧干卤水，再去堂屋门口挑两支新鲜的冬笋，一起装进一个红色的塑料袋里让母亲带回家。因为她知道我和父亲最爱吃腌白菜蒸冬笋。

前些年，母亲也买了个陶瓷的小坛子，入冬时她把白菜的大部分叶子都撕去了，只留下菜心，洗净沥干水分，切碎揉搓后倒去汁水，再拌入细盐后密封。开坛后，她夹了一小块尝了口，眉头紧锁，埋怨这菜不够醇厚。我挤上前去尝了一口，虽入口嫩滑清甜，但曾经那熟悉的味道却再也找不回来了。

母亲偶尔也会去菜场买些腌白菜来，不管是在底下放些笋丝，淋上菜油，在蒸锅里蒸的腌白菜，还是那碗大名鼎鼎的炒二冬，抑或是那一碗八宝菜，都让我无端想起多年前父亲踏菜的那个夜晚，还有外婆一次次伸进缸里摸菜的情景。这些温暖都像白菜一样，在缸里酝酿发酵。

3 甜荸荠

八宝菜的甜味是荸荠给的。

荸荠是江南"水八仙"之一，被称作马蹄，又名水栗、水芋、地梨、凫茈、乌芋、菩荠。明嘉靖《仁和县志》记载："荸荠，近产独山"（独山位于今临平崇贤镇境内），早在南宋《东京梦华录》便记载了荸荠列入贡品的事。《余杭县志》记载："明代独山一带（今沾驾桥、崇贤、运河、东塘等乡镇）盛产荸荠。生熟全皆宜，作果菜均美，以冬摸春为优。色红、皮薄、个大、味甜、水分多。"这一味长在粼粼水波里的细腻食材，早已成为运河水乡的印记。

荸荠其实是一株很有文化的植物。早在先秦时期就有记载，

《尔雅·释草》记述："芍，凫茈。""芍"是野生荸荠最古老的名称，"凫"指喜欢在水中浮游的野鸭，茈是草，可见荸荠是野鸭们爱吃的草本植物。宋人罗愿在《尔雅翼》中解释道："凫茈生下田中……名为凫茈，当是凫好食尔"，荸荠当时仅作为被称作凫的野鸭的食物。北宋林洪在《山家清供》中记载"凫茈粉，可作粉食，其滑甘异于他粉"。从中我们可以看到其食用价值得到了人们的认同。明代李时珍在《本草纲目》中谓之"乌芋"，味甘，性微寒，主治大便下血、赤白痢、妇女血崩、小儿口疮，这对荸荠的药用价值作了充分的肯定。

文人墨客对荸荠也是无比钟爱。尤其喜欢汪曾祺在小说《受戒》里的那段描述："秋天过去了，地静场光，荸荠的叶子枯了，——荸荠的笔直的小葱一样的圆叶子是一格一格的，用手一捋，哗哗地响，小英子最爱捋着玩，——荸荠藏在烂泥里。赤了脚，在凉浸浸滑溜溜的泥里踩着，——哎，一个硬疙瘩！伸手下去，一个红紫红紫的荸荠。"干净的文字将初冬荸荠地里的野趣和欢愉描绘得诗意无比。周作人在《关于荸荠》中写道："荸荠自然最好是生吃，嫩的皮色黑中带红，漆器中有一种名叫荸荠红的颜色，正比得恰好，这种荸荠吃起来顶好，说它怎么甜并不见得，但自有特殊的质朴新鲜的味道，与浓厚的珍果是别一路的。"从一颗小小的荸荠品出了不寻常。临平本土作家屠再华和陆云松都写过崇贤鼎鼎有名的大红袍荸荠。除了文学家，荸荠在画家的笔下更显灵性，那如鸟喙般竖着的几瓣尖尖的黄芽，意趣横生，尽显其俏皮活泼的形态，它经常入画《岁朝清供图》，人们以其美好的寓意来传达新年的祝福，清静供养世间，尽添冬日暖意。

对于水乡长大的我来说，我之于荸荠有着一种与生俱来的亲切。每一年冬天，父辈们都会去老家西边崇贤一个叫作"前村"的小村庄探望他们的舅舅和舅母，他们称那里为"北垾"。舅公爷爷和舅婆奶奶住在村庄里一间低矮的小平房里，几扇老旧的木窗镶嵌在掉了石灰后那面斑驳的墙上，地面是踩得结实的泥地，潮湿中弥散着大地的气息。整间屋子非常整洁，就像舅婆奶奶那梳得油亮的齐耳短发，从不沾染一丝灰尘。

舅公爷爷是当地的药店倌，平日里衣着朴素，浑身散发着书卷气，做事精干利落，见到谁都是面带笑容，每次去他家做客是我最开心的事。舅婆奶奶会给每个人冲一碗糖水锅巴（当地人叫镬糍），还会拿出甜甜的麻酥糖和芝麻片分给小孩们。记忆中的那碗镬糍清甜、润滑，任时代如何变迁，只要我们去到"前村"，一直都有这么一碗暖暖的甜汤等着我们。其实，在塘栖一带过年都有吃镬糍的习俗，母亲说，这一碗镬糍端出来，代表着主人对客人的重视和尊重，她以前只有做产妇时才会有这样的待遇。如今，只要我每次去塘栖水北街，就必定会从法根糕点铺里带回一袋给母亲。

舅公爷爷家的屋后被大片大片的水田包围着，这片土地上有许多神奇的水乡作物，有做成藕粉的莲藕，有叫作大红袍的荸荠，有如白玉般的慈菇，有形似纤子的茭白，人们将其称为水乡"四大美女"，它们在这个江南小村庄里轮番生长。尤其是大红袍荸荠，加工成"清水马蹄"，成为中国出口美国的第一个农产品，因其表皮色泽红艳，酷似红袍，故称"大红袍"。每次从他们家回去，舅婆奶奶总会让我捎一些回家给奶奶，奶奶总会拿一些供在佛像前，剩余的用手帕包裹着放在枕头边，越放越甜，可以放很久。

早些年，家里也种过荸荠。荸荠是一种夏种冬收的作物，老底子人们把种荸荠称为排荸荠，而收荸荠称为摸荸荠。春天，就要开始育荸荠苗，父亲将一些个儿较大、色泽红紫、顶芽完好无损的荸荠种摆放在整好的苗田里，上面盖好稻草，每天进行洒水保持湿润。过了夏至，苗田里铺满了新芽，一颗种苗上大约能长三四个芽茎，再将长满芽茎的苗种像种水稻般移栽到浅水田里。夏天，暖风四起，苗种飞快地向上蹿，似一根细长的碧绿色吸管，翁翁郁郁地绵延在水田里。我曾闹过一次笑话，父亲有一次让我去地里割把葱，我便将荸荠的叶子割回家，弄得父亲哭笑不得。你一定不知道，荸荠也是会开花的，只要留心观察，你会发现茎叶的顶部会开出青褐色的穗状小花，但是它的花期特别短。盛夏一过，碧绿的叶子便慢慢地由黄色变成赭褐色。秋风一吹，叶子匍匐在淤泥上，而淤泥里的根果开始积蓄力量，从白色渐渐变红，突然间想起了大元老师的那句话来"淤泥的世界里有个辽阔的海洋"，那真的就是一个甜蜜的海洋。待到霜降时节，荸荠秆经霜灰败地贴在不再积水的水田上，泥土里的荸荠就可以挖出来食用。

小时候，人们收获荸荠称为摸荸荠。一到收获季节，父亲便挽起裤管，穿上高帮胶鞋，双脚陷入泥地里，双手则插入寒冷的淤泥里，将荸荠一个个摸出来。穿着"大红袍"的荸荠汇集了春夏秋冬之气，灰头土脸地游走在父亲的手掌间。被摸过的荸荠地就是孩子们的乐园，不怕冷的孩子光着脚丫蹚进柔软的烂泥里，踩呀踩呀，若有圆圆硬硬的东西硌脚，便将小手摸进脚底的淤泥里。孩子们举起一个捡漏的荸荠，瞬间点亮了被寒风吹红的笑脸，我们称其为踏荸荠。有一次，和曾在崇贤下过乡的胡建伟老师聊起，他说踏荸荠也叫浪荸荠。我一直想不通，为何叫"浪荸荠"，但是听他描述人们踏荸荠的样子，那画面感十足，想象着人们在淤泥里踩着，深一脚浅一脚，如同一朵浪花忽上忽下，将遗漏的荸荠一个个踏出来，好不快活。

荸荠从泥土里挖出来后，父亲就挑到河埠头洗干净，褪去泥土后的荸荠一下子便露出了鲜艳红亮的色泽，让人忍不住想要去咬上一口。荸荠生吃很好吃，洗干净后直接将它们放嘴巴里用门牙来抠皮，牙齿锯开外皮的刹那，一股夹杂着泥土芬芳气息的蜜汁直抵心田。啃完周围的皮后再将整个放入口中咀嚼，满嘴皆是玉液琼浆，浓浓的荸荠味遍布周身。

在农村里，很多人都有一项绝技，便是用刀削荸荠。母亲削荸荠非常利落，刀下白圆片、红圆片簌簌飞落，一颗白净的果心很快便出现在了她的手中。我总是很担心，荸荠这么小，刀又不长眼睛，会不会割伤了她的手。其实，削荸荠并不难，有一种方法称作"两面三刀"，也就是在荸荠带尖芽的一面上削一刀，在荸荠底部削一刀，出现两个平面后，再在荸荠的腰上削三刀，削成一个小鼓的形状即可。

荸荠还可以煮熟了吃，张爱玲在《半生缘》里提到了煮荸荠令人心动的一幕："一边听瓦钵里荸荠咕嘟咕嘟地响，一边剥热荸荠吃，幸福又温暖。"煮熟的荸荠皮很好剥，嚼起来粉粉糯糯的，比起生吃则甜味更足，自是另一番风味。

我最喜欢的还是风干荸荠，因为风干后的荸荠如同霜打过似的，虽然变得蔫软，满身的皱纹，但却比刚从地里挖起来的更甜。郑逸梅在《艺林散叶》中描绘道："鲁迅喜啖风干荸荠。风干荸荠精致质密，甜脆细嫩，入口美味久留，令人难以忘怀。"

记得有一年从塘栖开作协年会回临平，我和赵焕明老师搭乘阿汤老师的车回来。阿汤是个孝子，半路转道回乾元老家看望她的老母亲。老母亲住在村里的敬老院，我们走进干净又整洁的村养老院，一人一间房，院子很空旷，老人们围坐在一起晒太阳闲聊，其乐融融。阿汤带我们走进他母亲的房间，老人正巧出门不在。我们环顾屋子四周，房间很大，桌子上放着一个小竹篮子，里面盛着一些荸荠，但这些荸荠早已失了原先黑亮的色泽，干瘪发皱。赵焕明老师说："你别看它皱巴巴的，其实很甜的。"阿汤从篮子里抓了几个分给我们，然后自己拿了一个熟练地把皮剥掉，边吃边说："是啊！这个味道毛好嘞，每年我妈都会留一些给我！"我顺手接过两个，确实这风干的荸荠好久没有吃过了。看到荸荠上还残留着少许泥土，我没好意思吃，便偷偷塞进了口袋。赵焕明老师也剥了一个，边吃边说："甜，真的甜，这个东西现在是真的不太吃得着了！"正在这时，阿汤的母亲从外面回来了，老人穿着藏蓝色的外套，两根长长的麻花辫垂于胸前。她拎着一篮子新鲜的菜，看到儿子来看她，立马像个孩子似的笑开了花。她把新鲜的菜装了满满一袋，又从荸荠篮里抓了几个风干的荸荠进去："你爱吃，带几个去！"阿汤叮嘱了她几句"要照顾好自己，不要老是一个人下地干活……"之类的话，就匆匆而归。车上，我偷偷地从口袋里拿出一个，小心地去皮，塞入口中一尝。呵！果然就如一粒糖那么甜！再细细咀嚼，一股暖流沁入心田。这一粒风干的荸荠不就像一位苍老的母亲，皱褶的外表里有一颗柔情似水的心，直到生命的尽头也要给予你甜蜜。

荸荠入菜，也是因它的清甜。在江南的餐桌上有荸荠炒黑木耳、荸荠虾仁、荸荠肉丸……但是，我认为最富有诗情画意的吃法便是那一碗水八仙汤。有一次，在一场喜宴里，平生第一次尝到了主人精心独创的"八仙九品汤"，每一样时令的食物聚拢在碗中，就像是一幅美好的江南水墨画，水八仙里的鲜在舌尖缠绕，绵绵密密地升腾出那氤氲的灵气，那么惹人喜爱，简直就是一个明媚的童年。当然最为经典的当属八宝菜里的那一味，因为那是寻常百姓常做的小炒，将荸荠切成一小块一小块的，和其他七样菜一起翻炒，荸荠那乳白的甜液将所有的菜包裹，滑进喉咙，成了最隽永的乡愁。

味蕾上的年

中国人的年味，说是浓缩在餐桌上的那一道道美味中，真是一点儿也不为过。人们用四季辛勤劳作所得，精心炮制浓浓的年味，敬天地、礼神明，寄托思念，感怀岁月。生在江南，每年年夜饭母亲都会烧上一大桌，有白斩鸡、毛腌鸡、酱鸭、立笋烧肉、马兰头拌香干、炸春卷、红糖年糕、八宝菜……都是我最爱吃的。

1 酱鸭

这无疑是一只有着江南灵魂的鸭。在冬至过后，它们便闪亮登场了。

杭州的酱货文化源远流长，《杭俗遗风》中记载："酱鸭一味，以杭城绍酒店所制者为佳。每岁八九月间，各酒肆皆自制酱鸭，多者数百，少者亦百余。远自申江亦有来购者，一过冬至，即销售一空。凡老居杭城及嗜中物者，类皆知之。"据说，早在八百多年前，南宋人就把制作酱和豉产生的酱汁称作酱油，之后就有了各种酱制食物。宋末元初，人们开凿京杭大运河杭州段，由于酱鸭储存方便，成为开凿运河工人们的主要菜肴，被广泛流传了下来。到了清代，杭州的酱鸭成为达官显贵应酬送礼的佳品，故有"官礼酱鸭"之美称，与北京烤鸭、南京板鸭齐名。

大文豪鲁迅对酱鸭喜爱有加。他的故乡绍兴盛产酱油，在绍兴这是一种最醒目的味道标记，因此定义了绍兴人的味蕾，使"酱货"在绍兴的美食世界里占据了极为重要的地位。我很喜欢去绍兴的安昌古镇，每次去都会被成街的腊味俘虏，古镇的街铺屋檐下挂满了一串串腊肠、一只只酱鸭、一条条酱鱼干……一排一排颇为壮观，你的嗅觉完全被这浓浓的酱香给锁住。有一次，我在那间有着百年历史的老字号店铺"仁昌酱园"里驻足。据了解，酱园里的每一道工序，都依然保持着百年前的样子，我饶有兴致地听着手艺人讲述每一滴极品绍兴酱油的诞生，内心生出许多敬佩之情，因为这滴美味背后所隐含的是匠人高超的技艺，以及对产品的专注和完美追求。

从鲁迅的许多作品中我们都可以窥见有关酱货的影子。酱鸭、鱼干等都是鲁迅先生的"过酒配"，他曾在日记中专门记录友人赠送给他兰花三株、酱鸭一只。鲁迅先生曾给母亲回信："小包一个，今天收到了。酱鸭酱肉，略起白花，蒸过之后，味仍不坏……"起了白花，也舍不得扔，足以说明先生对酱鸭的喜爱。

民国漫画家丰子恺也喜爱食酱鸭。据说，丰老先生住在西湖边时常常去"楼外楼"吃饭。有一日，阔别十年的老友郑振铎来访，他就请郑先生去"楼外楼"吃饭，他们的下酒菜就是"楼外楼"的酱鸭、酱肉、皮蛋、花生米和豆腐干。他还在《湖畔夜饮》中写道："女仆端了一壶酒和四只盆子出来，酱鸭、酱肉、皮蛋和花生米，放在收音机旁的方桌上，我和 CT 就对坐饮酒。"果然这是文人小酌时一道绝佳的下酒菜。

汪曾祺在《故乡的野菜》里曾写道："我们那里，一般的酒席，开头都有八个凉碟，在客人入席前即已摆好。通常是火腿、变蛋（松花蛋）、风鸡、酱鸭、油爆虾（或呛虾）、蚶子（是从外面运来的，我们那里不产）、咸鸭蛋之类。"同时，在《四时佳馔》中也提到了："立春日吃春饼。羊角葱（生吃）、青韭或盖韭（爆炒）、绿豆芽、水萝卜、酱肉、酱鸡、酱鸭皆切丝，炒鸡蛋，少加甜面酱，以荷叶薄饼卷食。诸物皆存本味，不相混淆，极香美，谓之'五辛盘'。"不管是做凉菜还是卷春饼，酱鸭皆是舌尖上的美味。

作为杭州年味的头号种子选手，酱鸭在杭州人心中占据了重要地位。老底子，上塘河边几乎每家每户都会做酱鸭，家里每逢过年至少会做上七八只。我们家也不例外，除了过年请客的，母亲还要送两只给城里的舅舅。父亲说制作酱鸭一定要选麻鸭，用我们的方言叫作"缸吊头"。麻鸭的脚上有脚钉，这种有脚钉的鸭肉质结实特有嚼劲，做出来的酱鸭也特别好吃。

小时候，家里也会养几只麻鸭，我放学的时候经常去田里钓田鸡、挖蚯蚓、抓小鱼给这些麻鸭吃，把它们一只只都养得肥肥的。后来，家里拆迁没处养鸭了，父亲就会和邻居结伴去乔司大井的农贸市场挑选麻鸭。家里做酱鸭的鸭子几乎都是父亲杀的，鸭子身上最粗的毛我都会收藏起来，因为它又粗又硬，用来做鸡毛毽子中心的那根插鸡毛的管子最合适。其他褪下来的鸭毛父亲都会晾干收起来，等喊着"鹅毛鸭毛甲鱼壳"的人上门来收。褪鸭毛是件特别费事的活，头层毛褪干净后，拔二层毛的时候真的特别考验人的耐心。二层毛非常细小，又非常柔软，几乎是长在肉里的。寒冷的冬天里，双手浸泡在水中，手工将一只鸭子的毛褪干净，至少需要半小时甚至更长时间，加上一下子要处理好几只鸭子，手冻眼花，腰酸背疼。

鸭毛剔除干净后，母亲会留下鸭肝、鸭肠、鸭肫这些内脏，和鸭子一起拿到阴凉通风处晾干，肝和肠与腌白菜一起炒就是一道美味的下饭菜。做酱鸭对酱料的熬制尤为重要，把酱油、茴香、老酒、香叶、桂皮、花椒、白糖等十多种香料放入大铁锅里用大火煮沸，再转小火撇去浮沫，酱料就熬制好了。待酱料冷却后，将原先由白变黄的鸭子放到大瓮里，缓缓注入酱料，若酱料没过鸭子了，则在上面放几块竹片，最后用一块石头压实。鸭子浸泡的时间要控制好，时间过短则不入味，太长的话又会偏咸。父亲做酱鸭时，一般鸭子浸上一天一夜后就要给它们翻个身，然后再浸一天一夜。将鸭子从酱油里捞起后，用一根筷子或一块竹片撑开它的胸膛，沥干酱油，母亲会在其表面擦一层油，看上去色泽特别诱人。

最后一步就是风干，这就需要交给阳光和西北风了。从酱油里捞起的酱鸭最怕阴雨天，连续这样的天气鸭子的口味就会大打折扣。只有经历风吹日晒，酱鸭才是完美的。一般一只完美的酱鸭须经历一天干爽的西北风的和充足的阳光后，再挂在屋檐下自然阴干一周，其肉质才会变得紧实，香气自然溢出。

一到大年三十，母亲就张罗着蒸酱鸭了，洗净的酱鸭撒上白糖，加入黄酒、生姜，再往鸭肚子里塞一小把葱，在大铁锅里蒸半个小时左右就可以出锅。蒸好后的酱鸭肉色枣红油润，酱香浓郁四溢，让人口舌生津。冷却后父亲就开始忙着剁肉，年夜饭还未开饭前，我都会到厨房去偷吃酱鸭。父亲说，家里客人还没请过，几块好的肉是不能吃的，要吃就吃鸭脖子。俗话说"最香不过贴骨肉"，虽说是鸭脖子，可是贴着鸭骨非常可口，我啃掉皮，扯下肉丝，把这块骨头当"糖"一般含在嘴里，咸咸的滋味在嘴里四处蔓延，直到味道变得很淡了才舍得吐掉骨头。

直到现在，母亲还是会每年做酱鸭，只是数量没有过去那么多了，因为她知道我喜欢，父亲更喜欢。他最喜欢嘬一口老酒，呷一口酱鸭，这大概便是江南最有味道的年了。

2 白斩鸡

清人袁枚《随园食单》有："鸡功最巨，诸菜赖之……故令羽族之首，而以他禽附之。作《羽族单》。"单上列鸡菜数十款，列以首位就是白片鸡，即白斩鸡，讲其有"太羹元酒之味"。

时光将我拉回到 20 世纪 90 年代那个久远却温暖的除夕。一大清早，父亲在天井里忙开了。他从后院鸡窝里抓来一只肥美的鲜鸡，把鸡的双脚用稻草缚住，两只翅膀向后交叉，使其无法挣扎，一只手把鸡头向后拉，鸡冠夹在翅膀中间，迅速拔去鸡脖子上的鸡毛，一把早已磨得锋利的菜刀划过鸡脖子，切口裂开处鸡血顺势流到之前准备好的饭碗里。鸡血放尽后，鸡还在地上微微地挣扎，我趁机在鸡尾巴处拔下一些漂亮的鸡毛收藏起来，留着日后做鸡毛毽子用。

母亲在厨房里把一锅烧开的水舀到搪瓷大脸盆里，将奄奄一息的鸡扔到热气腾腾的盆中，拿木棍把鸡全部摁入开水中浸泡三五分钟，然后用筷子用力地推，一把一把湿漉漉的烫手鸡毛轻易地脱落下来，一股鸡腥味向四周飘散开去。当大部分鸡毛褪干净后，母亲把鸡捞起来用井水冲洗一遍，而去除那些细小绒毛的活便留给了我。

我耐心地拔干净所有的毛，母亲就开始给鸡开膛破肚。鸡肚子里的"时件"可都是好东西，母亲一一将它们翻洗干净，所谓

"时件"者，"四件"也，即鸡的心、肝、肫、肠。每次母亲都把鸡心留给我吃，说"吃鸡心，长记性"，如此读书便好。鸡肫是留给父亲的，说父亲的胃不太好，吃这个对胃好。记得小时候专门上门收鸭毛的人会将鸡肫上扒下的那层东西收去。后来才知道，原来这黄色的鸡肫皮还是一味中药，学名"鸡内金"，具有消食健胃之功效。

母亲会做很多种鸡，盐焗神仙鸡、白斩鸡、香菇炖鸡、板栗炒鸡……平日里我是极喜欢吃神仙鸡，这种鸡只有土灶里慢炖出来才得其真味，如今久居城市已不太吃得到了，但被杭城人称作"十碗头"之一的白斩鸡在每年的年夜饭餐桌上一直稳居霸主地位。据旧时记载，所谓白斩鸡就是经"三浸一泡一凉"、不加调味白煮而成的鸡肴，因食用时随吃随斩，故称"白斩鸡"或"白切鸡"。白斩鸡为江南一带千百年来历久不衰的名菜之一，制作方法简易，一只鸡，一锅水，熟而不烂，皮脆肉嫩味鲜，于平淡中愈见真章。

要烹饪一只好吃的白斩鸡，细节可谓非常重要。母亲做的白斩鸡绝对不比饭店的大厨差。她先烧开一大锅水，将整只鸡没入滚烫的沸水中，撇去浮沫，倒入黄酒，放入适量的葱和姜。在烹饪的时候火候掌握很关键，水开后火不可太旺，所以灶膛里的柴火须退掉一些，让鸡在热水中烫一会儿，当鸡皮的颜色由白变黄，赶紧捞起用冷水冲凉，这样鸡肉才更紧实。然后继续往灶膛里添柴火将锅内的鸡汤水烧开，把鸡放入锅中再烫一会儿捞出，最后再重复烫一次，看到鸡的大脚筋紧缩，鸡腿肉紧实了，取一根筷子在鸡腿处轻戳一个小洞，若涌出透明的液体则代表鸡熟了。此刻将鸡捞出放入冷开水中泡，迅速冷却。最后一步就是将鸡切块装盘，一定要等到鸡完全冷却下来才可以切，这样才皮爽肉滑不松散。切块装盘的工作一般都是由父亲来完成，他将整只鸡放在案板上对切开，鸡脚、鸡脖子放在盘子最底部，鸡腿、鸡翅、鸡胸等好肉放在最上面，看起来金黄油亮，皮与肉之间还有一层薄而均匀的水晶冻隐隐闪烁着，一阵阵鸡香扑鼻而来，令人垂涎三尺。母亲会将锅内的鸡汤舀出，装在钵头里，它们可是要派大用场的，年三十的每道菜里都会加上几勺鸡汤，味道鲜美无比。

虽然这一盘白斩鸡被端上了年夜饭桌，但是不可轻易动它。物资贫乏的年代，家里这盘白斩鸡只请客人们享用，在正月里也是要反复地端进端出，但是为了解馋，父亲会切几块鸡脖子给我啃啃，吃起来也是津津有味的。正月里去别家做客，母亲常交代我不要随意动人家饭桌上的那盘白斩鸡。记得有一次去小舅家做客，我的筷子像长了眼睛似的一下夹住了一只大腿，我准备去蘸边上的酱油，母亲赶紧拦下说，大腿上的肉是"木"肉，吃了会变笨，我一听赶紧把那只鸡腿放回去。我换了块鸡翅，母亲又说女孩子吃鸡翅不好，长大了要跟别人飞走的，我只好默默地放下筷子里的那块肉……长大后，我终于明白了母亲那些话中的深意。

如今，一盘白斩鸡已成为寻常百姓的家常菜。母亲也时不时地做给我们吃，每次她总是把鸡腿往孩子们的碗里送，把鸡翅塞进我碗里。我打趣道："您现在不怕我飞走吗？"她温和地笑着说："能飞到哪儿去呢？"回望过去的岁月，看着碗里这块鸡翅，金黄光滑的表面在酱油的浸润下闪着玉一般的光泽，我不由得感慨，如今我们的日子不就是一盘白斩鸡吗，平淡温润、有滋有味。

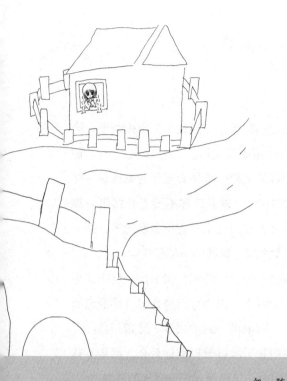

（伍）涟漪如歌

忽一阵风吹来，

温暖的文字，

过往的故事，

平淡的生活，

心湖的涟漪慢慢散开。

倒影悠悠晃动，

闪烁着温暖明亮的音符，

有一种声音，

从故乡的那头飘了过来。

父亲的笑

晚饭后，我和女儿、先生一起散步。路过一家沿街酒吧，缤纷的光影投射到街面上，女儿用小脚去踩。先生对女儿说："你可知道，这和你前几天做的科学实验'纸杯影子'的原理是一样的？"女儿抬眼看先生，娇嗔道："爸爸，你不要老是摆出一副科学老师的样子来嘛！"身为老师的先生对着她微微地笑，那一圈圈缤纷的光影里映射着父女之情，暖暖的，似曾相识。

其实，小时候的我又何尝不是这样的呢？父亲是一位语文老师，每天上下学是我最快乐的时光，因为可以坐在父亲那辆老旧的二十八寸自行车的横挡上，听他讲一路的故事。父亲当老师严肃惯了，不爱笑，有时候明明我听故事笑得前仰后合，他却不露声色，但是我能感觉到，他的内心早已泛起那层微笑的涟漪。

父亲出生于 20 世纪 50 年代，那是一个物资匮乏的年代，用他的话来说，他小时候吃也吃不饱，穿也穿不暖，但是他却把最好的给了我，给了我们这个家。父亲是一个勤快、踏实又正直的人，他常常教育我也要做这样的人。父亲非常能干，在我眼中他似乎无所不能。小时候住的平房家徒四壁，为了让我们住得更舒适一些，勤劳聪明的他自己轧钢筋、化石灰、烧电焊……竟然建起了一幢小楼房；父亲挚爱土地，他常说人一定要贴近大地生活，这样才踏实，你绝对想不到一个"臭老九"可以把土地打理得很好，无论种水稻、甘蔗、络麻、油菜，父亲都有一本自己的种植经；父亲是我文学道路上的导师，他教会我读书写字，用微薄的工资为我买各种书籍，让我疯狂地爱上了阅读，涵养在文字里。他常常教育我：要做一个堂堂正正的人，写方方正正的字。这么多年来，我一直记着这句话，所以在文学的这条崎岖小路上，我走着走着，始终没有把自己走丢。

有一年，父亲受邀参加学校八十周年校庆演讲，他用钢笔认真地一笔一画写下了讲稿，让我帮他打印并修改。他写道："在我四十年的教学生涯里，虽说没有惊天动地的感人场面，却有着无数点点滴滴的平凡小事。1985年4月9日，那时我才三十岁出头，在村小教书，下午第一节课我正在给学生讲课，只听得"哗啦"的一声巨响，隔壁班的教室突然摇晃不定，眼看就要倒塌，那位老师在极短的时间里指挥所有的学生躲在课桌下面，紧接着又一阵哗啦啦巨响，整个房顶塌下来了，笼罩了所有的学生，无情的木横梁倒下来，压到了课桌，也压在了老师的身体上。我闻声第一个冲进了出事的那个班级，所幸的是，孩子们躲在课桌下大多安然无恙，只有少数几人受了点轻伤，而那位保护学生的老师为指挥孩子们躲避危险，自己却来不及避开，被无情的横梁压断了腿脚，腰部严重受伤，落得终身残疾，被迫离开三尺讲台……"读着父亲平实动人的文字，我忍不住热泪盈眶："爸，你们可真伟大，要是当时你在那间倒塌的教室里上课可怎么办啊？"父亲紧锁的眉头轻轻地舒展开来，他说："那时，我们所有的老师心里装的都是孩子，唯独没有自己。"

确实，父亲外表很严肃，其实他是非常爱学生的。一日，他参加完某届毕业生的同学会回来，那些学生在群里纷纷说："虽然您那时很凶，我们都很怕您，但是我们还是最喜欢您！"这些

伍 涟漪如歌

学生想法其实跟我是一样的。年少时，父亲在我眼中是一个性格严肃，不苟言笑，确实让人生畏。平时只要他那道浓眉一皱起来，身上便散发出一股威严的气息，我就不敢与他亲近和交谈。我的脑海中也时常想着，为何父亲不能像母亲那般温柔随和呢？

有一次，老师让我们写一篇关于理想的作文。我记得自己当时很认真地在方格本上写道：长大后，我要和我父亲一样，成为一名光荣的人民教师，做一个对社会有用的人……那一晚，我从他深邃的眼神中读出了笑意。毕业后，我来到他工作的学校，成为一名实习生第一次踏上了三尺讲台，父亲欣慰不已，脸上太阳花般的灿烂的笑容让我永生难忘。可是，后来我终究还是偏离了他预想的轨道，那阵子看他的眼神，我深刻地体会到了他的失落。

这样的歉意一直藏匿于我的内心，我将那道眼神视为一种进发向上的力量，这力量终是一剂消愁的良药，最有效的方子，它治愈了父亲深层的失落。工作之余我开始在文学的道路上摸爬，我的文章渐渐地在各处发表、获奖，父亲总是悄悄地剪下来，一遍又一遍地读，当我有了点滴的进步，父亲脸上的笑容多了份柔软，这大概是他作为语文老师最大的骄傲吧。

有一年我生日，父亲拿出一本与历届学生合影的影集说："这些都是我爱过的孩子，送给你了，生日快乐！""爸……这可是你珍藏了多年的最爱呀！"我的眼眶瞬间湿润了。如今，我一直将这本相册视若珍宝，每当心烦意乱、悲伤痛苦时，我都会拿出来翻看，相片上那一张张童真的脸庞和父亲威严的笑容净化了我内心的浮躁。刹那间，我读懂了父亲那份深沉的爱……

母亲的暖

　　谈起母亲，总能勾起人们内心最为柔软的那部分，或温暖，或感动，或愧疚，或自责……说起来真是惭愧，在我所有的文章里竟然选不出一篇写母亲的文字。许是她太平凡了，平凡得让人忽略，就像每天沐浴阳光，呼吸空气一样平常，只将其视为自然的存在；又许是她太伟大了，伟大得让我把握不住文字的方向，只字片语根本无法记录她对我的爱。母亲，那是每个孩子心中温暖的太阳。

　　记忆中最深刻的那次便是外婆去世的那天，电话里母亲打电话哽咽地说："外婆走了，你单位忙走不开就别过来了，当然……能来最好！"一直以来，母亲都是很隐忍地过着日子，不愿意给我们添任何麻烦，很多时候身体不舒服时，她都忍着，不愿告诉我们，即使是在她最脆弱的时候，她也是如此。其实我明白，她的内心是期盼我能陪在她身边，于是我驱车飞奔至她身边，看到我时，她悲伤的泪眼中闪过一丝惊喜，她紧紧地抱着我，像个孩子。是啊，她失去了母亲，再也没有回娘家的路了，我的内心心痛至极。养育之情就是一场前世今生的善缘，一场爱的轮回。那一刻起，我明白了真正的母爱便是温暖的守护。

　　我喜欢和孩子一起读绘本《我妈妈》《逃家小兔》……和孩子一起感受图片和文字带给我们的那种宁静与愉悦。自从自己成为两个孩子的母亲，我深感做母亲的不易，母亲心疼我，主动帮

　　　　　　　　伍　涟漪如歌

我分担家务，洗衣做饭、打扫卫生、照顾孩子，家中的琐碎花费了她无数的时间和精力。当晚上回家时，孩子们挣脱我母亲的手，兴奋地钻进我的怀里，我关切地问这问那，母亲则站在我们身边快乐地笑。从小到大，从拥我入怀到看着我与孩子相拥，渐行渐远的背影里铭刻着对儿女们无怨无悔的记忆。

母亲是伟大的厨师，她教会了我烹饪的温度。儿时，放学归来，我喜欢围在大锅周围帮母亲烧柴火，铲子在铁锅里不停地翻搅，发出的声音交织着灶膛柴火的噼啪声，那是一曲美妙的交响乐。当一盘菜出锅时，我总是趁她不注意时偷偷捞一块塞进嘴里，那简直就是人间美味。母亲瞥见了，她假装生气："女孩子家家的，嘴可不能馋！"其实她的内心是快乐的。老屋拆迁了，我强烈要求母亲和我同住，嘴上虽说是因年纪大了需要我们儿女照顾，倒不如说是她继续履行照顾我的职责，这是件多么幸福的事情啊！母亲继续每天为我们做饭菜，依据我们每个人的口味，日复一日地变换着菜色，从来没有半句怨言。母亲做的菜最朴实但最美味，每天吃都不会厌倦。有一次，母亲佝偻着身躯在厨房剥豆，我说："豆子带壳清煮最好吃，不用剥，多费事呀。"她却说："两个小家伙都喜欢吃青豆炒香肠。"待到开饭时，饭桌上多了一盘清煮青豆放在我面前，而孩子们的面前是一盘青豆炒香肠。看着我们狼吞虎咽的样子，母亲皱褶的脸颊开成了一朵美丽的花儿。这些菜之所以美味，因为里面还有一道爱的调料。所以我深深地明白，儿子为什么总夸我蛋糕做得比外面买的好吃，许是因为里面加了爱的味道吧，这便是母亲教会我的。

母亲是伟大的艺术师，她的心灵手巧感染了我。记得很小的时候，一直盼望着过年，因为一到过年就会有新衣新鞋。年三十前的几天是母亲最忙碌的时光，白天要下地干活，晚上还要坐在昏暗的灯下缝制过年的新衣新鞋、编织毛衣。在村里，母亲可是打毛衣的高手，家里隔三岔五会有邻居上门来向她讨教。有一回我去省城，母亲还嘱托我帮她从书店里带本毛衣书给她。让人佩服的是，从没上过一天学的母亲竟然能看懂毛衣编织书，有几次我想学书中的针法，就把书翻出来看，但是都不太看得懂，后来还是母亲手把手教了才学会的。从小到大，我都是穿着母亲亲制的衣服鞋子长大的，母亲做的东西针脚细腻、针法均匀，图案精神，而且还是独一无二的，因为她的一针一线，皆倾注着浓郁的爱和亲情。现在，我的孩子们也喜欢穿她织的毛衣，孩子们常说："奶奶织的衣服真暖和！"有一年，孩子写了篇《奶奶是个魔法师》的作文，他把母亲用零布头、旧衣服"变戏法"似的做成棉拖鞋的事情记录了下来，这不仅是对孩子深沉的爱，更是勤俭持家好家风的传承。令人意想不到的是，许是这篇朴实的作文用真情实感打动了评委，竟然获得了市一等奖，为孩子们以后的写作注入了信心。当我把作文念给母亲听时，她一边用那粗糙干裂的手握着绣花拉扯着线，一边舒展着眼角的笑容，眉宇间挂满了幸福的喜悦。

但丁说过："世界上有一种最美丽的声音，那便是母亲的呼唤。"尽管有时候我也嫌她啰唆，就像孩子嫌我唠叨一样。但我们是彼此的依靠和支撑，是最温暖的牵挂。所以，我只想说："岁月，请你慢点儿走，让我多陪陪你……"

孩子的真

"童年呵！是梦中的真，是真中的梦，是回忆时含泪的微笑。"许多年来，冰心的这首小诗一直驻扎在我心里，伴随着我的童年，也伴随着孩子们的童年。

1 晚霞

某日下班驱车回家，接上女儿后，在学校边上等待一轮又一轮红灯，西边的晚霞布满半个天空，白色斑马线上一个个"红领巾"穿梭在晚霞中。车载音箱里流淌出了一首熟悉的曲子《晚霞中的红蜻蜓》，悠扬的曲调，略带感伤的歌词飘荡在车里，时间仿佛凝滞了。

时光倒回到儿时那个夕阳铺满操场的黄昏，微风习习送来了花草的清香，我坐在校园"红蜻蜓"广播站里，《晚霞中的红蜻蜓》这首歌弥漫在校园的每一个角落，我缓缓吐出一句话来："亲爱的同学们，大家晚上好，在熟悉的歌声中欢迎来到'红蜻蜓'广播站，今天要和大家一起分享冰心的《繁星》……"缓缓读完冰心的诗歌，夕阳顽皮地跳跃在诗稿上。我开始抽取信箱里同学的来信，"你见过晚霞中的红蜻蜓吗？它有时飞得很高，成了白云的眼睛，让你看到了自由；它有时又飞得很低，成了泥土里的一粒尘埃，让你变得卑微……"一行娟秀的字迹一眼看去就让人很舒服，再加上灵动的文字，让我感受到了作者感情的真挚与热烈，向往自由，也甘于寂寞。透过广播站的窗口，我看着操场上忘情嬉戏的同学沐浴在晚霞里，这是多么无忧无虑的童年啊！多年以后，这个场景反复被暖上记忆，我心里一直在想，有一个充满幻想会做梦的童年，可真好！

依然是一个黄昏，我作为一名实习老师执教小学语文课，站在六年级的课堂上，阳光从老旧的木格子玻璃窗斜斜地挤进来，简陋的教室里流动着一层金色的光。那时正好在给孩子们上作文课，我见晚霞这么美，又想起自己学生时代读萧红的《火烧云》，作者那丰富的想象力和唯美的文笔一直留在记忆中，更点燃了我心中那团文学之光。

我试着让孩子们描述一下晚霞的样子，孩子们表现得很活跃："老师，晚霞像少女羞红的脸庞。""老师，晚霞落在远山上美得像一幅油画。""老师，晚霞像一首抒情的散文诗。""老师，晚霞像一块彩色的锦缎。"……

所有的美好在这一瞬间都被孩子稚嫩的声音填满。

"老师，晚霞像妈妈！"一个低低的声音从教室的角落里传了过来，一个小女生细声细气地说着。"像妈妈？"这个向来沉默寡言的孩子，竟然会主动回答问题，我有些吃惊。

"哈哈哈……晚霞怎么会像妈妈呢？"一阵哄笑在教室里响起。

我走到她身边，看到她的眼睛里闪烁着光芒。她从书包里拿出一个精致的小本子，里面记了不少日记，她翻到一首写给妈妈的小诗给我看，看着一行行娟秀的字，我的心微微一颤。她在诗中写道："我出生时，晚霞满天，妈妈离开了我……妈妈是温暖

　　　　　　伍　涟漪如歌

的晚霞，绚丽的光芒洒在我身上，就像一双柔软的手抚摸着我。"我顿时明白了，原来这个名字里有"霞"的小女孩，背后藏着这样一个故事。她出生的那个黄昏，晚霞满天，而她的妈妈却永远离开了她。我握着她微凉的小手，指向天边的晚霞："你看，秋天的晚霞多么温暖，是充满希望的期待和成熟，更是一切美好的开始。"

"从来不曾忘记晚霞中的你，踏过青青草地夕阳在心里……"歌曲还在循环播放，女儿跟着哼唱了起来，她说学校的合唱团里也正在学这首歌。我突然问女儿："你觉得晚霞像什么？"

女儿想了想，说："像一个画家，你看它把远山染红了，把大地染金了，把我们都染成了彩色……"呵！多么丰富的想象啊，这就是纯真的孩子赠予的一个美好又充满回忆的黄昏。

2　春风

"寒雪梅中尽，春风柳上归"，春风唤醒了柳枝，是充满万般柔情的。

"不知细叶谁裁出，二月春风似剪刀"，春风化身为技艺高超的妙手，是神奇的。

"迟日江山丽，春风花草香"，春风裹挟着温柔的馨香，是芬芳馥郁的。

"你是四月早天里的云烟，黄昏吹着风的软"，春风缥缈绵软，是温暖而纯净的。

老舍先生在他的散文《春风》里写道："所谓春风，似乎应当温柔，轻吻着柳枝，微微吹皱了水面，偷偷的传送花香，同情的轻轻掀起禽鸟的羽毛。……春夜的微风送来雁叫，使人似乎多些希望。"

春在一首诗、一篇散文里醒来，像一个刚刚出生的婴孩，纯净不染，天真可爱。

"春姑娘来了！乘着温暖的风轻轻地来了。小柳条从枝头落下来，是她长长的绿头发吧？停在树上的小燕子，是她乌黑的大眼睛吧？一朵朵开放的樱花，是她粉红的小嘴吧？一树又一树的玉兰花，是她洁白的裙子吧……"这是女儿在一年级时写下的一首小诗。那时，她的梦想是当一名诗人。

喜欢诗歌的孩子，总会有很多突发奇想。有一年冬天，外面飘着鹅毛般的大雪，她堆了一个可爱的雪人，然后示意我给她和雪人合个影。她说："太阳一出来，雪人就要融化了，那多可惜呀！"我问她："你知道雪融化了以后变成什么吗？"看着雪人边上的那株含苞欲放的老梅树，她回了我一句："妈妈，雪融化了就是春天！"

那一刻，周身的冰冷一瞬间被这句有些春日暖意的话给点燃了。这孩子就像一阵春天的风，时时让我感受她带来的美好。

有一年春天，先生给她从网上买来了一小盒春蚕幼虫，她细心地为它们做了个小窝，每天小心翼翼地照看它们。有一次网上买的桑叶还未寄到，为了让小春蚕们能及时吃到鲜嫩的叶子，我陪她几乎跑遍了小镇的角角落落，仍一无所获。最后在周边另一个农村小镇才找到了一小片桑树林。她兴奋地跑到地里，挑了一些鲜嫩的叶子赶回家，清洗干净后放在她心爱的蚕宝宝身上。绿油油的叶子很快就出现了一个个小小的孔洞，蚕宝宝们似乎懂得了感恩，探头探脑地来看她的主人，这样的画面特别温暖，仿佛

　　　　　伍　涟漪如歌

一阵春天的风拂过脸庞。

有一年春天，学校布置科学作业观察蚕豆的生长。她和我一起将四颗蚕豆埋入泥土中，每天她都会去露台看看蚕豆的变化。一日，一个小小的白色芽尖突破种皮，向下伸展到泥土里去，先生告诉她，那是蚕豆的胚根，是要把幼苗的位置固定起来。再过数日，嫩芽儿从两片子叶中间钻出来，成为一株小豆苗。每天她都会去数一下豆苗长了几片叶子。豆苗慢慢长高，开出许多小眼睛一样的紫色蚕豆花，在春风里荡漾着一股淡淡的清香。

有一年春天，我陪她一起看了一部法国电影《放牛班的春天》，讲述的是在一个"池塘底教养院"里，有一位耐心教学的"落魄"音乐老师马修和一群天性顽皮的"问题少年"。这位叫马修的老师把全部的爱都给了孩子们，恰如春风一般唤醒了孩子内心的种子。女儿看得很认真，她说那些小孩唱的歌曲真好听。电影里四月的春天，那是"放牛班"快乐和平静的时光，马修老师认真地指导着孩子们，孩子们的眼里开始变得有光，内心变得自信而坚定，脸上的笑容也渐渐绽开了。"在灰暗的晨曦中，寻找通往彩虹的道路，揭开春的序幕……"孩子们天籁般的歌声令人畅快，如沐一场春风。

我突然把女儿搂在怀里跟她说："妈妈和你在一起真的好幸福，像春风一样让人舒服。"女儿靠在我怀里咯咯地笑了起来，和电影里美妙的童声交织在一起，在春的夜幕缓缓流淌。

生命其实是一场相遇，当你遇见了春风，听到那一声清脆、那一声婉转、那一声响亮、那一声柔和、那一声清纯……仿佛自己也变成了一个天真的孩子。

3 家书

早些年在外地求学，每个月我都会和父亲写信互通，一封家书，纸短情长。在网络时代，家书早已慢慢淡出人们的视线，但是在儿子的每一个重要的时刻，我都会给他写一封信。

儿子上小学时，我的工作非常忙碌，每日早出晚归，实在没有时间管他的学习，就连陪伴他的机会也少之又少。夜晚回到家时，他早已在等我的过程中入睡了。有一日早上送他去学校的路上，他说："妈妈，你以后每天都送我一句话可以吗？"看着他渴望的双眼，我心想，这么一个简单朴实的小愿望，作为母亲当然要给他兑现。

那段时间我每天晚上都给他写一张便利贴。令我感动的是，他把这件事写进了他的作文，作文是《隐形的爱》，还被发表在校报上。他在作文中写道："书桌的上方有一道美丽的风景，那是由一张张五颜六色的小纸片拼凑成的一个大大的爱心。小纸片上写满了字，构成了一份隐形的爱，悄悄传递着温暖。当我烦躁、失落、疲惫时，只要一抬头，看到这些赏心悦目的话语，内心就格外温暖……"

在我眼中，儿子是个心思非常细腻的孩子，做事井井有条，是很多人眼中的小暖男。但是进入初中后，我发现他有了些变化：他喜欢写作业时关上自己的房门，不允许我们随便进去；常常因为一些小事和我们意见不合，和我们顶嘴，甚至争吵，他突然变得不可理喻，无形当中我们之间隔起了一道墙。进入青春期的孩子脾气变大也正常。我明白，在他这个年纪也要面临许多压力，比如在校要得到老师的认可，学习成绩不能太差，适应自己从一

伍 涟漪如歌

名优秀学生开始变得平凡……

那段时间，我和先生都有些不知所措。有一次，我正好看了电视剧《小别离》，里面的几位父母对儿女的关心简直就是密不透风，他们怕孩子早恋耽误学习，怕孩子被坏学生带上歪路，于是开始翻孩子的书包，偷看孩子的日记，一言不合就不停地唠叨、训斥，结果孩子却跟自己越走越远。我仿佛看到了自己的影子，感觉我们再这样走下去，亲子关系必定也会走进死胡同。于是我试着用老办法，给孩子写信。

那次，我给他写了一封信，他看完后竟然将信撕碎了。还是没能及时走进孩子的内心。那一刻我的心如同纸片一样碎了一地，我伤心地从垃圾框里将碎纸一片片捡起来，装进一个小盒子里，以此告诫自己，一定要慢慢打开他的心门。

其实，青春期的孩子与父母注定会有一场战争，及时调整战术非常重要。我尝试着再写一封信，态度变得诚恳一些。果不其然，这一次儿子没有撕碎，而是将信放在书桌一边。第二天我再去查看垃圾框，发现信没有被撕碎，他将信夹到了一本书中。

再后来，一次家长会上，有心的班主任让孩子给家长写封信，儿子写了一封信给我，那一天，坐在教室里读完他的信，我的眼眶有点儿湿润，儿子依旧是那个小暖男。后来我给他写了封回信，陪伴他的青春期，我们彼此都在慢慢转变。

临中考前一天，我给他写一封长长的信：

亲爱的孩子：

时光飞逝，你还有一天就要迎来人生的第一次"大考"。看着还在房间挑灯夜战的身影，妈妈真的有些不忍心。

妈妈至今依然记得，你第一次离开妈妈去上幼儿园，伤心哭泣的情景；再大些，你自己背上小书包，跨进小学的大门，开心地跟我说再见；三年前，小学毕业时你牵着妈妈的手，从校长手中接过了毕业证书；之后，你跨入了初中的大门，我记得那天你把那封寄给未来自己的信投入邮箱，眼神坚定。虽然妈妈不知道你给未来的自己许下了什么美好的愿望，但妈妈知道，你一直在朝着这个梦想努力着。这些年来，你一步一个脚印，虽没有太多的辉煌，却踏实地走到了今天。

　　备战中考的日子里，你放弃了喜欢的绘画，放弃了外出游玩，放弃了许多娱乐……你的付出妈妈都看在眼中。每天晚上，妈妈总是不厌其烦地劝你睡觉；每天清晨，妈妈又总是卡着点唤醒你，想让你多睡一分钟也是好的，妈妈是多么不舍把熟睡的你从床上叫起来。好几次，望着睡梦中微笑的你，妈妈才发现，你的笑容原来那么好看，突然感慨你是不是很久不笑了？十五年的光阴，把你从一个小小的婴儿变成一个风华正茂的少年！这十五年，因为有你，妈妈的生活变得无比充实，有甜蜜有担忧，有泪水有欢笑，有骄傲也有失落……但是，正是因为有你，让妈妈的生活更添一份动力，一份责任。感恩你的一路成长也让我变得成熟，就如金秋的稻谷，经历了春夏，走向饱满。

　　平日里，妈妈在与你的相处中也有许多不对的地方，有时候过于关心显得啰唆，有时候过于急躁冲你发火。每每看你生气的表情，妈妈内心也非常自责，于是开始反思自己，希望"改过自新"！

　　好在，你已经慢慢长大，懂得明辨是非，也会体谅我们的心，即使你偶尔不满，也从来不会怨恨妈妈。今天，妈妈要谢谢你的

伍　涟漪如歌

理解和懂事。

孩子，中考这只是人生的一小步，能考上重点高中固然好，那将是你人生旅途的美好新起点，考不上也没关系。妈妈希望你摒弃焦虑、担忧和烦躁，轻装上阵，勇敢大胆地往前行，就像体育中考那次一样，用轻松、快乐的心态去对待。考试都有偶然性，你一定要满怀信心去追赶自己的梦想！此外，还有很重要的一点，就是不管现在还是将来，妈妈都希望你能劳逸结合，做一个阳光健康的人。

"最美丽的花儿，总是开在最陡峭的悬崖峭壁上"，你的努力总归是不会白费的。妈妈相信，经历过中考后的你必定会拥有一颗强大的内心，你会是一个更好的你。

最后，妈妈为你准备了一个小礼物，你挂念已久的冰墩墩，还有一本封面是"浙江大学"的速写本，希望它们能为你带来好运，带着你的梦想，一起向未来吧！

祝最亲爱的你，中考顺利，开心每一天！

爱你的妈妈写于 2022 年 6 月 16 日晚

这封信，孩子认真读完后告诉我："妈妈，我一定会努力去追逐自己的梦想。"

前阵子搬到新房，儿子将一个小小的盒子宝贝似的偷偷藏了起来，原本以为青春期的孩子藏的都是些自己的小秘密。一日，儿子住校去了，妹妹将盒子拿出来悄悄地告诉我："妈妈，哥哥藏了不少你写给他的信，你怎么一封也没写给我？"

我瞪了她一眼说："哥哥的东西不要乱动，赶紧放回原位去！

改天妈妈也给你写信。"

　　然而，我的内心却涌上一股暖意，这个长得比我还高的大男孩一直都是个贴心懂事的孩子呀！就如他以前作文中写的那样："妈妈就是这样默默地爱着我，日复一日地用一张张小纸片释放着她隐形的爱。我将这些小纸片一张张地拾掇起来，用我的爱好好珍藏着、保护着。"

　　其实，即使是正值青春期的孩子，也很真挚！若干年后，当我们再度回首走过的童年、少年和青春，必定会含泪微笑的。

守住古镇文化根脉

"半天下之财赋，悉由此路而进"，千年古运河边，有片江南佳丽地。一座广济桥，让塘栖古镇有了灵魂。如果你再走得近些，你会发现，古镇的灵魂不仅仅是一座保护完好的古桥，也不仅仅是那些留有余温的老物件，而且也包含着流传百年的传统美食，流淌千年的文化、民风习俗、乡贤名人等。家乡厚土养育文人，在塘栖就有那么一个文人，他几十年来一直守望着古镇的乡愁、书写着古镇的文化、坚守着古镇的文脉，他就是塘栖文化促进会的掌门人、知名作家胡建伟老师。

一间老屋，厚植古镇文化

春末夏初，沿着古老的运河，我走进了塘栖古镇，走进了塘栖文化促进会。沿步行街拐进一条小弄堂，蔷薇花兀自从一座古色古香的怀旧建筑探了出来，四方的庭院，斑驳的山墙，简朴的门楼，这个院子就是塘栖文化促进会的办公地点。"吱呀"一声木门开了，主人胡建伟老师迎了出来，丈蓝色的衬衣平稳整齐，精神炯烁，和蔼可亲，一点距离感都没有。

步入院子，暖暖的阳光漏过屋檐，洒在一面攀满爬山虎的白墙上，高耸的芭蕉在微风中轻曳，绿叶间文字在起舞，"暮春者，春服既成，冠者五六人，童子六七人，浴乎沂，风乎舞雩，咏而归"。这诗一般的身心自由，让人不由得心生美好，仿佛瞬间置身于古老的历史。房屋是典型的江南民居，室内多为木质构造，中为厅堂，另一侧为书房，厅堂前方有天井，抬头便是一方蓝天。厅堂的边柜上放满了各类与塘栖有关的书籍，墙上挂着塘栖有关的字画，目及之处皆体现了浓浓的塘栖元素。在这样一间屋子里做有如此有意义的事，该是件多么幸福的事啊！

　　我们都知道故乡于作家而言意义非凡，故乡因作家而自豪，作家因故乡而生动。作为土生土长的"塘栖通"，胡老师下乡插过队，当过中学语文老师，做过当地作家协会主席，出版多部文学作品。现在又担任起了塘栖文化促进会会长，一直致力于挖掘、整理、弘扬塘栖文化，是一个为当地文化殚精竭虑的人。他说，他对塘栖的感情已深入骨髓，怎样才能让这座古镇活起来？如何讲好塘栖故事？除了一些建筑物，而建筑物背后的东西显得尤为重要。这些都需要去挖掘史料，把过去的史料和现存的实物进行对照整理之后，把古镇当年这种繁荣讲给当今世人听，让文化得以更好地传承和发扬，营造独具特色的当代塘栖文化。

　　作家叶文玲曾评价他为"浙江的刘绍棠"，并在他创作的《风雅塘栖》一书的序言中高度赞赏："作者对故乡的情思是那样恒久而化不开，就像一颗籽实，自幼就种在心田，随身而长，化为血液化为细胞，化为浸溢全身的情愫，一旦遇见惠风，更似沐雨露的嘉木，蓬勃无限。"我想，塘栖文化促进会便是他的惠风吧！

　　坐在文化促进会的院子里，与胡老师一起谈文学、谈创作、谈生活是一件乐事、幸事。他谈吐幽默风趣，有才有料，给人"才贯二西，学富五车"的感觉。他对于经史典故信手拈来却入情入理，只要有关塘栖历史的大事小情好像没有什么他不知道的，和他在一起，你只需要静静聆听，便会有不一样的收获。

胡老师当了三十六年的教书匠，直到 2016 年退休受当地镇政府邀请，担任塘栖镇文化促进会会长。虽说是"新官"上任，但万事开头难，他给自己打气，凭借着多年来对塘栖的浓厚感情和深厚的文化功底，他用足迹踏遍了塘栖的角角落落，从大运河到丁山湖，从枇杷熟透到梅花开尽，日复一日、年复一年地翻动阅读"塘栖"这部大书。他走访单位探访乡村，对古镇文化工作进行调研摸底，积极谋划古镇文化工作框架，梳理工作计划。按照"计划表"，他规划"路线图"。自文化促进会创立以来，他已主编出版《新文化塘栖丛书》6 部，包括《明清以来的塘栖工商业》《塘栖枇杷百咏》《塘栖名门望族》《塘栖古园林》《塘栖古桥》《江南糕版文化》，推动塘栖本土艺术家邱毅、赵六余办展，完成何思敬纪念馆建设，目前正在推进塘栖进士馆的建设……他所做的每一件事情足以让塘栖的文脉熠熠生光。

一个纪念馆，追寻红色记忆

在塘栖镇西横头街坐落着一间两层楼的小洋房，坐北朝南，精致典雅，古树陪衬，显得既古老又现代。可是鲜有人知，在这幢塘栖最早的小洋楼里曾经走出了一位中国共产党的顶级红色法学家——何思敬。

将小洋楼改建成何思敬纪念馆，胡老师可谓功不可没。谈起这座纪念馆的建设，他乐成一朵花，话匣子也一下子打开了。据他回忆，在 2017 年春天的一个夜晚，他突然听说何思敬的两个弟弟合资买的一幢徽式二层楼房要被改建为咖啡馆，这让他难以接受。他立马向塘栖镇政府提出建议，他认为塘栖文化底蕴深厚，何思敬对于红色法学的贡献与建树，是他对历史进程的伟大贡献，也为塘栖人文历史书写了新的华彩乐章，如果能将小洋楼改建成何思敬纪念馆作为红色革命教育基地则更为妥当。当时，这一想法得到了塘栖镇政府和余杭区领导的高度关注和大力支持。在政府的推动下，纪念馆的建设工作很快就启动了。2018年4月，筹建工作拉开，为了使何思敬的人物形象更加丰满、红色精神更加突显，胡老师带领促进会成员沿着何思敬先生生前人生轨迹的重大节点，寻访了何思敬大女儿何理良、延安革命纪念馆、延安大学、抗日军政大学、重庆党史办、红岩村八路军办事处、重庆谈判纪念馆、重庆市档案局、重庆党史研究室、重庆市委党校、广州市委党校、广州市委党史研究室、广州中山大学等，为纪念馆的建设打下扎实的基础。

对于纪念馆的设计，非设计专业出身的胡老师显然是特别"挑剔"。他认为，要做一个"高、大、上"的人物馆，首先要突出的就是人物，要讲好人的故事，突出细节，更要有温度，要让整个馆生动起来。在这一点上他真的一点儿也不马虎，每周他都要花半天时间亲自与设计公司讨论修改纪念馆的设计方案。他自豪地说："纪念馆的设计方案'九易其稿'才最终确定下来，其间一稿又一稿地不断拓展着展陈和内涵，当93岁高龄的何理良从北京来到塘栖，亲自听取纪念馆最后一稿设计方案汇报当场作出了高度的评价。"他的话音刚落我便脱口而出："这该是一个多么庞大的工程啊！"而他却轻描淡写地说："是的，工程很大，很麻烦，也很辛苦，但是我觉得特别值！"的确，这期间付出的艰辛和倾注的心血也只有他自己最清楚，让人不由得心生敬佩，

　　　　　　　　伍　涟漪如歌

大概这便是所谓的工匠精神吧！

"我带你去现场感受一下，如何？"我有些受宠若惊，于是赶紧起身，随胡老师向广济桥东岸走去，不久一座精致、大气、环境幽雅，又充满人文气息的纪念馆展现在我眼前。馆名"何思敬纪念馆"六个字是由何理良同志亲笔题写的，馆前右侧是一尊何思敬的青铜雕像，在夕阳下，何思敬的人物形象显得特别传神，一身戎装，目光坚毅，又不失儒雅本色。馆内，分三大部分、七个单元，是何思敬的生平事迹介绍，图文并茂，还辅以塑像和影像短片全面展示了何思敬求学探索、为党奋斗、严谨博学的一生。胡老师亲自当起了讲解员，他用幽默风趣的话语生动地讲述了当年那段革命岁月，他信手拈来的故事一个个在耳边萦绕，让人感觉馆中的人物像活过来了一样。

最后参观快要结束时，我为墙上播放的视频所吸引：一个久别家乡的游子手提行李箱回到塘栖，站在运河边回望故乡的那种依恋让人不由得心动。胡老师在一边动容地说："当初何理良女士看完了这个视频眼角含着泪水呢！"我说："确实，因为对于何老来说，这一切仿佛都是那么熟悉，那么亲切，她好像回到了过去，就像坐在自家的院子里，看到了她父亲向她走来……"看我如此感慨，胡老师说："你有这种感觉就对了，来到这个纪念馆就要让人怀着绕不出去的情结喜欢上塘栖的文化底蕴，留住一处可以怀旧的地方。"

一座古桥，静笃风雅塘栖

"塘栖如果没有广济桥，早已沦为一般的江南古镇，无人关注！"在塘栖人的眼中，广济桥是他们心中的一抹乡愁，为"江南第一名镇"注入了无限的生机。然而在胡老师的字典里，广济桥内在的含义不仅在于此，他认为这座桥还深蕴着一种泓泓相生、千古不朽的精神。

这座连接古镇南北的古桥，究竟有着什么样的传奇呢？胡老师为我们讲述了一个感人至深的故事。他说，广济桥始建于唐宝历年间，其实到了明代桥便已经坍塌了。运河两岸之间相隔甚远，桥没了，人们过河只能靠摆渡，实在太不方便了。有一次有渡船在运河上翻了，几人殒命其中。这时，一位名叫陈守清的宁波商人经过塘栖，听说了有人因渡河而丧命的事情，便心生怜悯，于是削发为僧、断息割爱、弃妻捋子，万万没想到，他竟然花了整整九年时间，终于修复了这座著名的七孔石拱桥。一个外乡人、一个普通的商人，竟然心怀普济民众的宏大抱负，做了一件如此了不起的事情，不图名，不逐利，这实在太难得了。

其实，早在2013年，胡老师就提出过应该为陈守清立尊铜像。2014年，大运河申遗成功，广济桥作为遗产点正式成为世界文化遗产的一部分。2015年，塘栖人专门打造了一尊陈守清和缩小的广济桥黄铜塑像，立于广济桥头，并誉其为"广济桥之父"，代表了人们对义士的纪念。胡老师曾在《风雅塘栖》一书中写道："广济长桥本身的卓立，不仅仅是身姿的雄伟或交通的便利，这更是一种精神。"它是塘栖的瑰宝，教育和激励着现代、当代塘栖人要怀有急人所急、倾心奉献的精神，这样的精神追求如桥一般坚固，气贯长虹。

在胡老师的身上，我仿佛也看到了这样一种精神的传承。他说，人这一生中总会有一些具有非凡意义的事情，当它们经过长期沉淀，就具备了独特的精神追求和深厚情结。这些也与他的人生经历有关，据胡老师回忆，他16岁就到塘栖二十里外的沾桥人民公社插队做"知青"，第一次离开父母到农村独立工作、生活，真正体验到了知青生活的艰涩、琐细与平淡，白天参加劳动，晚上睡在羊圈里，在六年多的下乡岁月里，他将此生的苦都吃遍了，但仍很乐观地说：吃苦是种财富。后来他考取湘湖师范，当了老师后，每年他都会去插队的地方走走看看。岁月的推移，让他记住了乡村、土地、小人物的面貌，记住了唯有面对人生的各种沧桑磨难，生命的活力才会让自己更强大，使他对这方水土这方人始终充溢着悲悯与宽怀。

1983年，他开始涉足文学，他将"文学视为生活的一部分"，并将心之所感付诸笔端。迄今为止，他公开发表文学作品200余万字，写下了散文集《淘一首生命的歌》《寂寞的瓦尔登湖》《风雅塘栖》，短篇小说集《牛滩美人塸》《乡村颂》，中短篇小说集《河之洲以南印象》《狂野周末》等，每一部作品都充满着对生命与生活的真诚。特别是他自认为文学创作唯一的散文《莲湖》，你不得不惊叹其语言之精美，也更让人深思，那一支枯涩的笔在描绘一个植物世界的同时，晃悠出了湖的一生，折射出了人的一生。所以说，时间是有重量的，生命的意义与岁月留下的风雅，或许就刻在这些微妙的创作里，胡老师创作的精神源泉就如长桥一般给我们留下了诸多感悟和启迪。

"真是位高产作家啊！文化促进会亏得有你！"我不由得发出惊叹。此时，他脸上的笑意更浓了，因为这个文化促进会对他来说就像自己的孩子，他激动地说："接下来着手要做的是打造塘栖第三个文化地标——塘栖进士馆，明清时期塘栖出了许多的进士、举人、五贡，将科举制度与科举名人结合，传承塘栖的历史、文化、名人，为这座历史文化名镇留下些值得纪念的好东西。"

离开文化促进会之际，胡老师将他的新作《食物记》亲笔签名后赠送予我。新书的装帧给人厚重的历史感，"食物记"三个字是胡老师自己写的书法，飘逸大气。我手捧着胡老师亲笔签名的新书，走在塘栖的暮色里，感觉怀中抱着的书如运河水一样的厚重。古镇的白墙黑瓦、悠悠古桥、潺潺水声，用它的白天黑夜、日月更替来迎候他；而他，却用他一生的时间，守住了古镇的文化根脉。

植物与节气，皆是美丽的乡愁

新年第一日，终于得空读大元老师的《植物先生》，母子俩一起细细品味。其实，早在飘雪的那晚就已收到新书，因年底有诸多忙碌，又怕新书被儿子抢了去，而影响他月考复习，于是便先藏了起来。

旧年的最后一晚，我背着儿子偷偷拆了包装独自先品了起来。虽然这些文字早在每个节气里都按时出现在了大元老师的公众号里，我也曾一字不漏地认真读过一遍，但是拿着书的感觉就是不一样。每个节气配以精美的国画，还有 24 张夹杂着植物清香的手工花草纸，被誉为中国"最美图书"实至名归！

于植物我是情有独钟的。读这本书，我深深地感受到了大元老师用坚实的脚步、用虔诚的心灵去贴近每一寸泥土，用智慧、用记忆去叩问每一种植物的灵魂，这些镌刻在他生命中与植物有着千丝万缕的清晰坐标，也总会勾起几代人许许多多的回忆。

立春写蜡梅："十里梅花香雪海，大元独喜宋梅亭边这一棵。"雨水写结香："我最喜欢的一棵结香，在超山大明堂庭院西侧圆洞门内侧。"两句话道尽了他对超山蜡梅和结香的喜爱，也让这两朵开在江南最早的春衫上的花儿有了鲜明的地域特色。

惊蛰写白玉兰，因为白玉兰的干净："不需要绿叶来衬托，也不需要任何别的色彩来陪衬，骨子里就带了那么点与生俱来的冷傲。"不禁让人怀想，冬日裹着黄绿色的绒衣的小花蕾，究竟是走过了怎样的风霜雨雪，才绚烂成那一树一树的花开？

春分写油菜花："那漫天漫地的乡土气息始终没有停息过在我的五脏六腑里发酵。"就这样，轻松地将我拉回到了童年，确实，乡村的孩子怎么可以不在油菜花丛里野过呢？它盛开的可是童年的时光，看到这朵花，仿佛感到自己的童年和故乡并没有失去，那么近，伸手便可触摸。

清明写野艾："清明圆子如今大多数人称其为青团，糯韧绵软，清香扑鼻，从色彩到口感都带着春天的气息。"记得儿时野艾被母亲呼作"青"，采青时的欢乐，吃果时的美味，至今仍难忘却。这个清明圆子里注入了望春的情感，如春草般疯长，让江南人生出特别的恋恋来。

谷雨写桑树："多少年后，如今要我回答对哪种植物怀了敬畏之心，非桑树莫属。"以前读到"维桑与梓，必恭敬止"，不免眼眶一热，忽而想起岁月里桑叶摇曳的那些时光，今日读到桑树魂，既让人感到亲切，又让人心生敬畏。

立夏写枫杨树："我默默地注视着虬曲于河面的那棵老枫杨，注视着水面上那一串串在风中轻舞的'元宝'和'馄饨'……但愿你能就这样存活下去，直到自然老去。"记忆中，老屋边上也种了枫杨树，那一串串绿色果序倒挂在树上，如流苏一般，又如一串串铜钱，优雅的姿态衬托出它与众不同的智慧。"元宝"和"馄饨"是如此形象，让人记忆深刻，童年故乡消逝的那棵老枫杨树，那是多少人的心结，多么希望心中的那棵树还在，那个故乡还在。

小满写合欢树："我总是惦记着南兴路，晨起去看合欢树舒展叶子，日落之后天黑之前，去看合欢树叶子渐渐合拢。"合欢

　　　　　　　伍　涟漪如歌

花美，形似小绒伞球，色如粉霞，秀丽别致；合欢叶奇，日落而合，日出而开，纤细似一片绿羽。大元老师笔下的这条南兴路我也爱走，这一条路，每片叶，每朵花，那是熟悉得不能再熟悉了，每年这个节气，晚饭后我都会带上孩子们一起在树下散步，我们抬头仰望晚霞中撑开的大树，俯身去捡一朵朵被风吹落的花朵，这是一树幸福的合家欢。

芒种写蜀葵花："我们在周游世界时遭遇蜀葵，看到的是家乡的模样，嗅到的是家乡的味道。"这是一枝长在村落里的夏花，能让人在周游世界的时候处处回望干净的乡情。记得外婆还在世的时候，家门口就有一丛红艳艳的蜀葵，朴实而温暖。如今每每遇见，就很想去拥抱它，仿佛这样便能感受到外婆的温暖，一种花能亲到如此程度，也就非它莫属了。

夏至写梧桐："自从有了她，雨季，不再只是潮湿难耐的哒哒声，她是降落人间柔缓流畅而清亮的绿色旋律，使浑浊的河面充满了生机，带给人从远古走来的力量，向上的力量，快乐的力量。"众里寻她千百度，蓦然回首，她就如心爱的姑娘被大元老师牵挂上了。其实，单位楼下也是梧桐满街，从窗口望去，春天它绿叶满树，秋天叶落满地，燥热的夏日里，只要你需要，便可以呆呆地看上一阵。这时，你的心是安静的，突然间我也就懂了，原来安静也是充满力量的。

小暑写无患子："我记挂着北沙西路的无患子，还有兴国路和月荷路的无患子……"从呼伦贝尔到鲁迅的百草园，最后依然思念这粒肥皂果，回归家乡。我清晰地记得，小时候这肥皂树可是宝贝树，无患子被称为肥皂果，奶奶会用手帕小心翼翼地将它们包裹好，她曾告诉过我，这果子是个宝，不但可以洗衣服，还是一味中药，现在只要见到这棵树，就会让我想起睿智、勤劳的奶奶，仿佛听到她在河埠头浣衣的声音。

大暑写构树："构树，我儿时的谷树，此刻全世界似乎只有你，依然神采奕奕，仿佛焰火是春风。"从住过的地方、工作过的地方、出差过的地方，大元老师一次次深情地回望故乡的树，让人为之动容。特别是说到隆兴桥的构树，我也曾多少次流连看它的红果子，却总想不起何时见过它，如此似曾相识。如今循着大元老师的文字，我读懂了这棵树的神奇力量。原来，它就是老家山坡脚下恣意生长的构树，是一棵只要有阳光雨露再是贫瘠的地方都能顽强生长的树。

立秋写狗尾巴草："失去故乡的我，看到它就回到了故乡的模样。"狗尾巴草、芦苇花，一不小心大元老师又将我们拉回了遥远的童年，忧伤中掺杂着快乐。谁的童年没有狗尾巴草呢？这随处可见的狗尾巴草，虽没有花朵的华丽，在风中，在烈日里，它细细的身板顽强地托着沉甸甸的花穗，不依附于别的植物，也不匍匐在地面，平凡中活出自我的风采，就像是温柔故乡滋养出的每一个平凡的人。

处暑写芡实："平躺在水面的芡叶很有震撼力，大的有圆桌台面那么大，表皮打皱，坚实而有沧桑感，没想到叶子背面都是刺。"谁都知道江南的芡实糕好吃，没想到这芡实如此来之不易。从一道美食衍生出一个有故事的鸡头米，也唯有吃得精细无比的江南人，方会历经艰辛去寻觅心里的"水八仙"。记得当时看公众号的图片时，震撼于芡田之壮观及采芡老农之不易，鸡头米的美味里蕴蓄着田间的自然与朴实。

白露写黄山栾："我愿意再次提醒你注意一条街——临平玩

月街——黄山栾树大道。"一棵树将一条街美成了风景，凝成小镇最美的秋色，散发出其独有的魅力。小镇的栾树很多，它高傲地伸向天空，一旦秋风起，满枝的金黄便洋洋洒洒地落于发丝，看这朵朵安静而又热烈的小黄花，你的心便不由自主地欢快了起来。那一盏盏如小红灯笼般的果实，是孩子们的最爱，记得我曾为女儿串过一条栾树果红项链，对于秋天出生的她来说，那就是大地馈赠她的生日厚礼。

秋分写银杏叶："你的心灵始终像银杏叶一样纯净""银杏就是你的知心朋友""我们可以活得像银杏叶一样干净，清爽，自由，自然……"一字一句读来，深切地感受到了大元老师对银杏叶的执念已然是深入骨髓。我也是极爱银杏，这是一片投在我心湖最美的叶子，没有之一。银杏的叶柄干净坚韧，叶片质感光滑。一年四季，我都会和心爱的孩子一起去人民广场看我们心心念念的银杏，四季轮回中看它们发芽、葱茏、结果、变黄，在落叶上肆无忌惮地打滚……与它相处的时光就如同孩子的笑声一样纯粹明亮。

寒露写开心果："你别以为你只是小小的身体，其实你包含一个浩阔的世界。"透过一粒小小的果实，打开了我们认知的世界。这些饱满又充实的坚果，在中国可是每年春节家家户户必备的年货之一，实属"好彩头"的典型代表。大元老师称它为"阿月浑子"，原来开心果还有这么好听的名字，顾名思义，这个充满波斯气息的名字点明了它的身世；不仅如此，它的鲜果原来长相如此甜美，让人见了就满心欢喜；还有那些异域的人民、建筑、纺织、餐具……无不闪烁着人类智慧的光芒。

霜降写迟桂花："那种远离喧嚣的清冷，那种恍如幽谷古意一般原汁原味的清香，那种遥远在另一个世界的纯粹，就寄往另一个世界好了，或者，装在心里就好。"大元老师和月光一起寻觅郁达夫笔下的迟桂花，虽是失望而归，但是他却在自己的橄榄树里遇见了心中那朵温静的迟桂花，心情便明朗了几分。我知道桂花有个好听的名字叫作木樨花，许是木与心心有灵犀吧！作为杭城市花，其地位在江南人心中不可撼动，无论山间湖畔、街头巷尾比比皆是，花盛时，无处不芬芳，即使在餐桌上，仅一勺桂花蜜便带给我们缱绻细腻的清甜，迟桂花，可遇而不可求。

立冬写柿子树："我震撼于北方柿子林的宏大规模，震撼其采摘季那一片耀眼的光芒，但我更喜欢南方柿子林的自然，质朴，甚至漫不经心。"温暖的红缀在枝头，将记忆拉回了南方那"旧时的山、旧时的树、旧时的人"，一树树朴实无华的圆润，如此温馨且耐人寻味，一如秋天的气息，更是种念得最长的味道。在此之前，我从未听说过梅梨"炝"柿，突然间也让我明白了，面对生活就应像柿子一样，要秉持一颗柔软的心，用一身温暖的红与他人互相取暖，那么苦涩也能沁出香甜来。

小雪写芦苇："可我宁愿自己只是一棵芦苇，从此，只在水边摇曳，不再思想。听潮起潮落，观候鸟过往，任岁月枯荣。"每个人心中都有一片梦幻的芦苇荡，失守的天鹅湖、星空图般的芦苇荡、一棵在风中摇曳的芦苇，如飞舞的精灵，飘在水边，飘在笔尖，飘在那颗向往自由、甘于淡泊的心上。忽而很想再去北湖，看窑山下那一大片飞舞的芦花，寻觅心中的那个芦苇荡。

大雪写水杉："我喜欢周而复始那种轮回的感觉，喜欢无边落木萧萧下那种感觉，喜欢那一点沧桑，有历史感。"在大元老师的文字里感受水杉的力量，我仿佛听到了拖拉机"突突突"的马达轰鸣声响彻寂静的水杉道，一株株笔直高大的水杉，如剑指向苍穹，蓝天便是它的向往，即使是萧瑟的冬日也不影响它的坚韧挺拔。不由得想起了许多年前那个清晨，一夜北风呼啸后，母亲在铺满水杉叶的路上将叶子扫成一堆又一堆，然后背回家堆在柴房里，这些流浪的叶子最终都塞进了灶膛里，燃尽后又回归土地，来年春天又蓬发力量。

冬至写竹子："我们在渐渐老去的岁月里，我总记得我娘说的话，竹子像从大海洄游的鱼。"在漫长的冬至夜里，大元老师把最深的思念留给了母亲、留给了故乡。背着草箩割羊草、捻河泥、躲在母亲背后看萤火虫飞舞的竹林……那么近，又那么远，皆是挥之不去的乡愁，数不尽的深情和无奈，那么就在心中那片苍翠的竹林里繁衍生息吧！

小寒写荸荠："在南方，一颗荸荠，就足以把冬天全身吹亮。""淤泥世界里也有一个辽阔的海洋。"冬风一吹，荸荠甜了。它小小扁圆的身子，红褐鲜亮的外衣，一圈又一圈的清晰环纹，鸟喙似的尖芽，就是这样一颗小小的荸荠，在大元老师的笔下显得特别灵动，更赋予了水乡浓厚的文化气息，恰似崇贤乡村的美好，如蜜一般在心头涌动。勤劳智慧的水乡人，在淤泥的世界里开拓了一片辽阔的海洋。

大寒写水仙花："水仙花香气的干净，是灵魂深处的干净，神骨清绝，古风遗存。"走到了岁末，恐怕是文人的案头都供了一盆水仙吧！雪白清爽的根须，翠色清秀的叶子，玲珑有致的花朵，在清水中跳起了春之舞，清冽的冷香便从笔尖飘了出来，满屋子都香了。大元老师从邓丽君的一首老歌，到孙犁的干净，再到吴昌和李渔的用情之深，最后到施克松的崇明水仙复兴，读完心中也便生出些许亮堂来。特别是在新书首发式那日，他在谈创作体会的时候说，自己与植物是心灵相通的，连续几日来，他一直恳求案头的水仙能掐时开放，每天与它们说说心里话，果然那一天，花儿掐时绽放了。这盆盛开的水仙，我相信，在期盼它开花的日子里，一定是一种非常美好的享受。

"在自然面前，我愿意是一棵树，我想我前世一定是一棵树，来生必定还是一棵树。"这一棵树的情结，一棵树的幸福，又是有多少人梦寐以求的呢？每次抬头时，看树与天空构成美丽的画面时，我是多么想自己也能成为一棵树，扎根泥土，立于风中，向着阳光，安静地站成自己喜欢的姿态，一百年、一千年守望于人世间。感谢植物先生，感谢一年二十四节气的陪伴，感谢生命中遇见的所有植物，正是你们，让我心底的怀旧情绪和渐行渐远的美丽乡愁得以安放！

我与文学

这个标题感觉定得有些大了，但是想说的确实很多。

2021 年 9 月 18 日，临平区作家协会成立。在成立大会上，孙昌建老师在致辞中说，虽然分区①了，我们那些文学的根和血脉还依然留在临平，早些年他曾多次参加临平的一些文学活动，暗示了自己是一名作家，他感恩临平的老师，给他的文学创作起到了鼓舞的作用。他怀念那些已经离开的人，他说，他们的文字永远留在了临平的大地上。这也不由得让我想起了，在我文学的道路上，何曾不是有那么一群鼓舞着我的师长们。

我的父亲是第一个让我对文产生兴趣的人。早些年，他是一名小学民办老师，在那个被称为"臭老九"的特殊年代，教师的待遇非常低，民办教师更是低得可怜，犹如"二等公民"，生活一贫如洗。但是我从小酷爱读书，父亲便省吃俭用，用微薄的工资为我买书，所以从小我就被滋养在书本中，父亲为我买的这些书本饱含了他深沉的爱。平日里我写下的作文，教语文的父亲都会仔细批改、耐心指导。后来，父亲转为一名公办老师，并承担了学校部分行政工作，忙的时候他会放手让我帮着他批改学生的作文，父亲常让我思考，批阅作文的时候，别人的作文好在哪里，不足之处在哪里，如果是我写的话又会怎么写，那时读这些作文

---

① 2021年4月，杭州市将原余杭区以运河为界，分设为临平区和新的余杭区。

对我的写作提升有很大的益处。

后来走上工作岗位，虽然学的是汉语言文学专业，但是因为工作关系，我写的基本都是公文。但我的文学梦一直藏在心底，我不甘于此，于是开始阅读大量的散文书，汪曾祺、沈从文、木心、简祯……我也想写属于自己的散文，于是我抱着试试看的心态开始投稿给各类报刊，记得 2000 年，我收到了人生中的第一笔稿费，那时正值千禧年，《今日早报》收集世纪心语，我竟然被意外录用了，这让我兴奋不已。慢慢地作品发表的平台多了，又正值网络兴起之际，"榕树下""西祠胡同""19 楼"以及本地一些知名论坛都有我混迹的身影，我甚至还"出任"一些文学版块的"斑竹"，游弋于网络间，如鱼得水。在互联网的世界里，我认识了一些作家朋友，如"起风之夜""方可"，后经他俩推荐，我于 2004 年加入了余杭区作家协会（当时余杭和临平尚未分区），我的作品也开始发表在当地的《余杭作家报》《藕花洲》上。那一刻，我开始真正为自己的文学筑梦。

自从加入区级作协后，我的文字变成铅字的机会越来越多了。那几年，在文学之路上有许多老师给予了我很大的帮助。

有善良质朴、学识渊博、待人真诚的赵焕明老师，他为余杭、临平两地的文艺事业奉献了许多，也是许多文学爱好者的引路人。他是一位高产作家，在我的书柜里，珍藏最多的便是焕明老师所著亲笔签名书，印象深刻的是他那本人物散文集《嘉树为邻》，书中汇集了他为当地作家所作的序及文艺评论，当时读他的书时，我心里暗想，要是哪天我也出书了，他也能给我的书作个序那该有多好啊！赵老师做事特别认真，对于我们这些"文学新兵"，他经常为我们提供各类发表作品的平台，有他主编的《临

　　　伍　涟漪如歌

平山》《苕溪》，还有早些年的《藕花洲》都为我们新会员留了一席之地。每每收到他送来的刊物都让我特别感动，早些年他都是踩着他那辆破旧的自行车风雨无阻地亲自送到我手中，再后来不管我有没有投稿，这些杂志都几十年如一日如约出现在家里的报箱里。因为他的"人格魅力"，现在许多作家但凡有出书的都喜欢放到他办公的地方，只要有喜欢的就可以上门自取。而我因为单位离他近，"近水楼台先得月"，所以每次去都会满载而归，他的为人和为文都是我们后辈学习的榜样。

　　"没有绚丽的色彩，纯洁而晶莹"，这是李晨初老师在《初雪》里的一句话，这雪像极了晨初老师的为人。2010年，时任作协副主席的晨初老师来电话说要在余杭文联的刊物《美丽洲》上为我刊一个小辑，我有些受宠若惊，于是我精心挑选了一些小散文发与他，没想到他还请当地知名评论家陈根法老师为我的散文小辑写了评论《故乡是吾乡》，收到杂志后看到根法老师精彩的评论我感动不已。后来，我从根法老师口中得知，当时他一接到晨初老师布置的这个评论任务也是百忙中抽时间写的，而且这是他为本地作家写的第一篇评论，这更让感到我无比庆幸，我的内心升腾起对晨初老师的怀念，感谢他的牵线搭桥，让我在散文的世界里越走越宽。

　　还有把塘栖古镇视为自己生命一部分的胡建伟老师。记得初入区作协时，建伟老师找到我，他说中央电视台戏曲频道要来杭州拍摄《运河戏话》，解说词需要请本地的作家来写，塘栖部分的解说词请我试着写写看。一想到央视这么高大上的级别，而我仅仅是个区县无名的小作家，怎么可能担此重任，当时我便婉言谢绝了。然而，建伟老师却鼓励我："你不试试看怎么知道不行？"于是我硬着头皮把这个重任接了下来，其间去翻阅了大量塘栖有关的书籍，把自己想象成一个北京归来的学子，沿着运河在古镇走了十几遍，写下了一篇我自己都觉得不可能完成的散文《悠悠运河古塘栖》。后来，当整部纪录片完美呈现央视银屏时，看到撰稿人一列赫然打着我的名字的那一刻，我突然明白了：心有多大舞台就有多大。

2018年区作家协会换届，承蒙老师们的厚爱有幸加入理事会，我认识了传闻中的袁明华老师。"向往一片风景，必定与这风景有某种缘分"，其实在我家的书柜里一直放着大元老师这本出版于1995年的《向往一片风景》，虽然搬了几次家，这本书依然在，是父亲喜欢的，也是我喜欢的，也许将来也是女儿喜欢的。大元老师性格直爽，做事风风火火，心怀朗朗乾坤，更珍惜人间日常，他的文字贴地而行，大气精致，深受大家喜爱。2018年，在他的鼓励下我加入了杭州市作家协会，他常说，既然大家因为文学聚在了一起，就要一直坚持这份热爱，要多创作出好作品，早日为自己圆一个文学梦，积累下自己人生一笔丰厚的财富。文学养人，让人变得平静且从容，近年来，我开始平静下来，为自己的文字寻找突破口，我认真看他写的《植物先生》，读他推荐的散文名家苏沧桑老师的文字，从他们的笔下寻找大散文的思维深度，那将是我新的成长。

诚如大元老师所说：人生短，文学长。我要重新从这片大地出发，寻找属于我的精神世界，让这些来自土地的文字，变得生机勃勃。

上塘河边的涟漪

一直以来，我都不曾离开过上塘河畔。

11月7日，时值立冬。阳光将这个节气暖成了立夏，我独自坐在上塘河边的一棵法国梧桐树下，一片五彩斑斓的叶子旋转着落在河面，一圈又一圈的涟漪漾了开来。阳光铺满河面，它们像长满了无数只细脚似的，顽皮地爬上河岸，跳跃在了故乡的大地上，是如此锦绣灿烂。

我的目光跟随着涟漪越荡越远，恍惚间所有的记忆在大地里苏醒。春日的清晨，堂屋里奶奶清脆的念佛声和窗外的鸟鸣声一起把我叫醒，慵懒地钻出被窝，掀开土灶上的木锅盖，竹蒸架上暖着母亲做的青团子；夏日的夜晚，躺在弄堂的凉席上，母亲轻摇着旧蒲扇，柔柔的风和草木的清香拂过周身，我在星星的注视下甜甜入梦；秋日的傍晚，父亲挑着一担谷子走在田埂上，我拾了一满怀稻穗紧随其后，夕阳把我们脸上的汗珠也镀上了金色，院子里金灿灿的谷子堆得像小山一样高；冬日的中午，我喜欢赖在暖烘烘的灶间给烧菜的母亲添柴火，看着灶膛里熊熊燃烧的火焰，听着噼啪的响声，取一些炭火到铜火熜里，满屋子里都是草木灰的气息……

　　我是农民的女儿，小时候常常跟着父亲下田插秧、收割水稻，我对大地总有一种深深的依恋。这本散文集就像是我在上塘河边为自己开垦的自留地，我种下许多珍爱的花草树木，每天精心浇灌它们，像是呵护自己的孩子一般，终于它们在我的心壤之间开枝散叶、开花结果，果实有酸的、甜的、苦的……安放着那些远走的记忆，思念着那些离去的人们。我的心路由近及远，那些记忆的脉络渐次清晰，从乡村到城市，再从城市回到故乡，上塘河边大大小小的地域人文，恰好被我的人生穿过。

　　也有不少人说，你取这个书名是不是受了《静静的顿河》的启发。确实有一部分是，我不止一遍读过肖洛霍夫这部伟大的长篇小说，非常喜欢他诗意的语言，喜欢他对小人物的热爱，喜欢他笔端所描绘的浓郁的地域特色……在他笔下，不仅有宽阔的、波浪翻滚的、鱼儿成群的、两岸葱绿的顿河，还有顿河流域静美的田园风光、农家院落、富商丽屋和一望无际的草原。所谓"静静的"，那是一道永远留恋的美丽风景。曾有人说："故乡是一个作家取之不尽的创作宝藏和资源，生活的故乡往往会转化为文学的故乡。"我爱我的上塘河，所以我写她，斟酌再三，我选择了《静静的上塘河》这个书名，我想如果我继续写作，一定还会写更多关于上塘河的文字。

　　其实，我一直非常羡慕身边不少文友的写作速度，也非常羡慕他们想出书就出书。常常有朋友问起，你的新书什么时候可以出版，我总是笑笑说今年吧，其实这句话我说了三四年了，毕竟第一部自己的集子，马虎不得，总要出一本自己满意，自己喜欢的书，不要辜负了那些一直喜欢我文字的懂我的人。

在生活中，我是一个喜欢行走、喜欢摄影、喜欢植物的人。"天地与我共生，而万物与我为一"，对植物的偏爱，就像是点亮了我与文学的智慧之光。从古到今，文学与植物一直相融，被一代又一代人传颂着，承载着人们的喜怒哀乐。甚至还有人叫我"植物姑娘"，上塘河边的植物品种繁多，她们与我碰撞出了许多火花，很多时候你可以在植物中窥见过去、现在和未来。比如，我喜欢去一家叫作"植悟"的花店，不仅因为名字取得深得我心，而且经营这家店的老板和老板娘都很随和，他们会耐心地教我养护植物，也会纵容我哪怕在店里腻上大半日时光，却不买走一盆植物的任性。比如，我喜欢去塘栖古镇的文化促进会，每次去我会到"植悟"那里选一盆植物放在那个葱茏的小院子里，然后坐在院子里和文友们晒着暖暖的太阳，听着悦耳的鸟鸣，拍拍手边的植物，和主人一起海阔天空地闲聊，每次临走前还不忘剪几根鲜枝或摘几粒种子带回家。比如，搬了新居，我终于有了一个小小的露台可以养我喜欢的花花草草，那些从"植悟"搬来的，从"文化促进会"剪来，身边朋友馈赠的，都在我的露台里安家了，我特别喜欢养兰花和蔷薇，于是我给她取了个名字，叫"兰薇轩"。秋日的黄昏，我给北方的友人发去了那篇报刊连载的文章《桂花香，桂花甜》，刚发完，窗边的桂花开了，香了一屋子，明媚鲜妍在此时。与植物朝夕相伴，与文学朝夕相伴真好！

最后，非常感谢我的文学启蒙老师，即我的父亲，也是此书的第一读者。父亲向来对我严格要求，他认真仔细地帮我校稿，并提出了修改意见，就像以前批阅他学生的作文一样，让我感动。今年父亲 70 岁了，这本书也是我送他的一份特殊的生日礼物，相信以后我会写出更多更好的书。

非常感谢为我的散文集作序的陈根法老师，一位与我渊源颇深的评论家。2010 年，我在家乡文联的刊物上发表了一组散文，陈老师为我写了精彩的评论，让我写作的信心大增，十多年过去了，我依然遵从着他那句"从故乡出发，让精神还乡"。2018 年，我去余杭高级中学报告厅聆听陈老师《当代散文创作》的讲座，他所讲的散文内容丰富、思想精辟、自由灵活、形散神收、直抒胸臆的写作特点我都非常认同，而且他所喜欢的余光中、季羡林等名家散文正是我平时一直在读的，那一次更坚定了我散文写作的方向。他提到了季老的《八十述怀》，恰好我也特别喜欢，季老说过："在这一条十分漫长的路上，我走过阳关大道，也走过独木小桥。路旁有深山大泽，也有平坡宜人；有杏花春雨，也有塞北秋风；有山重水复，也有柳暗花明；有迷途知返，也有绝处逢生。路太长了，时间太长了，影子太多了，回忆太重了。"正是因为这样一句话，我突然萌生了要写一本自己的散文集的想法，把太长的路上所发生的故事记录下来，温在文字里慢慢回忆。

非常感谢为我的散文集题字的临平区书法家协会主席沈车。沈主席是中国书法家协会会员、杭州市书法家协会理事。他为人非常低调，一手大狂草自如有章、风雅有度，一如其人率真灵动、谦厚稳重。去年秋日，他挥毫写下"静静的上塘河"六个字，笔法飘逸，一笔一顿，恰到好处，似一条岁月深处静静流淌着的河流。

非常感谢出版方，更要感谢在文学道路上所有帮助我、鼓励我的人。

如果你正好喜欢我的文字，相信你也会与我一样，与上塘河一样，从容地在岁月里流过，遇见一棵树、遇见一朵花、遇见一株草、遇见一个四季、遇见一个节气、遇见一个想念的人，那都是一道小小的涟漪。

是以为记。

彭丽芬
2022 年立冬于上塘河兰薇轩